ALAIN DE BOTTON

阿兰·德波顿作品集

[英] 阿兰·德波顿 著
刘凯芳 译

爱上浪漫

上海译文出版社

文学的意义
——新版作品集代总序

阿兰·德波顿

在人类为彼此创造的艺术形式和作品中，有一个门类占据了最大比重，即以某种形式探讨伤痛。郁郁寡欢的爱情，捉襟见肘的生活，与性相关的屈辱，还有歧视、焦虑、较量、遗憾、羞耻、孤立以及饥渴，不一而足；这些伤痛的情绪自古以来就是艺术的主要成分。

然而在公开的谈论中，我们却常常勉为其难地淡化自身的伤情。聊天时往往故作轻快，插科打诨；我们头顶压力强颜欢笑，就怕吓倒自己，给敌人可乘之机，或让弱者更为担惊受怕。

结果就是，我们在悲伤之时，还因为无法表达而愈加悲伤——忧郁本是正常的情绪，却得不到公开的名分。于是，我们在隐忍中自我伤害，或者干脆听任命运的摆布。

既然文化是一部人类伤痛、悲情的历史，那么，所有的问题都能予以修正，把绝望的情绪拉回人之常情，给苦难的回味送去应有的尊严，而对其中的偶然性或细枝末节按下不表。卡夫卡曾提出："我们需要的书（尽管也适用于其他任何艺术形式）必须是

002.

一把利斧,可以劈开心中的冰川。"换言之,找到一种能帮助我们从麻木中解脱的工具,让它担当宣泄的出口,可以让我们放下长久以来对隐忍的执念。

细数历史上最伟大的悲观主义者,他们中的每一人都能抚慰这种被压抑的苦楚。用塞内加的话说:"何必为部分生活而哭泣?君不见全部人生都催人泪下。"或者就像帕斯卡的喟叹:"人之伟大源于对自身不幸的认知。"而叔本华则留下讽刺的箴言:"人类与生俱来的错误观念只有一个,即以为人生在世的目的是为了得到幸福……智者知道,人间其实不值得。"

这种悲观主义缓和了无处不在的愁绪,让我们承认:人生下来就自带瑕疵,无法长久地把握幸福,容易陷入情欲的围困,甩不掉对地位的痴迷,在意外面前不堪一击,并且毫无例外地,会在寸寸折磨中走向死亡。

这也是我们在艺术作品中反复遭遇的一类场景:他人也有跟我们同样的悲伤与烦恼。这些情绪并非无关紧要,也无须避之不及,或被认为不值思量。关键在于我们如何看待。艺术作品带我们走近那些对痛苦怀有深刻同情的人,去触摸他们的精神和声音,而且允许我们穿越其间,完成对自身痛苦的体认,继而与人类的共性建立连接,不再感觉孤立和羞耻。我们的尊严因而得以保留,且能渐次揭开最深层的为人真理。于是,我们不仅不会因为痛苦而堕入万劫不复,还会在它的神奇引领下走向升华。

不妨把自己想象成一组同心圆。所有一眼望穿的事物都在外

代总序 作品集 新版

圈：谋生手段，年龄，教育程度，饮食口味和大致的社会背景。不难发现，太多人对我们的认知停留在这些圈层。而事实上，更内里的圈层才包裹着更隐秘的自身，包括对父母的情感、说不出口的恐惧、脱离现实的梦想、无法达成的抱负、隐秘幽暗的情欲，乃至眼前所有美丽又动人的事物。

虽说我们也渴望分享内里的圈层，却又总是止步于外面的圈层。每当酒终人散，回到家中，总能听见心中最隐秘的部分在细雨中呼喊。传统上，宗教为这种难耐的寂寞提供了理想的解释和出路。宗教人士总说，人的灵魂由神创造，唯有神才能知晓其间最深层的秘密。人也永远不会真正地孤独，因为神总是与我们同在。宗教以其动人的方式关照到一个重要命题，意识到人对被深刻了解和赞赏的愿望何其猛烈，并且大方地指出，这种愿望永远也无法在其他凡人身上得到满足。

而在我们的想象空间里，取代宗教地位的是人和人之间的爱情膜拜，俗称浪漫主义。它朝我们抛来一个漂亮而轻率的想法，认为只要我们足够幸运和坚定，从而遇到那个被称为灵魂伴侣的高维存在，就有可能打败寂寞，因为他们能读懂我们的所有秘密和怪癖，看清我们的全貌，并且依然为这样的我们陶醉沉迷。然而，浪漫主义过后，满地狼藉，因为现实一再将我们吊打，证明他人永远无法看透我们的全部真相。

好在，除了爱情和宗教的诺言之外，尚有另一种可用来关照寂寞的资源，并且还更为靠谱，那就是：文学。

目录

译序	001
导言	001
现实	001
艺术和生活	009
对故事的羡慕	021
愤世嫉俗	028
晚会	036
从零开始	046
爱上爱情	050
模糊不清	056
沉思	063
性，血拼和小说	075
洗涤周期	082
价值体系	092
了解对方	115

预见性	123
爱情的永久性	130
力和007	141
宗教关系	146
埃里克的负担	161
为了什么才爱你？	167
旅行	189
读物	198
为快乐而快乐	207
潜水、卢梭和想得太多	219
青春期	229
厌恶女性	233
离开自己去度假	240
褊狭的观点	248
你让我成为怎样的人	258
灵魂	276

真相的层面	287
问题	297
转移过失	302
私语	307
误读	316
谁来作出努力？	321
爱情的七巧板	327
表白	331
邀请	336
牺牲	338

译序

读到英国青年作家阿兰·德波顿的小说《爱上浪漫》之后，我的第一感觉便是好看，真想不到作者能够举重若轻，把人世间最为复杂的男女关系中的种种心态分析得如此透彻，如此生动。在翻译本书的过程中，更对其明快流畅的语言，风趣幽默的情节有了深切的认识。德波顿在分析一些性质严肃的问题时，丝毫不带有学究气。他只是将日常生活中常见的事情列举在读者面前，然后再旁征博引，条分缕析，娓娓道来，不由使人不信服。无怪他的书籍近年来会备受好评，得到了广大读者的欢迎。

自弗洛伊德以来，心理学家对人的各种情感的研究有了很大的发展，而男女之间的恋情更成为重点研究的对象，诸如爱情产生的条件、美貌的标准、异性吸引力、性倒错等无不成为热门的话题。就在我将近译完本书之时，在报纸上读到了一则消息。这条消息介绍了近年兴起的进化心理学家基本理论。以美国得克萨斯州立大学大卫·巴斯教授为代表的这些学者在过去十年中，将达尔文的理论应用于一个全新的领域来解释人类的行为。根据他

002.

们的说法，人类的嫉妒心理是一百万年前在非洲平原上产生的。在非洲热带无树大平原上，男人必须提防通奸行为，免得浪费资源，省出好不容易搞来的食物喂养别人的后代。女人可能对男人四处寻欢感到不舒服，她们真正感到威胁的是，如果自己的男人对另一个女人真正迷恋而不可自拔，那么谁给她们和孩子带来食物呢？嫉妒是人类为了促进生殖而发展的心理机制，男人对性方面的不忠更为嫉妒，因为它会促进成功的生殖行为。女人对于情感上的背叛更多地表现出消沉和抑郁，因为男人的背叛可能意味着自己会饿死。当然，也有学者不同意这种说法，反对者认为，嫉妒并非进化论的产物，而是同后天的文化有关。

无论你同意与否，这种研究对我们了解人类感情这种极其复杂的心理活动是很有启发的。同样，《爱上浪漫》也在这方面给我们提供了一个窗口。

《爱上浪漫》是阿兰·德波顿继《爱情笔记》后发表的第二部小说。它的故事其实并没有多大的新颖之处。全书写的是一个名叫艾丽丝的英国姑娘的一段爱情经历，情节围绕她同男友埃里克相识、相爱直至最后分手而展开。与通常的爱情小说不同的是，作者在讲述故事的同时，还以哲学、心理学的观点对女主人公的想法和做法、对她和男友生活中出现的各种问题进行深入的分析。书中提出了一系列有趣的问题，例如，"你怎样才能了解对方？""爱情、性和血拼有什么关系？""你让我成为怎样的人？"等等。

译序

在《爱上浪漫》中，作者扮演的既是故事的讲述者，又是心理医生。德波顿引用了经典著作中的人物或情节，用极其生动的语言把一些相当深刻的道理解释清楚。他从哲学的角度对存在于人的感情生活中的一些古老的问题进行探讨，帮助恋爱中的男女更好地了解自己，了解对方。因此，德波顿的作品是一种特别的混合体，既是小说，又是哲学的想象，书中既有妙趣横生的描写，又有深入细致的分析。为了把问题说透，作者在本书中也插入了各种图表、公式、地图。不妨认为，这部小说可以比作是一部爱情指南，它可以用来帮助青年男女识破恋爱中的谎言，辨明真相，从而少犯一些愚蠢的错误。

正如歌德在为《少年维特之烦恼》写的小诗《绿蒂与维特》中所说，"青年男子谁个不善钟情？妙龄女郎谁个不善怀春？"男女之间，两情相悦，本是天经地义之事。但爱情中既有甜蜜，也有痛苦。相爱的双方或合或分，都是很正常的现象。对其中的是是非非，当事人往往很难说得清楚，外人更难作出简单的价值判断。但是，如果我们把这一切放到哲学和心理学的显微镜下进行观察，对双方的性格、出身等方面进行客观的分析，那么还是可以找到一些原因的。这正是德波顿在书中的做法，在这方面，德波顿自然具有很好的条件，他毕业于剑桥大学，主修哲学，知识渊博，同时生性幽默，观察敏锐，在文字上有很高的造诣，因此他在书中对各种心理状态的分析，往往能够一针见血，切中要害。尽管书中谈到的是一对英国青年，但他们的故事可以说具有普遍的意义，我们在阅读中，不难发现书中的人物似曾相识，许多场景并不陌生。

正如在《爱情笔记》中一样，德波顿将一个很平常的恋爱中的一些普通事件以优美的笔法写出来，演化成为对现实生活的深刻而富有创见的研究，这不是一般的作家能够做到的。无论你对德波顿在书中的种种分析是否完全同意，但不可否认的是，他的这种探索是很有意义的。

刘凯芳

2003 年 1 月于厦门大学

导言

　　如果要别人对艾丽丝作一番描述的话，他们大多会用"空想家"这个词儿。从表面上看，她彬彬有礼，带着文明人常有的不轻信一切的态度，但是，她那种茫然而若有所思的眼神，却表明她的思想老是在开小差，溜到了另一个远不是那么具体的世界里。她那双淡绿色眼睛里的忧郁包含着一种怅然若失和朦朦胧胧的追求。让她心绪烦乱，甚至有点儿不好意思的是，她常在一些乱七八糟的日常事物中求索，企图能发现什么，使她平凡的生活不致毫无意义。也许是因为她生活的时代吧，这种超越自我（假如可以从理论上这样界定的话）的愿望渐渐与爱情观合二为一了。

　　尽管艾丽丝明白，大家漫不经心地称之为恋爱关系的只是一轮又一轮可笑而不牢靠的感情交流，她还是坚信激情的存在，其强度大得叫人难以接受，几乎到了不登大雅之堂的地步。在那些最不相宜的时刻，譬如，在百货店货架之间犹豫着不知买哪种牌子时，在早晨上班的火车上扫视报纸上一篇篇讣告时，在用口水将又苦又甜的邮票贴到一摞家用开支账单上时，她会发现自己的

002.

思绪总是孩子气地溜到同"另一个"救星结合的设想上去。

她对自己吹毛求疵的本领,对只看见自己和别人身上缺点的做法已经厌倦了,巴不得能够忘乎所以地爱上一个人。她希望能够出现一种使自己无法回避的情况,使她没有时间叹息,没有时间考虑"他和我究竟是不是真正合适",分析和解释都显得多余,那"另一个"无可置疑,完全自然地存在着。

与爱情的浪漫概念极不相容的是,人在谈情说爱时想到的可能并不是要让对方看到你满面笑容,或者使对方的心灵得到升华,而只是为了免得独个儿枯坐灯前,虚度一个又一个的良宵。设想一下,假如只是为了避免独自审视自己的不足,而不顾一切地去找个伴侣,无论对方多么差劲也不在乎,那么还有什么比这更令人反感呢?然而,如果在竭力追求之后仍然无法成功,那么我们的退而求其次也就能够得到原谅(或者至少是理解)。很可能我们决定与之共同生活的伴侣的品格并不符合我们的理想,但至少这个人对我们表现出持之以恒的兴趣,我们有足够的耐心对这个人的驼背、对他古怪的政治观点或者刺耳的笑声视而不见听而不闻,我们只是在心中保留着一点希望:有朝一日某个更为出色的人儿会来到自己面前。

用这些纯粹实用主义的词汇来思考爱情,使艾丽丝觉得恶心,就好比在游泳池里撞见一个肢体不全的家伙,也只好凑合着一起游一样,简直是以低等的生理和心理需要的名义,像胆小鬼似地迁就这个物质世界上的一些次品。尽管日常生活需要小小的

导言

调整,尽管"超越"这个词很少包括在成人的语汇之中,可她明白,除非能够达到精神上情投意合的境界,否则她决不甘心。对这种境界,令人心荡神怡的艺术领域中的诗人和电影制片人作了生动有力的描写。

也还有其他的希望:希望能够感到真正的人生终于开始;希望不再害羞不再作出有害身心的反应;希望实现感情上的平衡,不至于让自己规律性地陷入阴郁的心理或者极具破坏性的自我憎恨周期之中。此外也还有一些物质上的希望:希望眼前的这张脸不需要模糊不清的镜子来替它遮丑,别人见到了也不至于倒吸一口冷气;希望能够过一过在时装杂志上读到的生活,那种阳光明媚的生活充满了亮闪闪的房屋、手工制作的衣服、高级时装专卖店里购置的丝绸上衣以及热带海边的度假等等。

借用 D.H. 劳伦斯的说法,她是"对别处怀有思乡情结"的浪漫主义者,她渴望自己有另一个身体,另一个国家,另一个情人——也就是青春期的兰波那著名的"人生就在别处"的回声。但是,这种毛病(如果可以把这种对"另一个"的追求看成是毛病的话)来源于何处呢?她绝不傻,她对经典大作和理论并非全无接触,她明白"上帝"已经死了,"人"(另一个落伍过时的事物)作为对"人生"答案的体现已经到了山穷水尽的地步,她明白应该把那些描写心满意足的女主角、以大团圆结局的小说称之为廉价的幻想而不是文学。可是,也许因为她仍然喜欢看肥皂剧,听那些反复吟唱的激昂的歌曲,说是想要

004.

搂住你,噢,对了,爱你宝贝,
我说了爱你宝贝[1],

她仍然在(电话旁边或者其他地方)等候救星的出现。

艾丽丝认为,世界尽管由物质构成,但不一定由此能保证其真实性;她在这个世界的索霍广场附近的一家广告公司里负责处理主顾的来往账目。几年前,她从一所地方大学毕业之后来到这里,无意中干上这份工作。回想起来,她只是天真地将消费产品的快乐和促成消费这一不那么快乐的活儿混为一体了。

她同财务部的一位同事共用开放式办公室里的一个隔间,头顶上亮着荧光灯,空调中吹来阵阵冷气。每天下班以后,她乘地铁回到伯爵街的公寓房里,那是她和朋友苏西合租的。迄今为止,这两个姑娘把如何负担家务琐事安排得好好的,没发生什么面红耳赤的事。不过,近来艾丽丝回家时心里总有些七上八下的:她的同屋是个性情开朗的经验护士[2],目前仍在见习期中,她在长期单身之后终于谈起恋爱来,男友是个极其通情达理的年轻大夫。他聪明谦和,富有幽默感,说话妙趣横生,老是喜欢讲一些令人毛骨悚然的有关人体解剖的故事。

---

1 出自"披头士"乐队的歌词。
2 经验护士,指经过一定的训练,主要因具有实践经验而获准从事某些护理工作的护士。

导言

女性容貌的高下本来就说不清道不明,在有意无意中,艾丽丝总是认为自己还比较好看,当然算不上是大美人,但她的相貌显然也在上等之列。过去,她常常安慰苏西,无论她们条件多有限,总有一天会有相当的男人找上门来;她告诉她说,脚脖子粗一点没有关系,重要的是人品。这番话听起来难免有几分优越感,是对自己的容貌信心十足的人的口气,同时又有电话答录机录下来的一系列来电为证。

可是,无论她们各自的脚脖子是粗是细,如今是艾丽丝得勉强挤出笑容来了,因为她老听到马特和苏西在电话里用亲热的名字称呼对方,还时不时地停下来莫名其妙地低声咯咯笑。

"我一向说,即使找到了心上人,我们也不分开,"有天夜里苏西深情地捏着她的手说,"茫茫人世,你是我最好的朋友,这我永远忘不了。"

因此,苏西大胆地对浪漫的二人组合重新设计,她请自己的同屋和他们一起去吃饭、看电影、到河边散步。但是,无论这些邀请多么真诚,艾丽丝觉得越来越难以接受苏西的慷慨建议。她根本无法在内心为自己缺少爱情而痛苦之时,再为别人的幸福装出快乐的样子来。她宁可晚上待在家里,膝上歪歪斜斜地放着一盘微波炉加热过的颜色淡淡的鱼或者鸡块,坐在厅里的长沙发上看电视,装出对晚间新闻播放的饱受战乱蹂躏的异国他乡关心的样子来。

她不再想见任何人,更确切地说,因为没有意中人,其他人

006.

也就显得多余。她认识许多自称是她的朋友的人，通讯簿上的名字密密麻麻，因为她总对别人的事很感兴趣，她请他们介绍自己的情况，记住他们的事情，从而巧妙地满足别人希望不被忘却的需要。她所以不想同这些朋友联系，或许是因为她觉得同他们交往并不能减轻自己在那个问题上的孤独感。她坐在席上一大帮谈笑风生的朋友中间，心中仍然觉得落寞；只有在另一个人对你的关心超过一般的干巴巴的应酬时，这种孤独感才会消失。她肯定会同意普鲁斯特的结论（与亚里士多德的观念大相径庭），认为友谊只是怯懦的一种表现，不过是为了逃避更大的责任感和爱情的挑战而已。

以客观的眼光看待自己，自怜感便油然而生，这时你对别人的同情便会减少；这种态度意味着："既然这是个陌生人，很抱歉，我无能为力。"你一心想到的只是自己的倒霉事，由于自己的烦恼而变得更加伤心。蕴含在"自怜"这个词儿中的贬义说明向来就存在着一种倾向：人往往容易夸大自己的烦恼，无缘无故地可怜自己。惯于自怜的人要是在一场平淡的恋爱中被对方甩了，便会觉得自己是个悲剧人物；他们喉咙有点儿发炎，裹着围巾，用上各种各样的药物，像是患了肺炎似地擤鼻涕。

艾丽丝天生没有时间做这样的事。不过，近几个星期，她常常会拼命忍着，不让自己哭出声来。这种情况往往会在最不合时宜的场合发生，例如在和同事一起用午餐时或者在星期五下午的销售会上。她觉得自己的眼泡肿着，常闭起眼睛免得掉眼泪，但

导言

压力还是太大,咸咸的液体会顺着面颊流下,在脸上汇成一个梨形的泪滴。

"亲爱的,你没有什么不舒服吧?"艾丽丝趁午间休息去配药,慈眉善目的药剂师把找回的零钱递给她时问道。

"当然没有,我很好。"她回答着,把钱包合上,想到别人竟然一眼就能看出自己有心事,不禁很有些紧张不安。

"要好好保重身子呀。"她从柜台边走开时,那位女药剂师笑着说,露出一脸关切的神情。

艾丽丝简直不明白自己为什么会这样失望。她一向认为,幸福与其说是享受欢乐,不如说是不觉得痛苦。既然如此,像她这样工作不错,身体也很好,又不是无家可归,干吗还时不时地会像个小孩似地泪流满面、抽抽搭搭呢?

她之所以抱怨,只是觉得自己在别人眼里处在一种令人伤感的无足轻重的地位,对这个星球以及在它上面忙忙碌碌的居民来说,她仿佛是个多余的人。

那些泪水所隐含的或许是一种令人伤心的怀疑,那就是,有朝一日如果她绊了跟头滑出地球边缘的话,没有哪个人会对她的消失表示一点儿关心。

现实

三月初的一个周末,艾丽丝应姐姐珍妮之邀去看她。姐姐和姐夫住在市里一个破败的贫民住宅区里。珍妮本来学的是法律,准备当律师,如今在负责社区一个为受暴力侵犯的妇女提供帮助的中心。一提到这个工作,她总是暗示说,那要比推销洗发香波或者家用洗衣粉意义重大得多。

在姐妹关系这种道德构架中,艾丽丝的角色是个轻浮的、一心只顾自己的小妹妹,而珍妮呢,却是品格高尚勇气十足的大姐姐,为了给贫困不幸的人以帮助,她义无反顾地放弃了自己舒适的生活。

星期六一大早,姐妹俩到居住区附近公园里去散步。天下起了一点小雨,这使周围相当冷清萧条的景色更加凄凉了。

"你气色不错呀。"她们推开园门时珍妮说。

"是吗?"艾丽丝说,"哦,很高兴听你这样说,不过我倒不见得有这种感觉。"

"啊,怎么啦?"

"哦,我也不知道,其实也没什么事。"她回答说,惟恐姐姐

002.

会对她一团糟的心态作出什么评价来。

"嗯,说呀,我听着呢。"

"哦,说起来也很蠢,真的。我只是这会儿觉得有点不对劲。"

"去看医生了吗?"

"没有,跟身体无关。"

"那么是怎么回事呢?"

"只是像平常一样,是心事。"

"说下去呀。"

"我只是觉得人活得很累,不是身体上累,而是精神上累。我看着别人,同他们讲话,还做着许多在别人看来很有趣的事情,可是不知怎的,一切都使我觉得不对劲。"

"你这是什么意思?"

"我觉得同外部世界之间仿佛隔了层东西,自己就像被一条毯子裹住了,我没法正常地感受一切。例如,前些天我在商店里看着一些花儿,也就是水仙,平常我是很喜欢花儿的,但这一回我紧紧地盯住了看,仿佛那是来自外层空间的什么东西。哦,真不明白我这是在说什么。也许这个例子很糟糕,不过要是你理解我的意思,你就会明白的,我觉得一切都不现实。"

沉默了一会儿,珍妮开口说:"要是这里的事情也不那么现实的话,我才求之不得呢。市政厅又在拨款问题上找我的麻烦。要是我们放手不管的话,那些王八蛋巴不得让这地方关门大吉呢。这简直是发疯,因为我们手头有这么多的事要做。我最近帮助的一个女人,她丈夫用锯子把她的四个手指锯掉了。就在昨天,社会服务机构送来一个孟加拉妇女,一句英语也不会说,她丈夫死了,丢给她三个路还走不稳的孩子。还有苏珊,才十三岁,她父亲由于对她进行性骚扰而给抓走了。"

"真可怕。"

"我有时候真羡慕你,"珍妮叹了口气,"这个礼拜我接触的现实够多的了。"

思想史表明,有一种压倒一切的欲望将世界一分为二——一个是现实的世界,另一个是不那么现实的世界。

从逻辑上说,在这个问题上进行激烈的争论简直是胡闹。一切存在的东西本身都是现实的,但是,如果不是从认识论而是从道德的立场上来看,这种争论也还不无意义。所有被视作现实的东西也会被认为具有某种价值。

面对着世界上各种各样毫不相干的无聊事情(婴儿一个个出生,叶子从树上掉落下来,青蛙产卵,火山爆发,政客撒谎),哲学家给出了无穷无尽的现实的物质或思想供我们选择,这些物质和思想自然是互不相容的。在泰勒斯眼里,水是无法减缩的最基本的物质,现实蕴藏在水中;在赫拉克利特看来,现实蕴藏在火中;对柏拉图来说,现实蕴含在理性的心灵中;圣奥古斯丁则认为,现实蕴含在上帝中;霍布斯宣称,现实在运动中;对黑格尔而言,现实蕴含于精神的进步中;叔本华的观点是,现实蕴含在意志之中；包法利夫人致力于在爱情之中寻找现实，而马克思则相信现实蕴含在无产阶级争取解放的斗争之中……

这些思想家自然会意识到，在这个世界上起作用的也还有其他东西，他们只是将自己的观点确定为结构性的思想，也就是人类历史这一复杂机制中的主要动力。

但在这个名单中，包法利夫人难道不是个异类吗？也许作为哲学家来说的确如此，但是她将世界一分为二的方式却是常见的。就像在她之前的圣奥古斯丁那样，她采取了将事物按照"爱"这一是非标准进行区分的方式，不过，她谈的是对人的爱，而不是对上帝的爱。

"现实"一览表		
哲学家	时　期	"现实"的构成
泰勒斯	约前636—前546	水
赫拉克利特	前535—前475	火
柏拉图	前427—前347	理性的心灵
圣奥古斯丁	354—430	对上帝之爱
霍布斯	1588—1679	运动
黑格尔	1770—1831	精神的进步
叔本华	1788—1860	意志
包法利夫人	19世纪40—50年代	对人的爱
马克思	1818—1883	无产阶级的斗争

一方面，这个世界有着珠光宝气的舞会，乳白色的书写纸和意味深长的目光；另一方面，却是平凡的生活，其中愚钝的乡下人为了生存而干活，家庭生活索然寡味，睡在身边的丈夫呼噜打得震天响。

艾丽丝在内心赞同包法利夫人对现实的评价。她也将人类幸福的极点建立在两个人的亲密关系之上，她随时愿意弃文明的其他成就（煮蛋计时器啦，摩天大楼啦，怀孕自测啦）而不顾，宣布说只有在恋爱状态中自己才觉得真正活着。这里所谓"活着"和医学上的定义完全不同，它和氧气的流通及大脑的活动无关，而只是要有这么一个人儿，她能够同他一起沐浴，在做爱之后能蜷卧在他身旁，并且用牙牙学语的口气同他说情话。

很难说清楚她是在什么时候有了这种怪念头的。在她成为青春少女后，渐渐感到一种巨大的缺憾；这种缺憾无论是朋友或者亲属都无法填补，只有通过沉浸在电影或者抒情歌曲中才能暂时得到一点缓解。

从那时以来，经她同意进入她卧室的男子并没有使她的价值观得到多大改变，因为那些人都是些大路货。甚至在她听到姐姐以疯狂的丈夫砍去女人的手指为例说明现实世界的重要时，她仍然没法使自己承认这就是"现实"。少掉四个手指自然是个严重的问题，要是不去提古希腊人的话，这甚至是个悲剧。但是，她还是坚持认为，无论那些手指是多么重要，还是不应该将它们看成是现实的组成部分。

珍妮对此嗤之以鼻,这是完全可以料想到的。问题并不在于是否在自己和一瓶花儿之间存在什么令人难受的隔膜,或者是有没有堕入情网,重要的是,你是活着还是死去了,是有家可回还是无家可归,是受到虐待还是健健康康。因为这些事情是由金钱决定的,生活在伦敦东区要比伦敦西区更加现实,汽车加油站前聚着一群群脸上长满粉刺的瘦削的青年的街道就要比富人区来得更现实;在富人区,你看见的只是戴眼镜的男子擦着公司配用的汽车的镀铬轮拱。

那天晚上她们要同珍妮的丈夫一起吃晚饭,姐妹俩在回家时顺路到一家超市去转了转。珍妮拖了一辆购物车出来,费力地从星期六出来购物的人群中推过去。

"我想做个罐焖土豆牛肉和一些土豆泥,"她说,"你喜欢不喜欢?"

"对不起,你说什么?"艾丽丝回答。

"算了。听着,你就在这里等。我到熟食柜台那里去一趟,马上就回来。"

艾丽丝的注意力被大玻璃窗外面一对正在等公共汽车的男女吸引住了。男的是个高个子,穿着厚厚的呢大衣,他松开大衣,把恋人裹住了。他们呼出的气结成蒸汽飘荡在他们头上,在寒风凛冽的大街上形成了一幅惬意的画面。他低下头来亲吻女友的脖子,女的呢,深情地捋着他短短的黑头发——艾丽丝低声叹了口气，这又使她想到，她是多么希望在寒冷的公共汽车站能有个人用大衣将她裹住，深情地亲吻她的脖子呀。

那天晚上，在吃过罐焖土豆牛肉和土豆泥，喝下太多的红葡萄酒之后，有关"现实"的二元性的辩论变得更加激烈起来。

"你这个人真叫我弄不懂，真的弄不懂，"珍妮说，"你这是在等谁呢？等救世主？总会有这样那样的问题的，不是吗？那个人不是太聪明就是太笨，不是太英俊就是太丑，不是太热情就是太婆婆妈妈。你干吗不能少去想想别人的缺点，学会接受他，专心去干人生中重要的事情呢？"

"亲爱的，什么事重要呀？我倒想听一听呢。"珍妮的丈夫约翰说，他靠到椅子背上，点燃了一支香烟。

"别胡扯了，约翰，你又不是不明白我的意思。我要说的是，我们彼此喜欢，彼此相爱，但这种爱不是搅得艾丽丝牵肠挂肚的那种爱，它没有什么特别之处，不像小提琴曲那么美妙，也不像巧克力那么甜得腻人。"

"才两分钟，那个常见的滑稽场面又来了。我真不明白，自己怎么会跟一个一有机会就要在什么事情上捅一刀的女人生活在一起。"

"对啊，家里有个奥赛罗，一来就举起刀子把天真无邪又可怜的……"

"别自以为是呀。"

"冷静一点，亲爱的。"

008.

"谢谢，我够冷静了。不过无论我做什么，你总是说三道四，我真是烦透了。"

"你是有点头脑发热了。"

"也许是吧。"

"嗯，其实毫无必要，"珍妮说，"因为我想我说的话并没有要得罪你，我只想提一提这个显而易见的事实，那就是，使两人好好相处并不是你想象的那样简单。这是件苦差使，换尿布呀，算好开销呀，尽管你们俩又累又烦，但这些事还是省不掉的。这里面根本谈不上什么魅力。要是你以为一切就像好莱坞电影中的接吻镜头一样，那简直是做梦。"

艺术和生活

在第二天回家的火车上,艾丽丝又想到了接吻的问题:确切地说,她一时间想起这么一个问题,那就是,她姐姐和姐夫约翰亲吻到底意味着什么。

就她所知,他们并不经常接吻。她很少见到他们以身体接触来表达感情,甚至在孩子出生前,在举行婚礼之前也是如此。几年前,她和她姐姐曾经去美国度一个月的假。在希思罗机场出境厅里,约翰吻了珍妮的嘴唇。但这种吻并不像是情郎因为心上人要出远门,同她情意绵绵地亲吻道别;他的亲吻就像是在完成任务一样,因为他和那个女人相爱,他们都很年轻,对方要同她妹妹去美国度一个月的假了,他送别时应该吻吻她。无怪珍妮在提到好莱坞电影里的接吻时带着不屑的口气,无怪她认为艺术中的接吻纯粹是想入非非,因为她在生活中经历的接吻似乎同可能在她内心深处翻腾的情感洪流没有关系。

艾丽丝一直认为,在一个能干的性伙伴的手里(或者嘴唇上),一次成功的接吻至少抵得上(如果不是说超过的话)完完全全的做爱过程。她非常希望，能有个男人耐心细致地对待这件事，他能在激情之中勇于发掘嘴在性爱技巧中无法言传的潜力。精于此道的人需要小提琴手或者钢琴家的技巧，需要知道如何控制和使用嘴唇四周的每一块肌肉，需要知道键盘、节拍和速度，知道在什么时候该用力按键，什么时候只是听凭手指像梳弄似地轻轻滑过键盘，知道什么时候张开嘴巴，什么时候分开一段距离；精于此道者还得控制口水的分泌和呼吸的节奏，懂得如何性感地改变脑袋的位置，把整张面孔结合到亲吻之中，在嘴唇接触的当儿协调手指的动作，抚摸对方的耳朵、后颈、太阳穴和眉毛。

根据她的经验，成功的接吻极其难得。早年的接吻糟糕透顶，这也许并不足怪，十几岁时太紧张，不是口水太多就是干乎乎的——但就在后来，她依然发现很少有男子能在这方面下功夫。在大多数情况下，他们只是把接吻看成是让她脱去衣服的前奏曲，只是出于礼貌非这样来一下不可，接着进一步有更加大胆的事儿要做，一等到上床之后，思想和力气都毫不含糊地用到了别处。

正因如此，珍妮有关好莱坞影片中拥抱接吻的那番神气十足的话才使她久久不能释然。她的话意味着两种接吻是完全不同的：

（1）现实生活中的接吻，例如她和约翰在希思罗机场出境厅门口的吻；

（2）艺术上虚构的接吻，热烈而性感，主要出现在好莱坞影片、小说或者绘画中。

可是在回家的火车上，艾丽丝心想，如果让她在珍妮和约翰喜欢的那种接吻与电影中的接吻之间作选择，她多多少少会觉得，两者之中后者应该被看成更加真切、更加实在，尽管很少有人会这样做。

美学会把这个问题看作是我们熟悉的有关艺术和生活的争论的一个例子。是生活中的接吻优于艺术上的接吻，还是艺术上的接吻优于生活中的接吻，这就看你站在什么立场上了。如果你像珍妮那样，在这个问题上采取柏拉图的立场，那么占上风的无疑是生活中的接吻。

柏拉图深信，从定义上看，艺术只是试图反映生活，而这往往并不成功。因此，在一个理想的社会中，艺术家是多余的人，因为他们其实只是模仿已经存在因而不再需要重新塑造的事物，罗丹或者克利姆特[1]的作品再出色也是如此。已经有了真正的床，何必再去画一张床呢？日常的亲嘴那么普通，何必再在银幕上表现接吻呢？

奥斯卡·王尔德则不会苟同。他对此发表了有名的——也许现在有点用滥了——看法：不是艺术模仿生活，而是生活模仿艺术。王尔德这一令人难以捉摸的名言到底是什么意思？它是说艺术高于生活，同银幕上的亲吻相比，你从有血有肉的情人那里得到的亲吻简直不值一提。王尔德的浪漫主义美学对托尼那样的人是

1　克利姆特（1862—1918），奥地利画家。

个极好的评价,艾丽丝在办公室的圣诞晚会上吻了托尼,那个人满口洋葱味,他的举动就像是狗在久别之后又见到主人那样热情。

艾丽丝是在星期天晚上六点多一点从姐姐家回到自己住处的。家里没有灯,苏西的房门开着,里面的床整整齐齐,说明没人睡过。她走到自己房里,把提包放在椅子上,身子蜷在羽绒被下面,透过没有拉上的窗帘,看着对面的房子。有个女人戴着长长的橙色手套正在厨房里面擦盘子,再上一层,一个男子坐在画面闪烁的电视机前面看报纸,屋顶上散落着一些废弃的烟囱帽和天线,一轮新月从一堆飞快掠过天空的云朵后面露出脸来。

门道里的电话响了,艾丽丝从幻想中惊醒过来。但等她跑过去接听时,线已经挂断了。她在窄窄的过道里待了一会儿,一只脚抵着墙倚在那儿,怔怔地看着门前没有灯罩的灯泡。她弄不清自己到底是饿了还是累了,是想见到别人还是想独自待着,是想看书报还是看电视。她又慢慢走上楼梯,一边专心致志地把无名指指甲旁边的一块死皮抠下来。苏西在厨房里留了张字条,说她要到星期一才回来,冰箱里有卤汁面条和生菜,还问她周末过得好不好。

卤汁面条已经陈了,生菜也变了颜色,说明也有一两天了。她或许还是来点儿汤吧。于是她打开水槽旁的抽屉,取出开罐刀,又从冰箱后面的食品柜里拿了个罐头打开。她把罐头加热至沸腾后,把里面的东西倒到一个厚厚的陶盘子里,红色的汤在绿釉彩花图案的衬托下显得很不协调。在桌子另一头有一叠周末的报纸,她边吃边匆匆扫了一遍。

独自坐在厨房里吃罐装番茄汤，没有人在一边看着你，没有人能使蕴含其中的平庸琐碎得可怕的性质得以改变，没有人能赋予这一切一点儿意义，这有多寂寞呀。独自一个人吃饭，吃的还是半冷不热的汤，也许这能够说明艾丽丝为何爱上最近展览的一些波普艺术家的作品，她为何尤其迷上安迪·沃霍尔的作品。这又是一个艺术能够将生活发扬光大的例子。

沃霍尔把不起眼的番茄汤罐头进行了巧妙的布置，这一来，艺术不仅像柏拉图所说的那样模仿了客观世界，而且还像王尔德所说的那样将它发扬光大了。长期以来，金宝钟牌罐头的设计看起来总有点儿压抑，可是，却有人觉得这些罐头可以供人欣赏，将它们挂到博物馆的墙上，赋予它们艺术品的地位，使它们具有了价值，这一下你的压抑感不是大为减少了吗？

数十年来，所有的"日常用品"都是无缘成为艺术创作的对象的，大家认为这些东西不登大雅之堂。如今，严肃的艺术评论家不得不以一种全新的眼光来看待罐头和汉堡包、电吹风和口红、淋浴喷头和电灯开关，因为艺术家已经用这些东西进行创作了。他们被迫换个眼光，看到的不仅仅是眼前的维希冷汤[1]，而且还注意到各种各样从前被人打入冷宫的物品，因为大家认为，这两类东西都应该同圣母画像、维纳斯和天使传报耶稣降生像一起，归

---

[1] 维希冷汤，用奶油、土豆、韭葱烹制的冷食。

入到美学范畴里面去。

将日常用品置于方框之内,使人不再像习惯上那样漠视其形状、颜色和共鸣度,它意味着:

> 这其中自有一些非同寻常之处

西里尔·康纳利[1]将报刊文体定义为人们只阅读一次的文字,而文学作品则是人们不止阅读一次的文字,以此类推,金宝钟罐

文学汤

---

1 西里尔·康纳利(1903—1974),英国作家、记者。

头就是"报刊文体"(只是盛汤的一次性容器),这种情况到了沃霍尔这儿才得到改变,他的设计将它提升到"文学作品"的水平(挂在墙上供观众反复观赏的东西)。

我们难道不可以说,沃霍尔对彩色罐头的处理与情人赞扬自己心上人鼻子上或手上那些一直未受注意的雀斑其实是同样的道理吗?情人低声向对方说:"你知道吗,我从来没有看见过别人长着像你这样可爱的手腕/痣/睫毛/脚趾甲。"艺术家指出汤罐头或者布利洛盒子[1]具有某种艺术性,这两者之间的实质不是一回事吗?

对这些细节表示惊奇在某个层面上是可笑的,就像墙壁上挂着番茄汤罐头一样。可是,假如你获悉,这种不值一提的小东西受到赞美,是因为它属于一个更广大更重要的整体,例如是对整个人的爱,那么,你就会发现这样做是完全有道理的。某个器官一旦被看成是一个更大的事物的细节部分,那么就不能把它再看成是一件无足轻重的东西——即与其他事物毫无关联的东西。

艾丽丝独自坐着用晚餐时,渴望有那么一天,因为有人疼她爱她,她也能感受到自己身上有些小小的东西受到别人的欣赏;也就是说,她不必飞上月球或者当总统,构成她平凡的人生中的东西就会获得一定的价值,会有人对她说:"你……的样子真可

---

[1] 布利洛盒子是一种印有布利洛(Brillo)商标的肥皂包装盒,也曾被沃霍尔制作成艺术品。

爱",从而减轻她的寂寞感,她也可以作出同样的回应。那一来,星期天晚上边吃汤边看报就不会使她愁肠百结难以排解了,因为世上会有个人(也许不是沃霍尔,而是另一个人)和她一起分享这种体验。

"我真不知羞耻,"艾丽丝打断了在她脑海中盘旋的这些想法,"我可不能让自己沉湎在这当中了。"

她推开报纸,把空盘子拿到水槽前,在冷水龙头下冲洗了一下。

"我一定是患上了自恋症,要不可能就是好虚荣,脑子不清醒。"

她想一定是住所使她产生了幽闭恐怖的症状,因此决定出门看一场电影去。她翻阅了报纸末版的广告,发现雷诺阿影院正在上映让-吕克·戈达尔[1]的《筋疲力尽》。她冲到楼下自己卧室里,找了另一件套头毛衫往身上一套,到街上叫出租车到布伦斯维克广场去。

电影院里挤满了成双作对的时髦男女,她买了票后,却又多多少少感到有点不自在,因为就天性来说,女的很害怕形单影只地走进电影院。

"别人有什么想法关我什么事。"她自言自语地说,对自己这种带有多疑色彩的自我中心倾向很有些沮丧。

她买了一片胡萝卜蛋糕,在中间一排的走道旁找了个座位。

---

1 让-吕克·戈达尔(1930—),法国电影导演,新浪潮电影的代表。

灯光熄灭了,她渐渐陶醉在影片中,忘掉了自己这个害怕别人注视的尴尬的身体。她变成了珍·茜宝,手上拿着《先驱论坛报》站在香榭里舍大街上,她又成为贝尔蒙多坐在美国捷运公司的办公室里,她深夜驱车驶过圣日耳曼大街,她在欣赏莫扎特的单簧管协奏曲,心想自己就要死去了。

等片尾字幕出现时,她觉得自己创造的这个世界渐渐离她远去了。影片中异常生动的角色和情感在她眼中渐渐模糊起来。她哭过,笑过,十分喜欢珍·茜宝,还爱上了贝尔蒙多。

在她前面一对身穿黑色衣服戴眼镜的情侣站起身来,声音很响地披上雨衣。

"对意大利新现实主义的出色模仿。"男的低声说。

"你这样想吗?我看还不如说是约翰·福特和萨特的混合物。"他的女伴说。

艾丽丝坐在座位上没有动,直到电影发行人和影片创作人员的名字出现才站起身来,她有点希望尽量拖会儿时间,尽可能迟地完成从电影回到现实生活中这一痛苦的转换。

叫出租车钱不够了,她便步行到查令十字街尽头的公共汽车站去。街上又湿又黑,路灯发出橘黄色的光,空气中弥漫着油腻食物的气味,这一切使她自然而然地怀念起巴黎来。

她进大学前在法国首都待过一年,那是她第一次离家在外生活。这番经历使她对那个城市满怀浪漫的想法,这在那些不是非要居住那里的人当中是很常见的。她觉得自己浑身是劲,信心十足，并且结交了一大帮朋友，还有不少人追她，给她送花，写浪漫的情书。

她在蒙帕纳斯[1]一家旅行社里当助手。由于每星期有两个下午的假，她便把现代法国电影看了个遍。因此，一提到巴黎，她便想起了电影，既有她在那儿看过的影片，又有在巴黎街道和林荫道上拍摄的镜头。

沿着托特纳姆法院路走着，她突然讨厌起伦敦来，因为这个城市一点儿都不上镜。假如说她喜欢巴黎而不喜欢伦敦的话，那是因为她对英国首都的了解不只是通过每日的亲身经验（归根到底，在这两个城市里，人是很可能会同样感到难受的），而是通过在她之前曾经来过此地的电影制作人和画家的眼睛获得的。她在巴黎的街道上，看到的并不只是砖头和灰浆，她看到的是马奈和德加、图卢兹-劳特雷克和毕沙罗、特吕福[2]和戈达尔所见到的砖头和灰浆。

因此，巴黎的街道获得了一种美感，而伦敦的街道却没有，这种美感可定义为附在艺术创作原材料上的光环。伦敦所能给予她的美感，只是来自英国广播公司根据狄更斯作品改编的电视剧

---

1 蒙帕纳斯，巴黎一个区，一直是作家、画家经常光顾的地方。

2 马奈（1832—1883），法国画家，革新传统绘画技法，对印象派产生重要影响；德加（1834—1917），法国画家，早年为古典派，后转向印象派；图卢兹-劳特雷克（1864—1901），法国画家；毕沙罗（1830—1903），法国印象派画家；特吕福（1932—1984），法国电影导演。

中朦胧的镜头，或者介绍早期的詹姆斯·邦德影片的明信片上的画面（她对惠斯勒和莫奈¹显然没有很深的印象）。

伦敦没有机会得到足够多的艺术家的青睐，因此无法像那些经常出现在艺术家画布上、钢笔下和镜头中的城市那样熠熠生辉。它没有罗马、纽约或布拉格那样的光环，这种美感来自别人从前看见过的某些事物，这就使你能够通过别人的观察将自己的印象过滤一遍。艾丽丝想象着那些大导演打破现代大都市的寂寞感，创造出一种人人都能接受的形象，它能够把城市里乱纷纷的互不相识的居民的各自的观察统一起来。

她走到福伊尔书店对面的公共汽车站，恰好赶上一班车，挑了靠窗的一个座位坐下，离售票员不远。

"今晚真冷啊，对吗？"售票员说，想要扯上几句。

"确实很冷。"艾丽丝草草应了一声。

尽管就在几分钟之前，她还在想电影导演如何打破了城市的寂寞，但这会儿有了同售票员扯上几句的机会，她又觉得很反感。这倒不是她瞧不起他的工作，而是她自以为在艺术鉴赏品位上高人一等。对电影里出现公共汽车售票员她完全可以接受，但在回家的路上有售票员打断她的幻想，她对这些人品位的低下感到吃惊。

---

1 惠斯勒（1834—1903），美国画家，长期侨居英国；莫奈（1840—1926），法国画家，印象派创始人，他创作的伦敦泰晤士河风景组画如《伦敦》《国会大厦》等极其有名。

020.

她的反应表现出她对自己缺乏美感觉得烦恼。珍·茜宝扮演了一个在巴黎的再普通不过的美国姑娘,但与茜宝有关的一切似乎充满了诗意,艾丽丝只觉得自己的一切太平庸乏味。她自己很平庸,她的朋友很平庸,她的父母、工作、住所、城市、公共汽车和售票员,都太平庸乏味。她用这个词儿是什么意思呢?那就是说,她生活中的一切都毫无价值,都与什么出色的事业或者故事毫无关系。

也许在古时候,上帝已经解决了这些问题。他会在天上俯视人间,由于你感受到他的注视,世间的污秽也就不那么难以忍受了,平庸乏味的东西也就和善与恶斗争那光芒四射的历史联系在一起。尽管信徒生活在尘世,他们的行为还是同天国发生的事情有关。上帝看到了一切,在他的注视之下,甚至就连在雾气蒙蒙的雨夜中穿过伦敦城也是可以忍受的。

但是艾丽丝从来就不信上帝,对她来说,一些类似的功能要由艺术和爱情来承担。电影使她不再感到孤独,她觉得"并不是只有我一个人体验到这样的感情,看见这条街道,坐在这家咖啡屋里……"与此相似的是,爱情使她希望有朝一日能够遇到这样一个人,她可以低声对他说:"你也有同感吗?真是妙极了。这正是我的想法……"一个人的内心世界同另一个人达到了微妙的契合。

对故事的羡慕

艾丽丝要是在周末醒得早的话，会驾着自己那辆大众车到附近的面包店里去买新鲜面包。接下来的那个星期六，她过了八点钟就睡不着了，于是决定准备早餐，好给苏西和马特一个惊喜。

她把车停在商业街上，挑了几个仍然热烘烘的羊角面包，接着将一包衣服拿到没几步远的洗衣店里去干洗。等她回到自己车跟前，发现挡风玻璃雨刷下面夹了一个信封。一看这不是又一张违章停车的传票，她放心了，于是把信封塞到购物袋里，再把袋子放到车上。

回到家里，她发觉那一对情人还在睡觉，便冲了杯咖啡，打开收音机收听新闻节目。一会儿，她想起了信封的事，于是便把购物袋拿来，打开信，信是这样的：

亲爱的陌生人：

请原谅我给你写了这封信。有好几个星期了，我总是忍不住想要提笔写信给你。我看见你来买面包，话都说不出来了。我发现你的笑容令我无法抗拒，我问自己什么时候才会有勇气和你说话。我只知道你有一辆漂亮的红色汽车，笑容十分甜蜜，其他就一无所知了。请不要以为我只是一名店员而已。其实，我极其爱好音乐，还会作曲。假如你愿意，我可以在某天晚上做一顿晚餐款待你，不过（可能）是用微波炉煮，（肯定）是素食。我希望很快会再见到你——即使是作为顾客也好。你的到来和微笑，使早晨变得无比美妙（老实说，这句话押韵只是碰巧而已）。

噢，天哪！艾丽丝想到，回忆起那个店员的模样来，那个年轻人满脸粉刺，整张脸不像个样子。这个人之所以会引起她的注意，主要是他有点鬼鬼祟祟、慌慌张张的。

"哪个姑娘这么幸运，一大早就有来信啊？"

"嗨，苏西，你好吗？"

"我很好，亲爱的，你呢？"苏西回答着，在艾丽丝面颊上吻了一下。

"我刚收到这封信，真是奇怪。"

"信很怪？"睡眼惺忪的马特突然从卧室里冒了出来，他大声说，"这么早我可不想去看那种东西，对吗，苏西？"

"哎，开口呀，说说看是谁的信。"

"啊！买了羊角面包，"马特看见了购物袋，顿时满面喜色，"艾丽丝，你真伟大，瞧，一人一个，啊，还有果酱。"

"别吵，马特，"苏西说，"我要听听这封信是怎么回事。"

"要是真有点什么有趣的事情谈谈就好了,"艾丽丝回答,"这只不过是份情书……"

"只不过是情书!从来没有听说谁收到了情书还会这样无动于衷的。"马特说。

"……是面包店那个家伙写的。"

"面包店那家伙?"苏西莫名其妙。

"对啊,卖面包的那个年轻人,他写给我一份情书。说是喜欢我的笑容,想要什么时候在家里煮一顿素餐招待我。"

"哦,嗯,那倒是不错。"苏西说,她向来习惯以乐观的态度看待一切。

"我可不打算吃素,"马特发表意见说,"有段时间我很喜欢吃果仁饼,不过你可得注意饮食营养平衡呀。哼,一个吃素的面包店伙计,喜欢你的笑容——我总觉得有点靠不住。"

"这人反正是个笨蛋,"艾丽丝说,"我是说,他竟然敢写出这种信来。"

"哦,可别这样说,"苏西说,"烤面包这一行确实很有意思。我以前认识一个烤面包的,他做面包的动作真妙。"

"动作真妙?"马特问。

"嗯,反正我不感兴趣,算了,不谈了,我们吃吧,"艾丽丝说,"我把这封信扔到垃圾桶里去。"

要是换一种足够乐观的看法,或者发挥充分的想象力的话,我们自然可以希望这样一封信件或者甚至这样一个情节会有完全不同的结局,它至少与人们候机时消遣的小说是同一类型。一个年轻的面包师爱上了一个稍稍年长几岁、文化程度高的女人。通往幸福的路上布满了荆棘,需要克服阶层和年龄差别的障碍,女人的朋友和家庭对面包师一致反对;她父亲想用枪把他给干了;面包师约女的去伦敦西区饭店里吃饭,这个约会至关重要,而男人的母亲却受了恋子情结的影响,发出话来拒绝为儿子熨烫衬衫;男的吃素,但女的却爱吃拌洋葱鸡蛋的牛排;男的喜欢听古怪的印度弦乐,女的却热爱莫扎特。然而,他们热情似火(有机会在满身面粉的情况下疯狂地做爱),种种障碍终于克服了,大约在350页前后取得了皆大欢喜的圆满结局。

然而,那封信却给扔到了垃圾桶里,这个故事就此结束了(尽管苏西继续说,有时候那些最不相称的人往往最好相处,她举例说当她第一次在伦敦大学医院病房里见到马特时,对他印象并不好,马特对此说法显然并不认可,他说那时候她是多么心慌意乱,面色通红,还一头撞到了旋转门上去)。

艾丽丝在自己的经历当中只知道不和谐的声音。在情欲这件事上总有一个问题悬而未决,这个冲突其实就是,哪一方愿意处于给予的地位,对方是谁,给予的又是什么。

一月份时,托尼,也就是圣诞聚会上吻她的那个人,提出要请她吃饭,并且去托基[1]度周末。她对他的盛情邀请很是感谢,也

---

[1] 托基,英格兰西南部海边旅游胜地。

喜欢同他交往，不过她还是老老实实地说明两人只是朋友关系而已，以避免有进一步的发展。同时，有那么短短的一段时间，她迷上了那个给她所在的部门安装复印机和打印机的人。结果呢，时不时就有电话过去，说是机器的硒鼓出了毛病需要修理。但事情进行了几个星期之后，那位英俊的技术员西蒙漫不经心地提到，他和他朋友汤姆那天晚上要去吃饭，纪念他们在一起两周年——这一来，再也没有听说四楼的硒鼓出毛病需要修理了。

无怪艾丽丝喜欢那些出色的爱情故事，这些故事所包含的无法避免的必然性令人羡慕。她爱好这些故事，并不是因为天真地以为它们个个都结局圆满，而是因为她觉得这些故事都具有一定的意义。每个情节都能说明一些问题，就连一些乏味的场面也会说明乏味究竟是怎么回事。亚里士多德界定，恐怖和悲剧的区别在于情节。在说故事大师的笔下，无论他描述的事情是多么令人觉得不快，但你至少可以相信说这个故事的人不是白痴，它不会只是一片毫无意义的喧嚣和骚动。

爱情小说的女主角常常有爱吃醋的丈夫、黝黑的情人、困难的处境和种种可怕得足以使生活变得有趣而又不至于绝望的障碍。无论如何，在第一幕中提到的枪到了第四幕的适当时刻总会开火。

当艾丽丝计划着把自己二十五岁的又一个月打发掉时，这里可以对两种时间进行如下的区分：

① **有意义的时间**：小说中充满了这类时间，它用来表现人物，往往用"因此""为了"和"正因为"这些表示时间顺序的词

语来连接。

🕐 **时钟上的时间**：只是时针在钟面上转动，这种按时间顺序的发展缺乏故事所有的那种紧凑但却令人放心的典型结构，这种结构出自以下这种无懈可击的模式：

需要／欲望──→冲突──→解决矛盾

艾丽丝的需要和欲望，充其量不过是一种杂乱无章的故事，在这些故事中，事情的发生显然并没有什么理由，欲望从来不会导致冲突发生，出现冲突时也没有欲望牵涉在其中，矛盾的解决也只是临时敷在不稳定的伤口上的膏药，整件事一年年拖下去，连插播广告的时间都没有。

她个人经历的难题很少有得到自由表达的机会。她很爱父亲，但同他的关系向来都算不上正常。她父亲管理一个跨国连锁百货商店，工作很忙，与子女缺乏沟通。人们认为，她母亲在她那个社交圈子显得高雅迷人，但艾丽丝心里明白，她只是个有点可怜的角色而已（假如她的报复心不是那么强的话），就像是个宠坏了的孩子。由于父母一心只顾自己，艾丽丝感到自己的问题说出来也没人听。从小的经历使她不习惯大喊大叫，她只是安静地咬自己的指甲，她的生活是一出内心的戏剧，并不表演出来让人看。

因此，她一向迷恋阿里阿德涅线团的故事，也许就不是什么巧合了。这个古希腊神话说的是忒修斯被送到克里特岛囚禁，将要在迷宫里被凶暴的弥诺陶洛斯结果性命。但就在忒修斯被带走之前，弥诺陶洛斯王热情似火的女儿阿里阿德涅凑巧看见了他，她立刻爱上了这个英俊的青年，决心把他搭救出来。她不顾自身安危，偷偷地塞给年轻人一个线团，让他在迷宫里沿原路脱身。最后忒修斯把那个牛头人身怪物杀死，逃出了迷宫，他回报了公主的青睐，带着可爱的阿里阿德涅逃离克里特岛，这样，爱情与感恩之情就紧密地结合到了一起。

艾丽丝认为这个故事具有一种象征意义，这使她很感动；在旅途中需要有条线来使我们找到归路，这条线又与爱情有联系：正是情人的礼物指明了方向。

无疑她忘记了重要的一点——她对希腊神话的了解还不够全面——那就是，这个故事的结尾其实很悲惨，在不同的版本中有这样一种不幸的结局：一离开克里特岛，忒修斯就抛弃了阿里阿德涅，两个情人出其不意地分开了，阿里阿德涅被心怀妒忌的狄俄尼索斯带到了诸神的国度里。

愤世嫉俗

接下来那周,苏西请她的朋友乔安娜来吃饭。乔安娜是个美容师,个子高挑,她引以自豪的几点是:把自己的长指甲涂成紫色,同虚伪作斗争,对人开诚布公;这最后一点使谈话无不以得罪别人而告终,然后她就用下列说法为自己辩护:"哼,要是我不跟他们讲,见鬼,还会有谁讲呢?"

三个女人坐在厨房用桌旁边,饮葡萄酒,吃色拉。

"喂,告诉我,你的爱情生活怎样?"乔安娜掉转头来问艾丽丝。

"哦,很好呀。"

"这个姑娘就是讨人喜欢,总是这么讲礼貌!她总是说:'哦,很好呀。'仿佛我问的是天气似的。"

"对不起,我该说什么好呢?"

"我怎么知道,告诉我你跟谁上床呀,告诉我是谁促成这件事的,诸如此类的东西。你是不是还和那个,那个叫什么名字来着……"

"托尼。不,他们结束已经有些日子了,对吗?"苏西说,对谈话的气氛有几分不安。

"嗨!人家自己长着嘴巴,让她讲呀。"乔安娜很有些不满。

"不错,她说得不错,是分手了。要知道,我们并不般配,所以,我觉得最好还是……"

"要知道有句俗话说,在恋爱和战争中什么手段都是可以耍的。"说完,乔安娜顿了一顿,仿佛这句话有多深刻似的。没人作声,她点了支烟,深深吸了一口,又接着说:"听着,我要真正帮你一把,介绍个出色的男人给你。这人是我哥哥的朋友,我同他很熟,你会爱上他的。他是个电脑工程师,正在练举重,非常性感,非常迷人。我想他能够解决你所有的问题。"

"真逗。"艾丽丝答道。

"逗?我以为你会高兴得跳起来呢。"

"啊,当然啦。"

"嗯,干吗不呢?"

"因为我一个人过得很好。"

"你也许很好。我只是说,如果床上有了这个男人,你可能会过得更好,好得多。"

"那可不是由你说了算呀。"

"嗯,对不起。我只是觉得你独守空房,床上缺个人。"

"我不担心。我是说,要是有个男人,那很好,要是没有,那也差不到哪里去。"

"那么，是谁这样心烦意乱，好像世界就要完蛋似的呢？"

"我不知道。"

"听着，宝贝儿，我的话不会错，你的生活可能不坏，不过有时候谁都需要换换环境。你是喜欢光滑的还是毛茸茸的？"

"你这话是什么意思？"

"你是喜欢胸口光滑的还是长毛的？"

"我不知道，我也不在乎，重要的是人。"

"真有脑子！听着，我把你的电话号码告诉他，接下来的事情，沟通啊，见面啊，由你们自己决定。好吗？"

"不好。"

"干吗不好呢？"

"因为，说老实话，乔安娜，我不需要。"

"好，别激动。天哪，竟然有人这样神经过敏！"

"也许你的神经最好也稍微敏感一点。"

"我只是说我认识的这个人好像还很有意思，要是说你不想……"

"什么事呀，艾丽丝？亲爱的，怎么啦？"苏西看到艾丽丝眼里噙满泪水，连忙问。

"没什么，对不起，"她说着猛地站起身来，"我想一定是累了，我要去躺一会儿。"

她走后，是一阵紧张的静默。苏西望着艾丽丝的盘子，里面还剩了一半，餐巾给匆匆扔在一旁。

爱上浪漫

The Romantic Movement

"喂,可别怪我呀,"乔安娜连忙分辩说,"我只不过出出主意罢了。她愁眉苦脸的,显然有心事,我认为她应该出去交交朋友。告诉你,我这个朋友真是顶呱呱。说到底,要是我不跟她讲,见鬼,还会有谁讲呢?"

无论所谓直言不讳(它与粗野无礼的距离其实只有一步之遥)究竟有多大好处,乔安娜有件事说到了点子上。尽管艾丽丝渴望爱情,但是,她渐渐变得越来越不肯对自己对别人承认这个事实。她至今独身这事儿以前只是一个给人说笑取闹的题材,但独守空房这么久之后,它渐渐带上了不便提及的严重性。

恋爱的问题虽然避而不谈了,但是它的影响却可以在其他方面感受到。艾丽丝以前生性乐观,但如今朋友却发现,她老是争辩说生活的方方面面都是一天不如一天;她对全球经济和生产、对两性关系和家庭的未来、对文明的价值和教育水平、对城市卫生状况和鞋子的价格、对天气和野生动植物的命运的种种看法都带着极其悲观的色彩。她会发表一些高深莫测的言论,譬如"人生说到底毫无意思。男人和女人永远无法互相理解。整件事从头到尾都是叫人恶心的笑话"。

令人惊奇的是,这种转变有多么简单,你可以从"我很不幸"一下子转到远为宏大的"地球上的生命本来就没有意义";不登大雅之堂的抱怨"没人爱我"也可以一下子变成高雅的格言"爱情只是幻想而已"。问题的核心并不在于生命和爱情究竟是不是有什么意义（谁能够声称自己解决了这个问题呢？），而在于如何将起刺激作用的因素掩藏起来，只留下一个最能为大众接受的、不带个人色彩的基本真理。

这一现象具有许多典型的例子。以哲学家阿瑟·叔本华为例，他生就一种哈姆雷特式的极为悲观的性格，对母亲憎恨到无以复加的程度。十七岁时，他父亲去世了，母亲把家从祖居地汉堡迁到魏玛。在那里她成了一名快活的寡妇，享受着上流社会的生活；她大办宴会，闹桃色事件，买昂贵的衣物，花钱如同流水，只有从不挣钱的人才会有这样的派头。她对一切有关文化的事情都自封内行，还举办沙龙；据说歌德曾经去参加过。她甚至还出版了几部小说，在文学界的名气远远超过了她儿子（她儿子的主要作品《意志和表象的世界》连遭三家出版商的退稿，一个子儿也没有挣到）。可问题是这样，任何人都有可能同母亲闹得很僵，但是，只有具有特殊才能的人，才能够把自己的经历普遍化，并且把它结合到自己的人生哲学理念中去，认为女人"孩子气、愚蠢而短视，总而言之，终其一生只是些大孩子"，以及"只有智力受到性欲蒙蔽的男人才会把这个发育不良、窄肩肥臀、双腿很短的性别称之为美丽的性别"，以及"她们无论对音乐、对诗歌还是对雕塑都不具有真正的感受和领悟能力"。

有趣的是，在叔本华写的成千上万页文字中，在他把女人作为一个整体极口污蔑的同时，却绝口不提真正使他烦恼的根源，也就是使他烦恼的那个女人，即疯狂地大办宴会、以不挣钱的人的派头流水般花钱的母亲。

或者以不幸的拉罗什富科公爵[1]为例——他写了好些有关人生的悲观箴言，宣称无论事情在表面上显得有多糟，实质上要更加糟糕得多。我们只要看一眼这位作家的生活，就会发现这些箴言并不是毫无道理，因为他经历了几乎一连串接踵而来的倒霉事：首先他在政治上作出了轻率的决定，在朝廷里站到了奥地利的安妮[2]一边，因为他爱上了她的女侍，为此付出的代价便是被黎塞留[3]流放两年；后来，等到安妮成为摄政王，马萨林[4]和安妮对他的忠心毫无酬答之情；在投石党运动[5]的每一次战役中，他都站错了队；他的城堡被夷为平地，双眼在一次爆炸中一度失明；他永远没能实现自己在军队里或者政治上建功立业的抱负，他对爱情的追求大都以单相思告终。

乔安娜来访之后，又过了几个星期，这天从大门里投进来一个结实的大信封。

"是你的信，打开吧。"苏西说，在早餐桌上把信封推给艾丽丝。

---

1 拉罗什富科（1613—1680），法国伦理作家，著有《箴言录》五卷。
2 奥地利的安妮（1610—1666），法国国王路易十三的王后。
3 黎塞留（1585—1642），法王路易十三手下的权臣。
4 马萨林（1602—1661），法国首相，安妮的宠臣。
5 投石党运动，1648年至1653年间法国反对封建专制制度的政治运动。

034.

"我告诉过你,给我的只有账单,我到晚上再看。"

但这根本不是账单,而是一份请帖,寄信人是艾丽丝多年前的中学朋友;她们自从分手后一直没有联系。

"什么呀?"苏西问。

"啊,没什么,我没法去。"

"我来瞧一瞧。天哪,看来妙极了。晚餐,舞会,真是太好了。"

"是吗?"

"那当然啦,你准备穿什么衣服呢?"

"别傻了,苏西。"

"这个问题很重要呀。"

"我不想去。我手头工作很忙,此外,我也没有什么好同别人说的。我真不明白人干吗那么喜欢交际,我是说,他们出去赴宴,那都是些既空洞乏味又可笑的例行公事。一个人问:'您好吗?'另一个人便唠叨上十分钟,你只好坐在那里洗耳恭听——接下来有人问你了:'那么您好吗?'你也唠唠叨叨说上一气。就是这么回事。"

"并不见得全是那样,有时候你也可以同别人谈得很痛快。"

"对啊,通常是同某位天使,他只是想同你上床,然后就连电话也不会给你一个了。"

因为艾丽丝已经从经验中得出结论,凡是她热情企望的事情,结果往往令她失望,因此她努力不让自己抱多大的希望。这同某些人的做法一样,倾向于以悲观的态度去思考问题,希望结果比自己预期的要好,仿佛这两者之间存在某种联系似的。要是她把最糟糕的结果都考虑到了,那么最糟糕的事情反而不会发生。为了得到顺利的结果,她付出的代价是,无时无刻都得提防不要出什么毛病。

因此,在宴会那天晚上,当她来到苏西房里抱怨说连衣裙穿在身上还不如垃圾袋漂亮,又说她会赶回家看晚上十点的电视新闻时,这并不意味她对自己的衣着或者回来的时间作出了什么决定。她想的只是,假如她首先把自己的衣服称为垃圾袋,把今夜的聚会看成是短命的活动,那么事情结果很可能不至于那样糟。

晚会

宴会在泰晤士河畔罗塞里兹的一个由仓库改建而成的房子里举行,房子的装修布置混合着工业时代和巴洛克风格[1]。晚会相当于从前的大舞会,并不主要以金钱或者社会地位来决定邀请对象,而是看你是否敢于蔑视高雅的风格。从满是意大利名画复制品的天花板上垂下了大吊灯;舞池上方画着西斯廷教堂[2]天顶画的局部,不断旋转的彩色光影映在它上面;餐厅的墙壁上挂了丝绒帷幕;平台上有一排小吊顶灯发出朦胧的光;来客在平台上用有凹槽的蓝色玻璃杯饮酒,以夸张的热情手势互相招呼。

艾丽丝把上衣寄存在门厅里,沿着宽阔的露天楼梯走上去,手心里反复折叠着自己的入场券。她找到自己的座位,发现同桌的客人(她一个都不认识)还没有来,便站在自己的椅子后面,欣赏摆在桌子中央的一大束颜色鲜艳的塑料花。

"你这会儿想的是'见鬼,我本不该来的,没有一个熟人,我的打扮一定很糟糕,我怎么把这段时间挨过去呢,等等等等',对吗?"站在桌子对面的一个男子问道。

"我其实正在琢磨干吗需要三套刀叉。"艾丽丝随口回答。

"啊,对不起。我猜错了。也许是我应该这样想:'见鬼,我本不该来的,没有一个熟人,我的打扮一定很糟糕,我怎样把这段时间挨过去呢?'"

"你真是这样想吗?"

"其实我并不清楚。一分钟前我是这样想的,可是事情最后会怎么样,谁也说不准。请问,我是不是该穿衬衫系领带?"那个人问,他身穿黑色套装,但里面是一件灰黑色的高圆翻领套衫。

"我不知道。"

"对啦,我总弄不清楚在这些场合该怎样着装。你有没有同感?不知道该穿什么,更确切点说,你打算穿某件衣服,但是却不知道别人是不是也会同样打扮,结果呢,你就穿上了你以为别人也会穿的服装,谁知道还是穿错了衣服,同时又没有按照自己的心愿穿戴。"

"我想我也有过几次同样的遭遇。"艾丽丝回答说,一丝笑容不由自主地浮现在她的脸上。

"时间还来得及,干吗不把座次安排掉换一下,让我坐到你旁边来呢?我看是没人会注意到的,你说呢?"那个人说,他满脸调皮的神情,很是讨人喜欢。

---

1 巴洛克风格,指多装饰曲线以追求动势与起伏、以铺张浮华为特色的风格。
2 西斯廷教堂,在罗马梵蒂冈,以米开朗基罗和其他艺术家的天顶画和壁画著称。

038.

"你干吗要这样呢？"艾丽丝问。

"因为我的一边是梅拉妮，另一边是珍妮佛，这两个名字已经使我讨厌了。"

"你心胸未免太狭窄了，也许你会发现她们俩都很不错呢。"

"我也不知道。这两个名字都带给我一些不好的联想。我有个精神不正常的老姨婆，名字就叫梅拉妮，我的牙医叫珍妮佛，她使出浑身解数把我的生活弄得痛苦不堪。"

"假如我喜欢一边坐的是罗伯特，另一边坐的是杰夫，那又怎么办呢？"

"见鬼，你当然顶清楚啦。"那人淘气地回答，并且把座次卡换了过来。这样，艾丽丝在这一宴会上的经历发生了变化，她坐到了一个名叫埃里克（换来的卡片上是这个名字）的人身边。

其他的客人陆续进来了，大家对掉换座位的事一无所知，纷纷按照卡片就座，晚宴开始了。埃里克精力充沛，性子又急，使得艾丽丝处在被动应付的地位，她很少问话，只是忙于回答问题，挑起话头来的往往不是她。她觉得有一连串的问题向她袭来：她干什么工作？年纪多大？住在哪儿？有没有谈过恋爱？

"对不起，你说的是什么？"

"我问的是，你有没有谈过恋爱。"

"我干吗要把这事告诉你呢？"

"啊！你还是宁愿再扯上一通天气，真是对不起，我想接下来地面上恐怕会有霜了。听说苏格兰公路上结了薄冰，山谷里有雾。哦，高地可能会有小雪。"

"是我让你烦了吗？"

"一点也不。"

"那么，为什么你会认为我相信有爱情这回事呢？"

"那么，我是有幸坐在一位什么都不相信的人身边了。"

"我只是讲现实罢了。"

"我一直以为每个女孩子生活的目的就是找到与自己相伴的男人。"

"简直是大男子主义的胡说八道；有人是，但并不是每个人都这样。这根本不是我的目的，我只对独立生活感兴趣。我希望能够做到什么人都不见，一个人把生活安排得好好的。并不是说我现在有什么问题，其实，我自个儿过得挺好。我知道有些人耐不住独身生活，我的室友苏西就是这样。她就没法过独身生活，随便哪个男人要同她一起出去，她都愿意，就因为她不肯晚上独自一人待在家里。我是说，她为人不错，她的男朋友也很好，只是我不想像她那样生活，那只是找个安乐的小窝，无法真正面对人生。"

"你的项链很漂亮。"埃里克打断了她的话，他伸手用拇指和食指轻轻捏了捏项链。

"是我祖母的。"艾丽丝回答说，她的嗓音有点儿抖动。

"如今很难看到做工这样精美的项链了。"

"多谢夸奖。"

040.

　　对埃里克这样的男人,艾丽丝本能地不放心,他言谈举止略显粗鲁,但却讨人喜爱,这使她警觉起来,很可能他把这天晚上的事看成是开玩笑。尽管她怀疑他是否真有诚意,但却肯定他这个人确实很有魅力。无论是在他掰面包时,还是熟练而迅速地把蔬菜叉到叉子上去时,他的动作都简洁迷人,很是性感。

　　埃里克在银行里工作,负责商品和期货交易,不过,他说他的经历比较特别。他原先学医,毕业后在肯尼亚当产科医生,后来改行从商。一开始他同朋友开了个很成功的唱片公司,然后又在连锁服装店里工作,只是最近才转到银行这个行当里来。

　　"搞商品交易的特点就是资金数额特别巨大,"埃里克解释说,"大得异乎寻常,你忘记了经手的是真正的钱,这很有点看不见摸不着的味道。就因为这点,我才更喜欢服装店。在金融界,你有可能在几秒钟里赚进上千万或者赔掉上千万,几乎注意不到它,可是在商店里,你会遇到某个怪脾气的顾客,冲进店里朝你嚷上半个钟头,就因为他花了区区十英镑买的T恤衫缩水得厉害。这多少让人看到了现实。你在听吗?"

　　"当然,我当然在听。"艾丽丝回答,猛然意识到自己正盯着他看,对他讲的话一点都没听进去。

　　"你脸红了。"埃里克说。

　　"不,我没有。"

　　"是红了。"

　　"真的吗?房间里太热了一点。"

甜食上来了，盘子中央是一块巧克力蛋糕，四周围着一圈莓子酱。

"你怎么可以有差不多十颗草莓，可我连一颗都没有呢？"埃里克望着艾丽丝的蛋糕说，"能不能给我一个？"他问道，她还没有来得及开口，他已经叉了一个去。

他的一举一动都很迷人，仿佛他不用担心有什么危险。他按照拉丁情人的方式行事，毫不隐讳自己的要求。这虽然更容易遭到拒绝，但也使被人拒绝不那么尴尬——这种炫耀的做法同脸色苍白的北方情人（维特[1]等）恰成对比，那些人一年到头笨拙而教条地低声倾诉自己的爱情，如果不能如愿，便不声不响地结束自己的性命。

如果说埃里克非常愿意将自己的意图暴露无遗，那么我们得承认他的话确实很有效果。

"好啦，我知道你心里在想什么，"他抢在前面说，"你觉得很快活，你在笑；可是使你烦恼的是，你不清楚我这个人是否靠得住。你在想：'这家伙是真心呢，还只是讨好人骗人？这究竟只是开玩笑呢还是当真？'你有点吃不准该怎么应付。假如这只是玩笑，你不想搀和进去，可是你心中又想可能不至如此，所以你才待下来没有走开。遇到有男人向自己讨好时，女性永远都会面临这样的问题：该不该相信他？你很可能并不信任一个人，却仍

---

[1] 维特，指德国作家歌德名作《少年维特之烦恼》的主人公。

然喜欢他,只是你不想让自己再受到伤害。"

我们不应该认为艾丽丝的虚荣心强,但是,有个男人能够说出她的想法,并且基本上没有说错,这还是很令她动心的。如果有人能直视她的眼睛,告诉她说,尽管他俩刚刚认识,但他看得出她的感悟力非常强,那么她还不至于如此愤世嫉俗,能够对他不理不睬。

"你也许对我这样的男人特别不放心吧。"埃里克说。

"为什么呢?"

"因为你吃过这方面的苦头。"

"那也并不见得比大多数人更厉害。"

"更厉害。只是你故意不把你的问题当一回事,可能因为从来没有人让你以认真的态度来对待这些问题。别人感受不到的事你感受到了,你的感受很深刻,正因为如此,你才不得不为自己营造一个外壳来保护自己。你把很大一部分精力都用到了那个上面。从你肩膀的样子可以看出,你处在紧张的状态中。"

"我的肩膀怎么了?"

"没什么,只是你的姿势说明了很多问题。难道从来没有人提过这件事吗?"

"没有。"

"嗯,一般人的观察力都不大行,对吗?"

星象学和算命经久不衰,这表明我们多么渴望得到理解。这种愿望远远超过了我们的疑心,我们倒不去怀疑这些理解有多准确。埃里克明白，只要告诉别人说，你理解他们，就很快能赢得他们的信任。一般人都相信自己其实有自知之明，因此只要认为他们所作的分析有几分道理，无论这是出自别人的口述还是来自有关双子星座的文章，他们便立刻会软化下来。

"这儿真吵，我们别去跳舞了，"埃里克说，"出去找个安静的地方喝点东西怎么样？"

"这个时候都关门了。"

"或许还是回去，到我那儿谈谈心吧。"

"什么？"

"我是说或许可以到我那儿去。"

"这真的很难说。"艾丽丝回答道。她倒是很想接受这个邀请，但是不愿意显得像是那种一招便走的女人。

"问题是我的钥匙，"她说，"我家门上那把锁很怪，要有窍门才开得开。我告诉同我合租房子的朋友，要是她先回家，就把另一把锁锁上，要是我先回家，我就把门廊里的灯留着，不再上锁，按门铃就可以。嗯，反正我要说的是，这确实有点困难。"

如何听任自己让人勾引，这是个复杂的问题；要是一口答应下来，那么你就显得太贱，要是慢吞吞地回应，那很可能使对方失去兴趣。艾丽丝究竟是甘冒不顾自尊的风险，接受埃里克的邀请，到他家里去谈心，还是甘冒永远不再见到他的危险，礼貌地说声再见呢？

过分拘谨和不够检点可能会同样令人焦虑。一个人很可能因

044.

为害怕对方永远失去兴趣而同意立刻做爱,也可能因为害怕轻易失身会很快被对方抛弃,从而永远拒绝做爱。

从天性上讲,艾丽丝倾向于按照第一种担忧而行事,她无法容忍浪漫的感情一再膨胀。在这一过程中,尽管对方要求不多,但被勾引的一方半推半就地调情,期待对方会有进一步的动作。

尽管各国政府宣称反对通货膨胀,许多情人也同样如此,但是,对一个正常运行的恋爱经济来说,有时候来点儿膨胀倒是有好处。出现如下的情况倒不失为好事(这无疑有些反常),一个情人会这样说:"不,瞧,我很抱歉,我有点头疼 / 不消化 / 有男朋友 / 有女朋友,因此今晚就到此为止吧。"对方呢,痛苦地想到真正的爱情永远不会一帆风顺。下面的情况还会对事情有所帮助,一方会独自想:"我还不够好,对方的要价太高了。"然后,勾引的一方便去买巧克力糖,深深地叹气,并且着手写出这样的诗句:"假如我们有足够的地方和时间,女士啊,这种腼腆,绝不是罪过……"

"瞧,我完全能够理解,"埃里克回答,"我不想勉强你。这只是个想法。我想找个安静的地方谈谈心也许不错,可是我忘了。我是说时间很晚了,你同我又不熟。我尊重你的决定,希望能再同你见面,或者一起去看你刚才谈到的意大利电影。"

"当然,那很好。"

艾丽丝是在深夜一点刚过离开的。由于他俩同路,埃里克便提出送她回家,免得叫出租车了。

不过，在他们抵达他住所附近时，艾丽丝突然觉得，假如他真正理解她是多么难以接受他的邀请，假如他是如此礼貌地尊重她谢绝拜访的决定，那么，她其实也完全可以改变主意，让他知道，一次特别的谈心也不失为这个夜晚得以圆满结束的好方法。

046.

从零开始

　　埃里克原来是一个极其高明的情人，他温柔体贴，充满了想象力。他懂得如何使艾丽丝放松下来，同时又以意想不到的方式唤起她的欲望。在他们做爱的过程中，时而是温柔的嬉戏，时而是纵情的狂欢。在第一次接吻前一直困扰她的问题如今已经抛到脑后，这会儿她沉浸在不假思索的欢乐之中。

　　在某种程度上，同某个人上床总会让所有那些曾经与自己同床共枕的人浮上心头，想起他们的习惯，并加以对照比较。我们做爱的方式体现了对自己性生活史的回忆，一个接吻是从前接吻的浓缩形式，我们在卧房里的行为满是我们从前睡过的卧室的痕迹。

　　在艾丽丝和埃里克做爱的过程中，两人的性生活史相会交融在一起了。埃里克舔舐艾丽丝的耳朵的方式便是从克里斯蒂娜那儿学来的，是罗伯特教会艾丽丝用舌尖温柔地舔弄对方嘴唇四周，埃里克从丽贝卡那里知道了如何把舌头伸进对方嘴里，沿着口腔内侧吮吸对方的牙齿。汉斯则把如何用鼻尖亲吻的技巧热情地传授给了艾丽丝，但她试了试后，发觉埃里克似乎不大喜欢。从前克里斯亲吻她脖子的方式使她心荡神怡；当你在采取这一古怪的动作时，其实是你自己感到快乐，艾丽丝这会儿便在埃里克的脖子上使劲吻着。

尽管从纯机械的观点来看，性生活史可能是有益的，但它在心理上也相当复杂。你有过性生活史，这不仅说明你曾经同好些人做过爱，而且也意味着，你不是拒绝过某些同床共枕的对象，就是被他们拒绝过。要是以一种悲观的方式来观察性技巧史，那么便可以将它看成是一部失望的历史。

因此，在这一过程之中，便存在着一种奇怪的紧张状态：一方面，双方以激情在重新塑造这个世界；另一方面，他们的姿势证明他们正努力从往事中走出来。

艾丽丝做爱的劲头象征着对这种历史的反抗。她想要忘记以前的接吻和夜晚，那些接吻和夜晚一开始也和今晚一样热烈奔放，但最后却以互相指责而告终，对方宣称他不能作出什么承诺，看着他阅读晨报时那张表情漠然的脸，她觉得令人作呕。

有人渴望"在我抵达之前这儿一无所有，没有人，也没有物"，这种渴望似乎极其强烈，这正是贝克莱[1]式的（一切从零开始的）幻想的遗风，即"也许是我发明了世界，也许这个世界与我同时诞生，我是它的创造者"。尼采曾有个著名的见解，他抱怨

---

[1] 贝克莱（1685—1753），爱尔兰基督教新教主教、哲学家，认为"存在即被感知"。

048.

说，哲学家最为常见的疏忽在于忽视了主体的历史尺度，甚至在学院之外，就有无数残酷的先例，革命派都希望从零开始塑造世界。在对历史的处理上，有一种根深蒂固的矛盾态度——一方面，希望保存一切（百科全书派），另一方面，希望一切从新开始（革命派）。

不难猜出，艾丽丝在对待爱情的态度上倾向于哪个极端。虽然她常会失望，她仍然抱着一种与历史手法南辕北辙的理想主义态度；作为一个浪漫的革命者，她愿意相信，如今和她同床共枕的男人可能最后成为她性生活史的终点，可能成为她终生的寄托。

他们筋疲力尽地倒在床上，埃里克在从厨房里拿来一杯饮料之后，便蜷缩在羽绒被下她的身旁，咕哝了几个字，听起来像是"谢谢你"，接着便很快坠入梦乡了。

艾丽丝在一个陌生的房间里，睡在一张陌生的床上，身边还躺着一个并不很熟悉的人，在这种环境中她一向就很难酣然入梦。她在心里一遍又一遍地反复思考今晚发生的一切，想要弄清楚她怎么会来到这儿，她一开始似乎能够驾驭局面，后来又是怎样失去了控制。一种清教徒的本能在询问她是不是做错了什么事，为了方才享受的欢乐，她也许会受到什么可怕的报应吧。信任的问题又掠过她的心头，要不是一只手伸到她怀里，她还会任凭自己这样遐想下去。

埃里克在睡梦中，仍然伸出了手来找她，这个孤零零地放在他熟睡的躯体旁边的胳膊，突然使艾丽丝对这个和她同床共枕的人产生了满腹柔情。

她抓住他的手，端详他熟睡中孩子般的面容，心想："我找到的这个人究竟怎样呢？"她企图从他脸上刻画的往事的痕迹中推断他的未来。他会如何对待爱他的女人？他觉得什么事情可笑？他不喜欢谁？他的政治观点如何？他会如何对待一个哭闹的孩子？他又会如何对待不忠实、对待自卑感？

人们一向就容易依照并不充分的根据来形成印象。我们在参加过晚会后，要是有朋友问起某个在场的来客怎么样。假如要实话实说的话，我们只好回答："我怎么会知道呢？我同他只交谈了两个小时。"即使我们同某个人一起生活了一百二十年，要是别人向我们征求有关对方的看法，如果真正考虑到人性的复杂不说假话的话，我们一定会回答说："我只是刚对他有些了解呢。"与此相反的是，你在遇见某人两分钟之后，立刻就有了印象：不是"我喜欢他"，就是"我不喜欢他"——这种反应其实是生物保护本能的原始遗迹；居住在洞穴里的原始人在看见另一个人时，立刻就得判定对方究竟是敌还是友。

也许因为她等待得太久了，也许因为睡在她身旁的这个人确实显得很可爱，而且又对她确实很温柔，也许只是因为深夜不眠思考这些问题自有其乐趣，反正艾丽丝在不知不觉中想，这个和她同床的男人很可能到头来会真正激起她强烈得令人吃惊的感情，长期以来，她几乎忘记自己仍然怀有这种激情了。

050.

爱上爱情

艾丽丝醒来时，发现埃里克正用嘴唇从她脖子一直往下舔到肩膀上，她一下子便想到这个星期天的早晨自己身在何处，又是和谁在一起，一种幸福感在她心中油然而生。她笑容满面地朝这个给她带来快乐的人转过脸去。

"早啊。"她说。

"早。"

"你睡得可好？"

"就像孩子一样熟，"埃里克回答，他探过头来在她额头上印了个吻，"你呢？"

"很好。"

"要过一会儿才习惯，是吧？"

"确实有一点。"

接下来两个情人都没开口，他们拥抱在一起，免得要找话说。

"能同你一起在这儿真好。"艾丽丝细声说。

"嗯嗯，"埃里克嗅着她皮肤的香气，回答说，"你说我们今天去干什么好?"

"我没有什么计划。"

"真运气,我们要怎样就怎样吧。"

"什么?"

"你想怎样就怎样,我们今天彻底放松一下。要去哪儿就上哪儿去,要干什么就干什么,要当什么角色就当什么角色。"

"你疯了。"

"不,你说下去,说说看你想要怎样。我们可以出去吃早饭,我们可以乘船顺流而下到格林威治去吃冰淇淋;或者爬到圣保罗大教堂的顶上去,或者去皇家植物园;我们可以去索霍区的中国饭店吃午饭,或者去海德公园野餐;我们可以去电影院,一口气连看六部片子,再吃上十二桶的爆米花;我们可以租个热气球飞到布赖顿去;我们可以去坐协和式飞机,到纽约吃午饭,然后再赶回伦敦用晚餐。你要怎样就怎样。"

"嗯,还是先冲个淋浴,"艾丽丝更实际地建议说,"就这样开始这一天吧。"

埃里克驾车,经过艾丽丝住所时顺便换了件衣服,之后他们便到哈默史密斯附近一家法国小餐馆里去用早午餐。他们要了鸡蛋、烤面包片、咖啡和橙汁,并排坐在一张丝绒长凳上阅读星期天的报纸,只是偶尔停下来握握对方的手或者抚摸对方的膝头。这是个温和而富于田园气息的春日,小说上描绘说是谈情说爱的好日子,艾丽丝和埃里克尽情地享受一切,没有辜负这一片春光和其他的美景。

可是，艾丽丝对她身旁的这个人究竟了解多少呢？她知道的少得不能再少，只有下列这些显然很零乱的细节：

——第二天他要飞往法兰克福去参加一次业务会议。
——他讲了一个有关一对比利时夫妇和降落伞的有趣的笑话。
——他说："我最看重为人诚实。"
——他喜欢抚摸她手上每个指关节。
——他眼珠深蓝，富有表情和精力。
——他说正因为他当过医生，他明白每一天都应该当作生命中的最后一天来好好度过。

这些信息在一个层面上看都相当平常，但要对这个人作出判断却取决于如何将它们串联起来。要是意愿足够强烈，要是解读的人慷慨大度，那么这很可能像是神奇的冰山的一角。它们可以证明埃里克：

——事业有成
——风趣
——诚实而有自知之明
——温柔而性感
——聪明而英俊

要是说艾丽丝已经爱上了埃里克,那未免言之过早。归根到底,她仅仅同他一起度过了一个夜晚,这会儿,他连他们共度良宵之后第一顿早午餐的第二个鸡蛋还没有吃完。尽管如此,她心潮澎湃,感情仿佛已经要超越现有的证据而奔腾向前。因此,在谈到爱情之前,我们不妨谈一谈另一个不同的现象,这种现象也许是她同埃里克在一起的最初的那段日子的主要特征,艾丽丝很容易受到它的影响。

在用过早午餐之后,他们驱车到白教堂区去看展览,然后去红砖巷,恰好在星期天市场收市前赶到,后来他们又乘船溯河而上到了威斯敏斯特,从那里他们步行到巴特西公园。埃里克指着河边的中国式宝塔,谈起了中国智者兼哲人孔夫子,令艾丽丝很是佩服——他把孔夫子叫成了孔夫斯图斯——艾丽丝对此并没有注意到,她只是全心全意享受着在泰晤士河畔散步的乐趣,在这个春光明媚的日子里,同一个英俊潇洒的聪明男子勾着胳膊走在一起是多么幸福啊。

如果说(以一种成熟的说法)艾丽丝是不可能爱上埃里克的,那么她或许是爱上了爱情。

这种结构上叠床架屋的奇怪感情到底是怎么回事呢?

它表达了对爱情关系的某种反应,它欢乐的来源主要是本人自身炽热的情感,而不是激起这种感情的恋爱对象。

爱上爱情的情人并不只是认为 X 十分出色,他或她首先想到的是,能找到一个像 X 这么出色的人不是很棒吗?当埃里克在巴

054.

特西桥上停下脚步系鞋带时,艾丽丝想到的不仅仅是,他系鞋带的样子不是很可爱吗?她还想到,我终于遇到了一个系鞋带的样子很可爱的人儿,这不是个梦吧?

如果以图表的方式来解释,在这一阶段,欲望的对象(称之为C)与欲望B本身相比只是小事一桩。

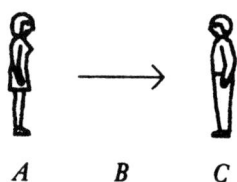

对象C系好了鞋带,由于天色渐渐黑了,他提出送艾丽丝回家。

"今天过得愉快极了。"在她打开他那辆深绿色汽车的车门时说。

"我很高兴。遗憾的是没去乘协和飞机。"

"啊,留着下个周末再去吧。"

"我整个星期都要养好精神等它。"

回到家里,艾丽丝匆匆把背包往床上一扔,飞快地连拍了两下巴掌,流露出一种兴奋之情,这是一个人在十二岁之后就应该尽一切可能不让别人看见的兴奋。

要理解她的快乐,就需要理解过去那些独守孤灯的日子已经渐渐起了一种破坏性的作用,使她怀疑自己是不是情欲冷淡。她已经不再询问男人到底有什么毛病,而是询问起自己来:"这是怎么啦，我在男人身上竟然会挑出这么多的毛病来？"杂志上的文章提出一些可怕的解释——她害怕"放手"，她也许在儿童时期曾经受过摧残，或者下意识地对女人感兴趣。当托尼那样的男人在圣诞晚会上向她讨好时，她曾经想到他同她很不般配，但还是克服了认为他有毛病的想法，她告诫自己说："老是挑别人毛病是不正常的。"她亲吻了那个想要勾搭她的人，就是因为担心自己要是不这样做的话会不会是有点反常。

艾丽丝这会儿可以鼓掌了，因为埃里克已经使得这一与本能背道而驰的做法成为多余了。她心里一块石头落了地，因为她终于能够想（尽管还不能说出来）："要知道，我想这对你这样的人也真是管用的。"

那天晚上，苏西回来后，可以预料得到，言过其实的描述成了主要的话题。

"他真是妙极了，你会爱上他的。他英俊而聪明，又很温柔，在他身边我觉得非常舒服。我们其实谈得不算多，但那无关紧要，仿佛我们天生就能互相理解似的。早上醒来，看见他那张顶呱呱的小天使一般的面孔在朝你微笑，这真令人心动。哦，真是棒极了！"

艾丽丝忘情于自己的夸张言辞之中了：她舌头上轻而易举地就滑出"顶呱呱的小天使"那样的词句来；与爱情久违了这么久，她如今正在快乐地享受这一新到手的爱情辞典的丰富内容。

056.

模糊不清

那天晚上,艾丽丝在向苏西描述埃里克时有个令人神往的说法,那就是两个情人"天生就能互相理解",这一说法无异于承认他们缺乏言语上的沟通。

对持怀疑观点或者迷恋于对话的人来说,"天生就能理解"的说法即使不算可笑,也令人觉得难以置信,这无非是因为缺乏有声的证据而编造出来的托辞,然后再虚伪地将它提高到超越语言本身的高度。所谓"无声胜过有声"只不过是一种托辞,那只是无话可说的借口或者更加糟。

但缺少言语上的沟通并没有使艾丽丝失望,这种情况甚至还增加了她的信心,她认为埃里克和她有很多相似之处,这些东西自然是磕磕碰碰的语言无法传达的。

在埃里克亲吻艾丽丝的脖子和肩膀时,我们说到了"一种幸福感在她心中油然而生"。尽管这大致描述了她当时的心境,但其不足之处也是作者无法弥补的。在谈到恋爱的感受时,词语便不可避免地显得不足。爱情是超出语言叙述能力的;语言自然只能描写其轮廓，最多只能大致接近感受本身而已，就像一份勾画出地貌特征的地图一样。

不过，艾丽丝那天早晨醒来过后，在床上同埃里克讲了话，她说："能同你一起在这儿真好。"

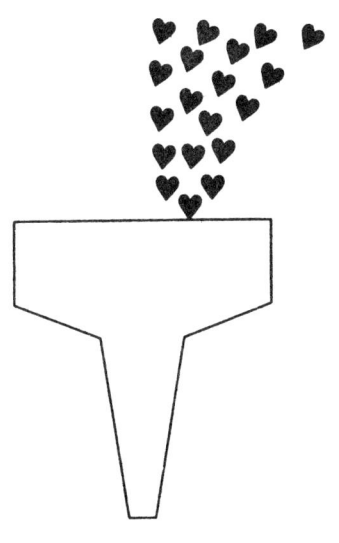

"能同你一起在这儿真好"

无怪她讨厌言辞。她笨嘴拙舌地表达出来的所有感受，只是"能同你一起在这儿真好"一句话。天哪！语言出什么岔子啦？言辞就像个无比巨大的筛子，她从上面将共度良宵之后的早上的欢乐心情倒下去，而可怜的埃里克所得到的只是听到她说感觉一切很好。

但事实证明,模糊不清的并不只限于言语。

艾丽丝和埃里克吃过对爱情期望值过高的苦头,于是同意不把他们的关系完全固定下来。他们同意在彼此方便的时候见面,完全出于自然,不带一点儿勉强。

他们在共度周末之后的星期二首次通电话时,谈到了这个问题,交谈中时时带有当代青年的那种超脱的语气。

"我觉得重要的是不要一下子就太过头,你明白我的意思吧?"埃里克问。

"过头?我当然明白。你说得不错,过头是最糟糕的了。我们不要着急,每次计划一天的事情。"

"保留一点自己的空间,这一点确实很重要。"

"当然啦,希望在恋爱关系之外还有自己的生活。"

"对。"

"哦,顺便问一句,你今晚想不想去看电影?"艾丽丝问,"国家电影院正在上映文德斯[1]的影片。"

"哎,听着,我大概去不成,我手头正忙着呢。"

"噢,没关系,我只是问一问。嗯,也许还是等周末再碰头吧。"

"周末最好还是我给你打电话,好吧,因为我这里恰好事情很多。"

---

[1] 文德斯(1945—),德国著名导演,重要作品有《红字》《云上的日子》和《暴力启示录》等。

"好的,好的。"

"那么等我的电话。"

"好极了,到时再谈吧。"

"好,再见。"

艾丽丝告诉自己的朋友说,她如今拥有的是一种"成熟的关系"。很难说清她这样讲到底是什么意思,但这种界定反映出一种偏见,那就是,一个谢绝去看电影并且要求保留一点自己的空间的男子,要比某个一时一刻也不愿意同情人分开的男人来得成熟。

尽管并没有一定的规律,但他俩的联系还是同其他谈情说爱的人没有什么两样:情书写来写去,电话粥一煲就到深夜,艾丽丝回家时常会发现门口放着一束鲜花,花束上的卡片上写着"你就是我的花儿,爱你,埃里克"。

对"爱你"这个说法进行推敲,未免为时过早。在他们出去吃饭时,交谈的话题同每天大报上刊载的内容大同小异。似乎没有必要去翻过去的老底,让艾丽丝去一一回忆令她失望的经历,或者去问埃里克一些很可能使她吃醋的往事。两个情人希望和和美美,这意味他们心灵是否真正相通与他们的交往并没有多大关系。

在某种意义上,他们不再注意倾听对方说的话。埃里克告诉艾丽丝说(并不清楚怎么会说到这一点上面去的):"我真不明白像你这样聪明伶俐的人,怎么会看上我这样一个叫人讨厌的银行职员。"艾丽丝听过之后,非但不认为他怎么叫人讨厌,反而觉得他十分风趣可爱。

她在她桌子上放了一张他的相片,在上班时总会不时地瞅上一眼。看着心上人的面容,她越发觉得自己爱有所值。她想到了他的皮肤,她在夜里看到一些小小的疵点——在嘴的一边有些雀斑,左耳旁边有个疤痕。她深情地望着他调皮的表情和孩子气的笑容,心中满是怜爱。

在这种不仅仅出现在爱情的最初阶段的现象中,尽管只是很少一点细节,但欲望还是如火如荼,很多空白之处都由想象力恰当地予以填补了。

每当电影公司鼓起勇气,拿出资金,对《安娜·卡列尼娜》《艾玛》或者《呼啸山庄》进行改编时,他们一定得作好挨骂的准备,观众会觉得他们挑选的女演员与读者的想象完全不符。文学作品中人物的魅力取决于暗示和模糊之间一种复杂的相互作用。批评家指出,托尔斯泰在《安娜·卡列尼娜》全书中从来没有特别说明女主角的相貌,这或许并不是文学大师的疏忽。书籍有权摆脱意象的控制,因而在某种层面上摆脱现实的限制,给读者以自由想象的机会。托尔斯泰有什么必要告诉我们安娜的模样呢?假如作家认为他笔下的女主角很美,并且希望引起读者的同感,那么最好的方法就是说她很美,其余的让读者自己去想象好了——读者完全明白令人垂涎三尺的美貌是怎么回事。

在仔细挑选的细节周围形成了一种诗意的联想。当兰波写出他著名的诗句"就像同女人在一起时那样幸福"时,他以最精辟的词句描写了爱情的本质。这一说法几乎有点像是陈词滥调，它之所以会广为流传，就只因为它是普遍真理，任何人只要感受过"就像同女人（或男人）在一起时那样幸福"，在读到这句话时就会回忆起自己的那段经历来——对某些人来说那会是在床上吃早餐，对另外的人来说很可能是在星期天下午去玛黑区漫步，手挽手沿着班霍夫大街溜达，或者在日本桥[1]搂着脖子亲嘴。

可是，假如兰波写的是"就像同一个身穿圣罗兰女装的女人在一起，一手端着卡布其诺咖啡，一手拿着《费加罗报》，坐在俯瞰圣日耳曼大街的花神咖啡馆桌旁时那样幸福"，世界上大多数人会觉得这句话有点儿怪。只有那些在巴黎生活过、喜欢身穿定制服装的女子、阅读法国右翼大报、常去萨特最喜欢的咖啡馆、对咖啡很有品味的人，才会以怀旧的口吻叹气说："那些日子我怎么忘得了呀……"

在艾丽丝遇见埃里克那段日子里，她就职的广告代理公司正承接一个名叫"度假旅馆"的连锁休闲饭店的业务。在一次拖得长而又长的会议上，客户告诉代理商说他们希望使自己的旅馆给人以豪华、青春、浪漫的形象。创意组在这个问题上足足抽了三百支香烟，最后提出搞一张黑白照片，上面是一对恋人在旅馆房间里接吻，下面短短一行字："简直就是天堂"。

---

[1] 以上均为外国地名：玛黑区是巴黎市中心三区和四区；班霍夫大街是瑞士苏黎士有名的购物街；日本桥是东京的闹市区。

062.

旅馆的客房总有各种服务设施,有电视,还有小酒柜和浴衣,它同天堂到底有什么关系则小心翼翼地避而不谈。尽管人人都可能对这种地方有一定的概念,尽管在大多数情况下它确实包括了与照片上的亲吻接近的东西,尽管无疑会有客人热情拥抱,对在此地落脚觉得无比快乐(他们甚至可能半真半假地称它"简直是天上人间"),但把英格兰西北部公路边的某一实实在在的连锁旅馆称之为天堂却未免有点不着边际。

但不必进行充分的解释,做广告的旅馆和令人羡慕的恋人可以用来激发人们丰富的想象。就像看广告的人由于对床单的颜色和淋浴喷头的水压可能存在的问题一无所知而满心轻松那样,艾丽丝也只有经过一段时间的观察,熟悉埃里克的各种表现,才能对他的为人有大致的了解。她目前的印象十分朦胧,足以使她能在一点也不感到失望的情况下克制自己的欲望。

沉思

五月的第一个星期,切尔西区河滨新开了一家梅尔蒂姆餐馆,立刻就引起了轰动,成为城里人的热门话题,或者说成为城里一小部分特权阶层的热门话题,这部分人塑造了城里另外一小部分具有特权的人的信念,认为他们代表了所有人的看法。时尚的轮盘转到这家餐馆门口停住了,并且像是布道那样热忱地宣布,这里从此会成为意义非凡的美食中心,一直要到烹饪方面有什么新的理念出现为止。到那时,大批信徒又纷纷改换门庭,耶路撒冷才会失去它神圣的地位。

艾丽丝曾有几次以不屑的口气说到这家餐馆。只有那些不大会到那里用餐的人才会用如此刻薄的口吻来谈论去那里吃饭的人们。她没有料到,星期五早上埃里克会在她的电话答录机上留下一条信息,告诉她说他已经在那里订了座,晚上八点半去用餐——她也没有想到,这一突如其来的消息会完全改变她对那个餐馆的看法。

梅尔蒂姆饭店的宗旨是将一切都暴露在顾客眼前。厨房的隔

沉思　　　　　　　　　　　　　　　　Alain de Botton

墙是一片大玻璃，顾客可以看见厨师工作，这完全改变了不让顾客看到厨房内部的传统观念。装修也遵循这一透明的原则，通风管道、电缆和水管都布在墙和天花板外面。一串串节能灯泡从上面垂下来，一圈一圈长长地缠着，就像是巨大的九头蛇[1]的古怪的触手。

餐馆的建筑很少使用檐板和石膏线条，同样，食物的烹饪也尽量保持原汁原味。在烹饪中没有用性质和吊顶相同的东西，也就是将各种原料的特色混为一体，从而破坏原味的佐料。佐料的作用就在于调和，应该让各种原料保持原有的色香味。菜肴的构成一清二楚，就像是调色板上的原色那样醒目。

头一道菜是生菜，盛在一个大陶盘里，深绿色的莴苣叶上覆盖着一片片气味浓烈的意大利帕尔玛干酪，四周是金黄色的橄榄油。煎得很嫩的金枪鱼片旁边配着炭火烤炙的蔬菜，颜色很难说准的深色茄子旁边放着鲜艳的红椒。这家饭店敢于坚持使用传统食物，然而却技高一筹，几乎进行了全面的革新：大盘的金黄色油炸土豆条似乎完美地体现了正立体的构造。甜食也同样别出心裁，它的重头戏是衬在香甜的芒果和木瓜片上的一个深色巧克力球。

餐馆很可能使人为之神往，这是其他那些为了满足人的次要欲望的行业无法企及的。它很可能使人产生一种爱慕之情，梅尔

1　九头蛇是希腊神话中的怪物，相传砍去一个头以后会生出两个头来。

蒂姆就激起了食客几乎是歇斯底里的感情。要想用餐,就得早早订座,名人为了挤进去而想尽办法,甚至暗中递钱,天天可以在那里见到歌星和商人、政客和艺术家。这个饭店被公认为近十年来最引起轰动的餐厅,每一家时尚杂志和报纸都刊登了有关它的报道。

就在最近,艾丽丝还在独个儿吃罐头汤,有点不习惯走进人人称道的大饭店里;如今,星期五晚上,她竟然同埃里克一起坐在人人羡慕的梅尔蒂姆餐厅一个角落里的餐桌旁,心中快乐的程度是可想而知的。

"真是妙极了,对吗?"她嚷道。

"对啦,很有意思。"埃里克说,听口气,他从前也许同别的女人到某个近十年来最引起轰动的饭店里用过餐。

"那么,你点什么菜呢?"艾丽丝问。

"哦,我想要螃蟹,还有鸭子。"

"我拿不定主意,东西太多了,我恨不得样样都要。"

她最后要了份在营养上比较合理的菜,就是生鲑鱼片和海鲈鱼,这两道菜都被评论家推荐为现代烹饪的经典之作。

埃里克和艾丽丝一起吃饭有好几回了,如果说这一次会那么突出的话,那或许是因为艾丽丝感到一种特别的快乐;此外,它还有助我们了解她欲望的性质及其根源。

艾丽丝的第一道菜上来了。她同埃里克说,仅从卖相上看,它就令人垂涎欲滴,她俯过身子,吻了吻他的面颊。

"我为什么配受这一吻呀?"埃里克挖苦地问。

"哦,所有的事情。"她回答,举起叉子吃了第一口。

"嗯,味道真是好极了。"过了一秒钟她又说。

听到艾丽丝告诉埃里克说生鲑鱼片味道如何妙,她觉得餐馆的环境又是多高雅,你很可能以为她所以会这样快活,纯粹是因为这里的菜肴和环境极其出色之故。可是,在观察她享用第一道菜时,你会意外地注意到,她的热情其实居于远为次要的地位,重要的是她的想法(而不是事实),即她正在一个全城人人称道的餐馆里享用一份饱受美食家好评的菜肴,就在同一个星期,有十来个电影、时装、音乐界的顶尖人物到这里用过餐。

这一区别体现了两种不同类型的欲望:一种是发自内心的想法,认为"我喜欢这家餐厅,因为我觉得这里的菜肴味道很好";另一种是人云亦云的说法,即"这家餐厅一定很不错,因为我认识的人都夸它好"。

在前一种情况下,欲望和客体直接相连。

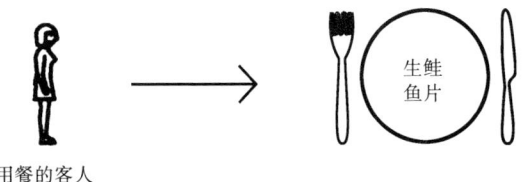

在后一种情况下,欲望首先通过中间渠道,即报纸上对美食的评论或者名人口头发表的意见。

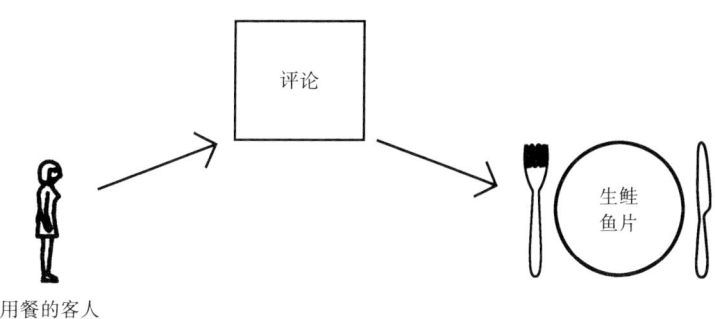

在优雅迷人的梅尔蒂姆餐厅，食客们会立刻感到无比舒适，餐厅的装修由著名的安达卢西亚设计师何塞·德·拉·福恩塔设计，梅费尔[1]的火腿干酪夹心面包店也由他设计。在梅尔蒂姆餐厅，你可以享用美味的海鲜，欣赏泰晤士河的风光，并且有机会品尝到二十多种不同种类的鱼和龙虾。

法国大厨，餐厅气氛浪漫情调高雅。价格公道，每位消费约为 25 英镑（不含酒水），酒类品种繁多，可随意挑选。生鲜鱼片（每份 6.95 镑）已经迅速成为美食经典，据云，该菜在来梅尔蒂姆用餐的时装和音乐界明星中备受欢迎。此外值得一试的还有栗粉粥、辣味笛鲷及微灸金枪鱼。显然为一理想的用餐之处。必将大受欢迎。

---

1 梅费尔是伦敦西区著名的繁华地段。

在这两种类型中,艾丽丝一直倾向于后者,即人云亦云地随大流,而不是出自内心的意愿,她对服装、鞋子、餐馆还有情人的看法一般都会受到别人的说法和观点的左右。

上个星期她去国家剧院观看塞缪尔·贝克特的《等待戈多》。媒体上对该剧好评如潮,剧评家一本正经地以热情洋溢的辞藻对它大加赞美,因此,艾丽丝同埃里克说由她购票去看。可是演出开始之后,她发觉自己老是忍不住要打呵欠。剧中的对话听起来做作冗长,两句话之间一停就是老半天,根本没有什么连贯性。两个流浪汉的世界同她没有一点儿关系,那仿佛是个贫穷、悲惨而荒唐的世界,她避之还惟恐不及呢。

上半场演到一半时埃里克手上的节目单掉了下来,她弯下身子拣了起来,朝他笑了笑,这种笑容,意思可以是"这戏真无聊,对吗",但是那模棱两可的样子又可以作出其他的解释来。中场休息时,她小心翼翼地不首先发表意见,以免自己说的话不合埃里克和他三个朋友的口味,那三个在银行界工作的朋友是埃里克请来一起看戏的。

"这一定是二十世纪最最伟大的戏剧作品了,"在人头簇拥的酒吧间的一个角落里,埃里克默默地把托尼水倒到杜松子酒里之后说道,这种说法带有《泰晤士报》艺术版上重头剧评的所有权威意味,"这次上演自然是伦敦近十五年来最为出色的演出。"

埃里克的意见尽管大胆,但似乎跟他几位银行界朋友的看法完全合拍。正因为人人都点头宣称这是最伟大的戏剧作品,艾丽丝记得以前看别的戏时也曾呵欠连天过，因此，当别人最后问她的意见时，她别无他法，对别人的热情赞扬只能满口附和。

不仅如此，在下半场开始后，她不仅不觉得戏像先前那么乏味了，而且还变得真对表演产生了兴趣。在走出剧院时，她颇为真诚地宣称贝克特确实是一位极其出色而感人的剧作家，她还打算阅读欣赏他的其他作品。

假如说艾丽丝的反应令人震惊的话，那很可能因为在过去四百年中，哲学、政治和艺术都不遗余力地对发自内心的选择大加赞扬——所谓"自由"的人，便是能够完全按照本人意志表达自己意愿的人，他不惧怕群众，不赶时髦，不让舆论左右自己的看法。同时，大家同声谴责把世界看成一个舞台，在这个"世界的大舞台上"，"所有的男男女女只不过是演员而已"。这些"演员"的欲望（一般为追名逐利或者追逐政治权力）都自有其社会基础，因此都多少带有欺诈性。一个低声说漂亮话的演员只是在重复某个不在台上的人物的感情——正如艾丽丝可以坐在餐厅里夸赞生鲑鱼片那样，如果对她的那份热情寻根问底的话，那其实只是另一个人的胃口和笔造成的。

艾丽丝至少还有足够的距离感；在梅尔蒂姆餐厅吃完第一道菜时，她承认，能在这样一个显然是"非同一般"的地方用餐，她觉得非常开心。

070.

想要到"非同一般"的地方究竟是什么意思呢?

那就是想要到"别人"认为非同一般的地方去。

那就是渴望成为某个中心的一分子;人人都把目光集中在这一价值中心上,因此它具有一种不容置疑的重要性。在古代,当人们想要到某个非同一般的地方时,大家都把目光转向罗马、麦加或者耶路撒冷,转向君主或者国家身上。这些都是常说的价值中心,许多人都认为它们确实非常重要,因此对其大加夸赞,视若珍宝。但是,随着伟大的思想日渐式微,什么是一切的中心也不那么清楚了——在一个首善之地,不再只有一个不容置疑的时髦地方可以用餐,而是有成百上千家餐馆和不对外开放的去处,大家都竭力争取那个宝贵的中心地位。

在不长的一段时间里,餐馆成功地获得了成为世界上流动的中心的地位,但甚至当一个人费尽心机订到了座位,并且坐到了那神圣的殿堂里去之后,这一探求也还有某些矛盾之处。

在人头攒动的餐厅里,客人们伸长脖子东张西望,费尽心机地寻找那些公认为具有社会地位的人。坐14桌的客人觉得坐15

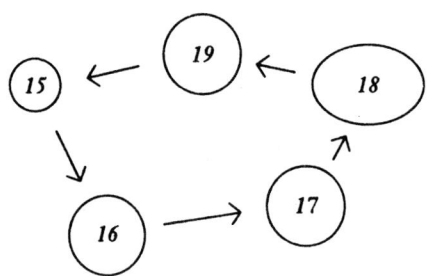

桌的客人谈吐要比自己幽默风趣，他们读过一些自己没有接触到的书籍，交的朋友也比自己的朋友更加有趣；坐 15 桌上的客人也掉转头朝 16 桌望去，心中带着同样的疑虑，同样，16 桌望着 17 桌，17 桌望着 18 桌，以此类推。

自然，在餐厅里并没有什么"中心"，根本无法将某一特定的位置，例如厅堂中央养龙虾的巨大水箱或者窗户旁边的那些诱人的座位划定为"中心"（遗憾的是埃里克没有能够订到窗户旁的座位）。梅尔蒂姆的成功之处就在于它巧妙地给人以印象，它是"中心"，从而诱惑食客光顾，尽管这个说法其实毫无意义。

"人人的穿着都极其庄重，讲究得很，你说是吗？"艾丽丝问，在上第二道菜时她朝四周看了一圈。

"大概是吧。"埃里克说，他更感兴趣的是鸭子。

"瞧那边那一对儿。男的脸很熟。大概是电视圈里的人吧？"

"不清楚。"

"我想是的，那次在阵雨中对人进行采访时他就在场。同他在一起的那个金发女子真是个大美人，她真漂亮，叫你看了直觉得无地自容。不知是不是模特儿？从来没有见过这样漂亮的身段，为了把这道色拉吃完，肯定饿了整整一个星期吧。嗯，至少她看起来对同伴有点儿烦，这倒是挺有意思的。"

艾丽丝在餐厅里喜欢观察别人，她研究别人的面孔，努力想象（或者辨认）出他们真实的生活来。她这种游戏在恋爱时便有

072.

了新的意义，因为她常常会问自己的情人觉得别的女子当中哪个最迷人，接着她会告诉对方自己觉得哪个男子最有魅力。这无非是以一种婉转的方式暗示，无论你声称你的爱情多么热烈，难免还是会有别人引起你的好感或者至少是你的注意。

可是艾丽丝本能地感到不能同埃里克来玩这一套，因为这个游戏有个关键的前提，那就是，你所承认的别人的魅力并不当真，可以随便谈论。我容许你谈论使你着迷的人，因为我有足够的信心，相信别人的吸引力不会对我构成威胁。

不过，埃里克身上那种显而易见的魅力和他不愿意将两人关系确定下来的做法，使艾丽丝不敢轻易地在忠实不忠实这个问题上开玩笑。可是我们也不该毫无保留地对她寄予同情，因为使她迷上埃里克的原因之一就是他对其他女子很有吸引力。她对他的感情在结构上同她对餐馆的看法颇有相似之处，在这两个问题上，别人的重视和追求在某种程度上决定了她的取舍。

那天晚上去饭店前，埃里克在挑选领带时，把艾丽丝叫到衣橱前面要她帮忙。

"我领带这么多，"他说，"都是别人送的。"

"哦，我真替你害臊，"艾丽丝回答说，"成百上千个女人辛辛苦苦挣了钱买领带送给你！你还抱怨。"

这里顺口提到成百上千个女人并不是偶然的巧合。艾丽丝真的相信埃里克有过许多女朋友——这一想法，尽管带有吃醋的意味，但奇怪的是，在另一方面却又使她很有几分愉快。

在她看来，爱情一直同钦慕紧紧相连。她总是说："假使我不佩服某个人，我就不会爱上他。"钦慕意味的不仅是她得佩服他，其他人也会。一个身穿意大利皮鞋和萨维尔街[1]的套装的男子会有助于让人忽略他的匮乏——因为这个男子从一大堆仰慕对象当中独独中了她。别人都想得到他，但他还是挑上了她，这使她肯定自身的价值确实不同凡响。

因此，一个拥有上百条领带的男人要比只有一条领带的男人更值钱，埃里克不是没有看到这一点，他克制住自己的冲动，不把事情挑明，让她蒙在鼓里（这是可以预料到的）——挂在他衣橱里的领带固然有许多是情人示爱的礼物，但也有很多是在商务会议上促销赠送的。

那天夜里艾丽丝回家后，对苏西说起埃里克的模样有多英俊，这引发了一场有关男人外貌的范围更广泛的对话。

苏西长期以来一直宣称自己怀有卡西莫多[2]情结。

"就是驼背、缺掉一只手或者瘸子什么的，我也会觉得他们很性感。"她嚷道。

"天哪！你怎么能这样？我是说，对这种人我会心怀同情，但要我同他们一起出门，那办不到。"

---

1 萨维尔街是伦敦的一条街道，以豪华昂贵的定制男服店闻名。
2 卡西莫多是法国作家雨果的名作《巴黎圣母院》中的驼背敲钟人。

074.

"为什么呢？同外表完全没有吸引力的人出去还更有意思呀。"

"真的吗？为什么？"

"嗯，因为那说明只有你一个人能够觉得这些人性感可爱。何况，在你爱上某个人的时候，别人的想法有什么要紧呢？"苏西问，她眼下的男友马特尽管并不缺少一只手或者缺少一节脊椎骨，但也许还是矮上几英寸，重上好几磅。

"你这个人真叫我弄不明白，要是某人看起来不顺眼，我才不同他一起出门呢。你一定记得不久前追我的那个名叫克里斯的家伙吧，我是说，他为人确实不错，可是笨手笨脚的，一举一动都拘束得要命。我就没法同这样的人待在一起，我总会觉得不自然，有点像是要替他给别人打招呼似的。"

令人羡慕的是，苏西对自己充满信心，她无需别人的赞同就能宣布自己的好恶。她宣称当地一家小波兰饭店是全伦敦最好的，尽管根本没有哪位美食评论家提过此事；她也能爱上一个人，尽管外界对他并没有什么了不得的好评，甚至根本没有人注意到他。

艾丽丝却很容易在舆论的压力下屈服，她相信爱上一个受到别人钦慕的人也得付出代价，那就是不能对坐在时髦餐厅的角落里的某些态度显得不耐烦的金发美人评头品足，向对方推心置腹地发表自己一些刻薄的见解。

性，血拼和小说

她的另一个缺点便是喜爱血拼。

"我跟你提到过坎顿那边一家商店，你还记得吧？"第二天一早艾丽丝问埃里克。

"我怎么会忘记呢？"他回答，仍在专心阅读周末报刊的财经版。

"嗯，这份杂志上登着，这整个月那里都在大减价。"

"老天真是慈悲呀。"

"我早就想买件开襟毛衣了，我想那里会有我要的那种。"

"哪一种呀？"

"这个人穿的，"她边说边给他看模特儿的相片，"你看好不好？"

"嗯。"

"只是'嗯'一下，那可贵得很呢。"

"对不起。我怎么跟你说呢？这件开襟毛衣体现出西方文明终于胜利地生产出完美无缺的毛线制品了。它达到设计的高峰，是时装业的精华，是开襟毛衣当中的蒙娜丽莎……"

"好了，那么你今天开车送我去好不好？"

076.

埃里克同意了，不过，最后他们去的并不仅仅是坎顿。她说的那家商店里开襟毛衣没有她要的尺寸，不过店里一双凉鞋式样很新颖，他们既然一直往北到这么远的地方来，不买未免太可惜了。接着，在回去时，他们又顺路在诺丁山停了下来，那里可以买到各种各样时髦、适用的印度钮扣。然后，由于他们已经到了诺丁山，不往南去肯辛顿大街未免太傻了，这一去自然就到了南肯辛顿，从那里到国王大街只有几步路，最后呢他们匆匆在附近伦敦西区、邦德街和科文特花园转了一圈。

这次旅行的结果不仅使艾丽丝得到了上面提到的她早就想买的开襟毛衣，而且还有一双凉鞋、一付耳环、三条紧身裤，各种各样的化妆品和一瓶香水。使艾丽丝高兴的是，她发现逛商店时埃里克是个极好的同伴，他不仅不像一般的男人那样不耐烦，而且在买开襟毛衣时还坚持由他付款，那木来是会花掉她 大笔钱的。信用卡用得顺顺当当，店员们十分巴结，在伦敦市中心来来去去时叫了出租车。他们在汉诺威广场附近一家小咖啡馆里用了午餐，然后回到昂斯洛花园埃里克的住处，进门后便在沙发上热烈地做起爱来，在他们四周散落着伦敦五六家时髦的女装商店的购物袋。

1856年，当《包法利夫人》以连载的形式在《巴黎评论》上刊出时，人们认为居斯塔夫·福楼拜创作了世上第一部描写性和血拼的小说，或者至少是首次在小说中使这两种活动如此明白无误地在心理上紧密相连。虽然，使得那个时代的读者大为震惊的是爱玛的通奸，但是她的堕落也与她迷恋于购买时装有重要关系，正是这一点使她背上了无法偿清的债务。对包法利夫人来说，花钱成了性欲的发泄，它带有坐在拉上百叶窗的马车里的种种风险，并且给她带来许多相似的欢乐。

福楼拜是不是对性和血拼表示赞许呢？我们能不能说，他说"我就是包法利夫人"，不仅表现了他对浪漫的天性感到同情，而且还表明他对消费的诱惑具有深刻的理解呢？

或许不无意义的是，正是在工业资本主义经历如今历史学家称之为消费革命的那个时刻，在十九世纪清教徒生活准则的浪潮掩盖了妇女解放的某些进步某些成就的时刻，消费和性的快感使包法利夫人身败名裂。因此，当初想把此书列为禁书的企图可以理解为一种道德主义的做法，它企图禁止的不仅仅是性，更主要的是血拼。道学家反对不为传宗接代而性交，一旦这种呼声失去了它在宗教上的威慑力，反对不为需要而血拼的呼声也就更加强烈了（《包法利夫人》的出版只比 1867 年马克思的《资本论》的出版早十一年）。在道德上对不为需要而血拼进行的攻击和对不为传宗接代而性交进行的攻击之间的联系真是太明显了——在这两种情况下，受到严格审查的是"乐趣"，尤其是女性的乐趣，而审查的人都是一些头戴高顶黑色大礼帽、蓄着大胡子的男人。

表达艾丽丝的欲望的主要工具似乎是一大堆杂志，那是她每个月都要阅读的。这些杂志装帧华丽，其他书籍无法与之相比，它用的纸就像是上蜡的苹果那样上了光，每一页既挺刮又清新。她常常开玩笑说想要"消失在杂志里去"，这表达了一种道德上模糊不清的想法，就是希望能够"把她的世界杂志化"。

这些杂志共有的特点就是一种无法在日常生活中见到的清新感，在杂志上，十全十美的人儿不是站在长着苔藓的石墙前面，展示秋季的时装，就是身穿棉织品坐在米兰的咖啡馆里，介绍春季的流行款式。英俊的男人搂住噘起嘴巴、摆出挑逗姿势的漂亮女人；模特儿们若有所思地眺望大海，她们身穿最轻柔的织物，涂着大支的口红，披着华美的红色衣裙，身边是马力巨大的跑车和热带水果。

这种杂志是激发人们欲望的工具，但是却显得合乎道德规范，因为它似乎为人们的生活提供了解决的方案。尽管这类杂志声称其目的是为了满足读者的需要，但其实只是完成了与文字对立的商业上的任务，它只会使人在阅读过后感到苦恼，因为杂志上说的必须购买的成百种物品你一无所有。

这类杂志非得使艾丽丝感到难过不可。它决不会告诉她说她身上的衣服再过一年也很好，决不会告诉她外表其实并不见得有多重要，也不会告诉她说你认识什么人或者你的卧室以什么颜色布置其实并不要紧。着装专栏肯定得让她为自己衣橱里没有的那些衣服而难受；度假专栏肯定会让她想起世界上有那么多地方要比这儿阳光更加明媚；题为"生活方式"的专栏肯定会以婉转的方式提醒她说,她过的或许根本算不上什么生活,更谈不上什么方式,从而使她无地自容。

包法利夫人读的是浪漫的爱情小说,艾丽丝这个当代的空想家读的是杂志,但在这两种活动之间有一些重要的结构性联系。在这两种情况下,小说和杂志都起着(商店)橱窗的作用,它们通向另一个更加迷人的世界,诱使读者参与到一种特别设计出来的富有欺骗性的"现实主义"形式之中,从而刺激人们的欲望。

十九世纪的爱情小说尽管明显来自幻想,但它们不遗余力地在背景和外部细节上逼近生活,这一点同传统上那类逃避现实的小说不同。小说详尽地描写房子和风景、社会习俗和五官形状,由于一切都貌似真实,它所激发的欲望也就更为强烈。尽管情节的构思常常很不寻常(经常有在月光下昏厥过去或者突然继承到一大笔遗产的场面),但叙述技巧高明,给读者以足够的细节,使人相信这种事情在他们从未涉足过的大城市或者人迹罕至的村庄里确实存在。因为男女读者读到了马匹的颜色、读到了手上雀斑的数目或者日光在生锈的手枪上的反光,结果他们在读到各种离奇的情节时也就可能越发宽容,例如那匹马驮着女主角去了遥远的苏格兰古堡,那个手上长雀斑的正派的处女接受了一个为人好得难以置信的富有的地主的求婚,那把生锈的手枪开了火,击中了在真实爱情中作梗的嫉妒的对手。

杂志沿袭了同样的做法来吊起读者的胃口,去追求那些可能性不大的事，不过它对肮脏的现实主义却采取了漫画的手法；有的文章告诉你在毛里求斯带着水下呼吸器潜水时该用哪种指甲油；有的告诉你如何在伦敦南部后花园里重新创造出吉维尼[1]；有的告诉你如何烹饪一些人人想吃的菜肴。但这些建议都太复杂，没有什么实用价值。

艾丽丝对这类文字的热爱并非出于偶然，这是她心理构成的一个部分。它反映了自我认同的一个深层次问题：由于对自我身份和自己的愿望没有把握，她自然容易接受别人的看法。对开襟毛衣的追求说明她打算将自己的困惑纳入到某种事先存在的模式之中，按照别人的意象来设计自己。这是一种高雅而昂贵的漫画形式，把原本有可能变化无穷的特点简化为几条基本的笔画，这简单的勾勒可以使她在为社会所承认的形式上找到立足点。

流行时尚存在于一种不断变化的颠三倒四的真伪次序之中，它在"时髦"与"过时"这个二元基础上运行。这一比喻很是重要——时尚就像是房子一样，你可以走进去，也可以给赶出来[2]。在某一特定的月份中，稍稍有些喇叭口的衣袖、低领口和柔软的衣料被认为是惟一真正有品位的时髦装束。带有复杂的印度图案的钮扣受到内行人谨慎的赞美，长发梳成髻用大发夹夹住也是如

1　吉维尼，莫奈故居的后花园，位于巴黎西部偏北。
2　英语中"时髦"与"过时"分别用 in fashion 和 out of fashion 来表示。

此。珠宝被认为已经过时，时髦的是女人戴男式手表；长连衣裙过时了，时髦的是牛仔布连衣裙；羊绒衫已经过时，时髦的是丝绸；腮红已经过时，时髦的是爽肤水；紫色又时髦起来，橙色简直是大逆不道。时装设计师努力使人相信重要的是叠穿，如今仍可以看到这种穿法，其主要特点似乎就是在紧身长裤外面套上宽松的长衬衫或者束腰外衣。

在这类问题上，结论并不是通过某个中心作出的，相反，通过成千上万条毛细管向它输送营养的是"品位"这一巨大的有机体，这是个无法预测的善变的妖魔，它手下的侏儒包括在一个时刻变化的鸡尾酒会上那些年轻、著名、富有、创造力旺盛、美丽的人儿。所以不稳定是因为这些结论根据的并不是某一物体的特定品质，而是这一物体在一个更为广阔的货物链中的位置。某件开襟毛衫目前被公认为很高雅，但它在没有任何改变的情况下，很可能在市场上被新的款式所取代，老款式可能被斥之为不合潮流或者是骗人。某一特定的开襟毛衫究竟是重现了二十年代的风采，还是（最大的罪过）揭露了当代时装设计师照抄二十年代理念的企图呢？那个光彩夺目的时代的理念已经曝光过多了。

洗涤周期

在不同的心境下，艾丽丝对人生的观点（要是我们可以使用这些大字眼的话）在两种流派中摇摆不定，一派以楼梯为代表，另一派以滚筒式烘干机为代表。

当她处在楼梯派的心境之中时，一切都似乎向她证明，人生就好比上楼梯，慢慢地但不可阻挡地一直往上，朝着顶部一个幸福安宁的楼梯口爬去。她自然懂得会有大段的平台要走，但却坚信尽管会历经痛苦、自我憎恨或者厌烦的时刻，但朝上这一基本方向是不会改变的。在她将目前和童年时期、和多愁善感的少年时期或者大学生时期相比较时，她觉得自己成功地扫除了过去的时光设置在她面前的障碍，增加了自信和对别人的理解。

埃里克的出现自然被认作是向上爬了一大步。

这里终于来了个使她觉得快乐的人。在他身边她觉得舒服；有了他，她不必再凄凉地消磨时光，不必再去出席那些晚会，不必整晚坐在电视机前。他们的关系似乎摆脱了她从前那些恋爱关系中显而易见的烦乱状态，他给人以一种符合人之常情的稳重感，这使她很是钦佩。埃里克仿佛完全清楚自己的需要和感情。他比她大（他三十多一点，她二十几岁），他对政治和经济的看法很有分量，他似乎对这个世界以及自己在这个世界上的位置都信心十足。

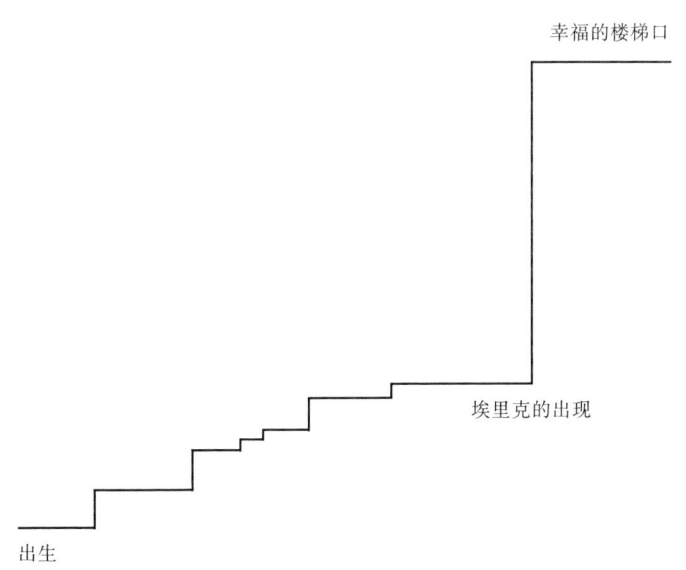

不过，在艾丽丝的这种楼梯式心境之中，也多少带有一种自卫的成分：她就像是一个多年来千方百计地想要发财的人，最后终于赚到了成千上万的钱，因此总忍不住要把这一点加以强调。

一种"新近获得的心满意足之情"，她在愁闷的日子里结交了几个可以互相给予安慰的朋友，她所以会同这些女人接近，是因为她们都吃过男人的亏。贝琳达和玛格丽特便是两个黑暗时代的朋友。她们三人经常在克拉珀姆区贝琳达家的厨房里一边喝咖啡一边交流彼此的事情，讲得哈哈大笑，吃掉了不知多少饼干。

　　但艾丽丝如今觉得自己已处在高人一等的地位，她找出种种借口不同她们见面，来了电话也让答录机去回应，免得多费口舌解释。她们代表了她不愿回想的过去，她们同她联系的基础如今看来是一段很不光彩的不幸经历。她回头朝下面的楼梯望去，心中涌起一种夸大的独立感，就像十几岁的少年人故意夸大自己同父母的分歧一样，企图以此抹去从前情感上和经济上对家庭百般依赖的痕迹，消除自己的内疚感。

　　另一种哲学上的可能性以滚筒式烘干机为代表。烘干机的主要特点在于它的内筒周而复始地不断旋转。把一定数量的衣物放置其中，随着内筒的转动，衣物会分布在它的边缘；透过钢化玻璃窗，你先看见的也许是条牛仔裤，接着看到的也许是袜子，接下来很可能是衬衫、洗碟布等等等等。你不可能一下子看到所有的衣物，内筒的转动使里面的东西每隔一段时间出现一次。假如牛仔裤代表幸福，袜子代表得意，衬衫代表厌倦，洗碟布代表伤心地大喊大叫，那么这一烘干的过程便可以比作人生的历程。在这一过程中，方才出现过的东西肯定会重复出现，这意味着在人的一生当中，各种情况是反复出现的，生存是一个周而复始的事件。

　　这会儿艾丽丝同埃里克在一起已经有一个多月了，这段时间恰好是初春。这是伦敦最美丽的时节，开满了鲜花的树和歪歪斜斜的古雅的房子衬托着淡蓝色的天空，城市看来仿佛是由东一堆西一堆可爱的小村庄组成。艾丽丝觉得她的人生终于真正开始了，她多年来苦苦追求的尘世间的欢乐终于被她抓住了。在她的感情生活之外，办公室里的工作也变得越来越具有挑战性，由于她在推销一种毛织物柔顺剂时的出色表现，大家谣传她很可能得到升职。

上个周末尤其令她开心。她和埃里克星期五晚上在梅尔蒂姆餐厅吃饭，星期六一起去买开襟毛衣和其他一些杂七杂八的用品，晚上同埃里克的一个刚从纽约来的老朋友一起出去喝了点酒，然后又到皮卡迪利附近的夜总会跳舞。星期日上午，艾丽丝提议去塔桥附近参观博物馆，然后他们在附近一家酒吧的露台上用午餐，后来，由于气候宜人，他们尽可能沿着河边小路步行，走回国会广场。

她和埃里克回到他的住所后，不一会儿天空中就响起一阵震耳欲聋的雷声。乌云由西向东飞快地涌来，聚集在首都上空，大雨很快就倾盆而下。英国的天气就是这样，难得连续五天没有下雨，这会儿要一吐为快了。

"真叫人没法相信！"艾丽丝嚷道，她从起居室里望着窗外，昂斯洛广场看起来就像是水压很高的淋浴房里一样，"这简直是暴雨了。"

"这整个星期老是预报有雨。"埃里克说。

"真的吗？天气预报说有雨，我从来都不相信。你有没有这种感觉？我总认为，既然天气很好，那就会一直好下去。"

对不起，气候对此不会表示同意。由于6月22日的阳光偏斜了23.5度，直射北纬23.5度的北回归线，伦敦的夏天暖得可以晒日光浴，埃里克可以在晚上打网球，在他小小的后院吃早餐；可是到了12月22日,阳光直射南纬23.5度的南回归线,冬天树木就变得光秃秃的,夜晚很黑,在下班高峰期的毛毛雨中,很难叫到出租车。

"要是生活在整年温暖如春的地方该有多好,"艾丽丝若有所思地说道,"那一来,你只需要一套衣服就够了,还不用付暖气费,一天到晚心情舒畅……"

"你,一天到晚都心情舒畅?"

"干吗不呢?"

"你还会觉得自在吗?"

"对啊,在阳光明媚的天气我就自在得很。"

"天气对人的心情没那么大影响。"

"对我就有。"

"我忘了,你这个人生来就特别。"

"别挖苦啊。这一点已经得到了科学家的证明。"

艾丽丝儿时在墨西哥住过一年,自那之后,她一直对赤道地区情有独钟。气象学家告诉我们,在纬度15度和30度之间,整年都吹暖风,雨量充沛,天气十分稳定。温差极小,气温总保持在20度至30度之间,几乎看不出季节的变化。

但艾丽丝和埃里克的故事发生在北温带。那儿副热带和副极地的气团常常会激烈碰撞,一个又一个的气旋和低气压向东移动,带来了湿润的海洋气团。结果呢不断形成气象上的交会冲突,热锋和冷锋碰撞,形成了不稳定的锢囚锋。在艾丽丝望着倾盆大雨的那天,气象冲突的简图大致是这样:

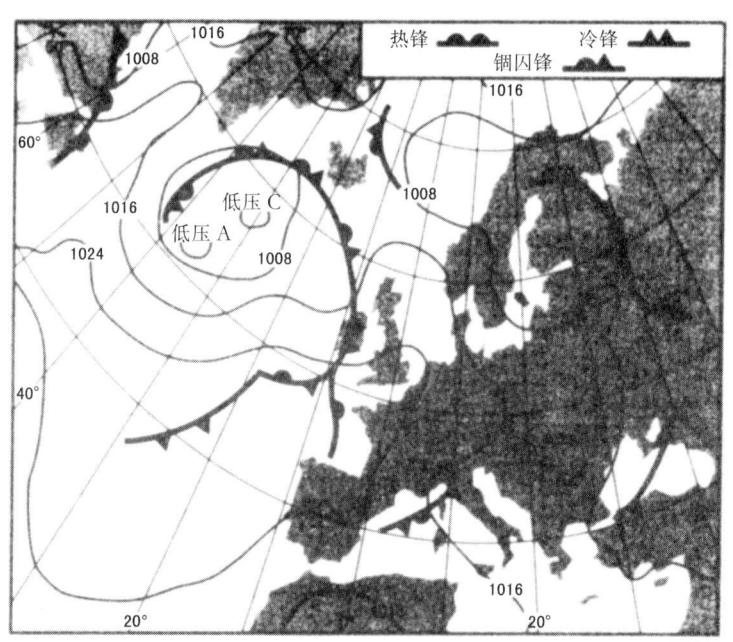

埃里克对雨失去了兴趣,他走到起居室那头的角落处,打开电视机,正在播放的是财经节目,分析英格兰北部一家轴承公司的业务活动。一会儿后,艾丽丝也坐到了沙发边上,一只胳膊搂住了他,深情地望着他专注地凝视屏幕的面孔。

"你干吗呀?"他没有掉转头,语气生硬地问道。

"没什么。"她回答。

"那么,你干吗盯着我看呀?"

"没有什么原因,你这么专心地看电视,样子真可爱。"

"噢,哎别闹,我们正要同这些人做生意呢,别作声。"

088.

"我静静地吻你一下,不打扰你,好不好?"艾丽丝老着脸皮问,接着身子滑下来,在他嘴唇上轻轻吻了一吻。

"艾丽丝,求求你了,不要烦我,好不好?我在看电视,要是你同我啰嗦,我就看不下去了。"

"对不起。"

"见鬼,你能不能替别人想一想,不要只顾自己,想怎样就怎样。"

"我说过对不起了。"

埃里克没有作声,艾丽丝站起身到厨房里去取水喝。她打开冰箱,倒了杯水,慢慢地咽下了几大口,把剩下的一大半倒在水槽里。她瞥了一眼时钟,坐在厨房里的凳子上,心事重重地把手沿着脸孔从上往下捋。她发觉在嘴唇左上方大约半寸处的皮肤突然出了毛病。这是怎么回事,是什么时候开始的,她不清楚,但就在这一天里(会不会更早一些呢?)一个皮脂腺堵塞了,这会儿,由于排泄不畅,它便逐渐发展成为脓疱。周围的皮肤显得异常起来,变得又紧又硬,显然到第二天早上便会像火山那样爆发出来。也许还会更糟,脓疱发不出来,而是转向里面挤压,要好几天才会消失,而且还有重新发作的可能。

就在她思索脸上的脓疱究竟是怎么回事的同时,她也以冷静的超脱态度想到,埃里克第一次对她这样粗暴。他平时总是彬彬有礼,所谓有礼,自然不是说生硬地握手致意,而是总在她面前掩饰自己的愤懑心情。"不要烦我"这句话表示"我"是第一位的，而在这之前，这个"我"总采取一种低声下气的顺从姿态，这表现在帮艾丽丝披上大衣啦，在旋转门前让她先走一步啦等等。

　　她无法说清理由，但是，坐在埃里克渐渐暗下来的厨房里，她突然感到一下子丧失了自信。只是在几分钟之前，她还对自己充满信心，认为自己有能力在这个成年人的世界里生存下去，能够扮演好自己必须扮演的角色，不至于摔跟斗，但这会儿一切都突然土崩瓦解了，她陷入到自责和憎厌的恶性循环之中。她的信心一向就说不上坚定，它必须依靠别的事情给它打气——假使她想要什么东西，并且得到了，假使她喜欢什么人，那个人也喜欢上了她，那么她对自己对别人的信心都会大大增强。可是这种自信就像是漏气的轮胎，需要不住地充气，要是做不到这一点，她就会很快垮下来，觉得以前的乐观心理仿佛是一种不可一世的假象。这件事，这场雨，她的真实处境，是上帝给她的教训，她绝不该掉以轻心。

　　"晚饭要不要叫人送比萨饼来，"埃里克在隔壁房里大声说，"我不想自己煮，也不想出去了。"

　　他躺在沙发上，一只手伸在裤子里面挠痒。

　　"你非得这个样子吗？"艾丽丝问。

"怎么样?"

"这个样子。"

"我身上痒痒,对啦,这有什么呢?"

"很让人高兴啊。"

"或者去叫中国菜怎么样?我们自然是不在乎来点咖喱的,你说呢?"

对这样一个问题,艾丽丝突然渴望对埃里克说"只要抱住我就行",这种回答当然是极不适当的。她需要的不是比萨饼,不是咖喱或者面汤(以及许多更加不合情理的东西),她巴望能够不作任何解释地痛哭一场,她想说的只是"因为我难受"。她突然感到无比的脆弱,无法对外界的要求作出恰当的反应来。她巴不得能有个地方,让她摊开来,让她静静地躺在某个人的怀里,让她重新恢复过来。

"嗯,是这样,听着,我不能,我是说我真的不想吃晚饭。"

"什么?"

她无法鼓起勇气把她的感情说出来,她什么也没说,她巴不得他能仅仅是望着她,轻声告诉她说:"我明白,我明白了。"

相反,他只是说:"你干吗摆出这副面孔来呀?就像斑比[1]在它妈妈刚刚受伤时一样。我不过问你想吃什么而已。"

"对不起。"

---

1 斑比,迪斯尼动画片中的主人公,是一头小鹿,该片的情节十分悲惨动人。

"没有什么需要对不起的,这张面孔同你确实很相配。"

"听着,我想要回去了。我还有些事情要在明天上班前做好。好吗?"

"我无所谓,斑比。"

一个小时之后,艾丽丝躺在床上,心酸地想自己的心境实在令人惶惑,那仿佛就是一连串的电视频道,一个任性的妖魔手握遥控器不断地在换来换去。

在她想"找到自己"时,她的意思首先是找到"一个"自我,一个频道,这个频道能够给她一点稳定和安宁,结束这种可恨的滚筒烘干机状态。

第一频道	她信心十足,全无拘束,富有创造性,好奇,滑稽,同别人相处得十分自在。
第二频道	她觉得被一大团无名的恐惧包围着,促使她不断咬啮指甲,无计可施,对别人关闭心扉。
第三频道	在这种状态中,她觉得自己的身体重得就像是"一大团灰色的冷面糊"。
第四频道	这山望着那山高,她觉得自己的生活同她认识的几乎所有人相比都要差劲得多。

价值体系

那天晚上发生的事情第一次表明,艾丽丝理想化的情人同她心中向往的浪漫形象并不完全合拍。这倒不一定是说他配不上她的想象,只是说他同她的想象完全没有关系。

不过,假如说艾丽丝和埃里克相爱这么久之后,他们的关系出现了不协调的苗头,有点紧张起来的话,那么,这种冲突的根源是什么呢?

如果我们不以那种通常直来直去的推理方式来解读人和人之间的差异,那么我们可以通过一些次要的事情来研究人的性格,因为这些细节很可能揭示出某些价值体系来,这些体系即使不无冲突,但也带有一种令人惊奇的连贯性。

(1)室内装修

埃里克在遇见艾丽丝前一个月,刚请建筑师把他的住房按照日本极简抽象派的风格重新装修了一番。他决心要实现自己的梦想,那是大约十年前他首次读到介绍东方室内布置的书籍时产生

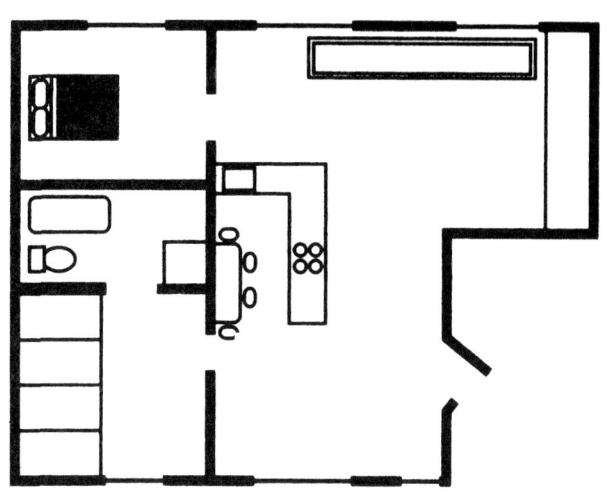

的，如今工作使他在经济上有可能把这一梦想付诸实施。

衣橱和电灯都嵌到墙壁和天花板里去了，地板铺上漂白的日本柞木，装饰线条和踢脚板全部刨平，不用布窗帘，只是沿着窗框挂上白色的软百叶帘。各种设施完全不加装饰，门把手是镀铬的包豪斯式样；厨房里的不锈钢用具都是食堂或者餐馆里使用的那种双料货色；浴室里铺白色瓷砖，中央的浴盆是柏木的，一边的脸盆是卡拉拉大理石雕成的，脸盆架则是由约克郡的砂岩板砌成；在卧室里，地板上铺着榻榻米席子，一个日式床垫可以在晚上拉出来，在白天则卷到衣橱里去。墙壁漆成白色，只是挂了几件由黑色钢立方块和氧化铜螺旋构成的当代美国艺术品。

埃里克曾被银行派往日本进修货币市场知识，在那里待了一年，他曾利用周末时间研究日本文化。当然不能说他有多么深刻的理解，读书最多只能算大概的浏览：他呵欠连天地草草读了鲁思·本尼迪克特[1]的《菊与刀》，又似懂非懂地读了一点三岛由纪夫的书，还从克里希那穆提和阿兰·瓦兹[2]的著作中摸索了一番。假如说埃里克钟情于东方，那在很大程度上是出于本能，谈不上有多深厚的知识。

临近五月中旬时，他带艾丽丝到芬奇利路一家日本餐馆吃饭，在吃寿司的时候，他开口向她说明自己着迷的原因。

"看看这道菜的安排和设计，小鲑鱼片放置得整整齐齐，所有一切都细心地包好。我就喜欢日本人做事的方式，逻辑分明。"

"真是妙极了，"艾丽丝回答，"这块白的是什么？"

"是鲭鱼。"

"中间这块粉红的呢？"

"是生姜。你瞧，这顿饭的可贵之处就在于，你把整盘食物吃下去以后，会觉得清淡爽口，一点也不像西餐，所有东西弄得一团糟，油腻得要命。"

在说到东方时，埃里克老是会提到几个关键的字眼，即清清爽爽、有条有理、逻辑分明、干干净净、留有余地。他觉得吃的寿司、送菜肴上来的黑漆盒子、散发清香的木筷子、安静宜人的

---

1 鲁思·本尼迪克特（1887—1948），美国人类学家。
2 克里希那穆提（1895—1986），印度20世纪最伟大的灵性导师；阿兰·瓦兹（1915—1973），英国哲学家，以西方人的身份推广东方思想，著有《禅的精神》《禅道》等书籍。

餐馆无不体现了这一切。他在京都的寺庙里，在禅宗大师的书法作品中，在他学写的几段俳句中，都发现了类似的特点。

在身穿和服的女侍者给他们倒茶时，他又说：

"这个世界太拥挤，太复杂了，我倾心于东方美学，因为它当中似乎有足够的空间，还有某种理性。我把自己的家装修成这样，是希望从乱糟糟的办公室回来以后，可以有一片自己的绿洲。一切以开敞式平面布置，这一来就不让灰尘、污垢和垃圾有容身之地了；一切都必须放得井井有条。我希望家里没有什么多余的物品。我小时候常常去航海，在赛艇上你会发现每一样东西都自有用途，因为船上没有地方放置垃圾或者无用的东西。"

埃里克对内部装修的兴趣扩展到了最小的物品上。为了买个称心如意的小闹钟、开瓶器或者计算器，他会在商店里逛上很长时间，他对浴室、厨房和卧室里一些日用品，对暖气片、电灯开关、刀和毛巾架的式样讲究得不得了。

怎样来解释这种挑选各种小东西的欲望（以现代的词语来说）呢？也许是企图在某一特定的环境中控制一切吧，这一来埃里克可以放心，他生活空间里的一切，从回形针盒子到酒瓶塞子，从电灯泡到排气扇，全都井井有条，无可挑剔。在大多数人的屋子里，抽屉里放的很多东西根本没有什么用处，这些东西你心里不会觉得美，要说有什么价值的话，也只是情感上的罢了。这意味着埃里克在生活中也有一些完全没有仔细规划的成分，这在他的屋子里是极其不合拍的。

096.

家具的布置也像是一面镜子，从中可以看出主人的心理，不妨说它以非语言、非动作的方式反映了一个人的性格。在心理学发展到对儿童进行诊治时，以"谈话交际疗法"诊治语言能力很差的孩子，立即就出现了问题。像克莱因、安娜·弗洛伊德和温尼科特这样的心理学家很快就认识到儿童也能通过非语言方式来表达自己的内心活动，尤其是通过玩具和其他物品来表示。一个无法用语言表达自己想法的孩子，可以借助一根木棒或者一个毛线球，"表演"出一场冲突给精神分析学家看。与此相似的是（尽管埃里克会极力反对这样解释他的美学思想），我们可以说一个人的品味也是将自己内在的自我表现出来的一种形式。

由于他在实用的基础上考虑人生，他希望自己的生活也能像住房一样安排得井井有条——他在社会、经济、爱情和性生活上

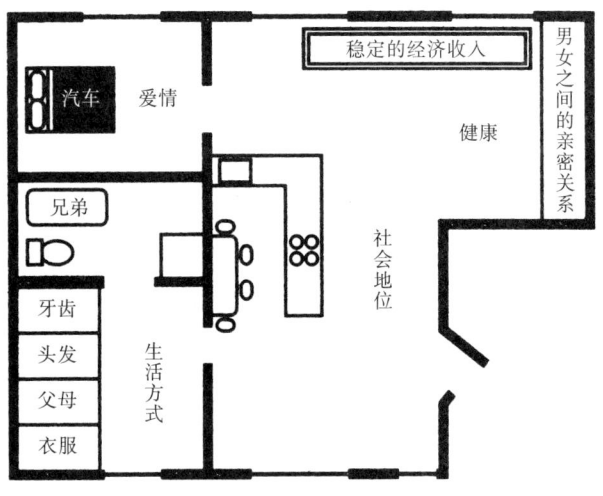

的追求都能达到和谐一致的境界。

尽管在别人眼里,他的生活似乎井井有条,但不妨认为,他其实比别人更加害怕混乱,因此对混乱也就更加敏感。一个蜘蛛网,一篮子脏衣服,窗子上打破的玻璃或者打碎的盘子对他的影响都非常大,人们根本想不到一个在职业生涯中习惯于种种混乱现象的人会有这样的表现。要是艾丽丝把一叠报纸乱糟糟地放在他房里地板上,他肯定会大为恼火,冷言冷语地发表出一些刻毒的言论来。

"我把电视节目报放在那儿又有什么要紧呀?"有个星期天上午艾丽丝回应他说。

"当然要紧,因为看见报纸到处乱摊我就是受不了。"

"可是等晚上回来我会收拾好的呀。"

"你是说,你打算整整一天就让这地方乱糟糟的不像样子吗?"

"是啊,我是打算这样,不过照你的口气,这就像犯了什么弥天大罪要给送到纽伦堡法庭去受审一样,那我想我还是别这样了。"

为了其他一些小事他也会同样生气,例如电话听筒线绕了三个圈圈,电视机的遥控器没有放回到机顶原处,或者他书架上的书没有放好(他以目录学的方法,根据开本的体积由大到小地排放图书——《罗浮宫的宝藏》旁边放的是《温布尔登的光辉时刻》,因为这两本书的开本看起来恰巧大小相仿)。

埃里克是在这样的家庭里成长起来的:它保持了布尔乔亚体面的外表,但鲜为人知的内幕却并不那么美好。他的父亲当过律师，但在埃里克很小的时候，不知为了什么神秘的原因不光彩地给除名了。然后他便卷入到一系列灾难性的商业冒险之中，这包括在爱尔兰炒地皮，使家庭背上了沉重的债务。他的母亲为人严厉，但足智多谋，做事一丝不苟，她想尽办法维持脸面，靠着她继承的一小笔遗产，让几个儿子进贵族学校去读书。他父亲又酗起酒来，而且常常乱发脾气，对他的暴力行为，他母亲极力加以掩饰，不但自欺欺人地尽可能不让儿子知道，而且在诺丁山半月形道高雅的邻居跟前也装出没事的样子来。

就这样，埃里克成人以后，尽可能希望能把地点、人和职业等各方面的不确定性掌握在自己手里。他原先从医，因为醉心于这一行当的稳定和威望，但是后来对它的薪金越来越觉得不满意。他从长计议，为了使自己能有个比较理想的稳定收入，决定投身银行界，结果大获成功。他在某种程度上仍然是个赌徒，敢于冒险，但前提是他生活的主要方面必须绝对安全。

与此相反，艾丽丝的卧室除了面积太小之外，也许可以说是包罗万象，什么都不缺。里面塞满了各种各样的东西，房间装饰得花里胡哨。床边一个大书架上放着皱巴巴的平装书，文学名著的旁边就是封面艳丽的不那么经典的作品，书架旁有一台带有环形天线的黑白电视机，在电视机上方挂着一大块软木板，上面用图钉按上好些五颜六色的相片。既有艾丽丝小时候同家人一起在海边照的，又有她家的老房子、她养的狗盖茨比、她的朋友和从前的男友、姨妈和奶奶外婆的相片。软木板旁边是五斗柜，上面放着化妆品、发刷、喷雾剂、钥匙、一个圆筒状的黄色陶碗，那是她在波尔多买的，还有她在白教堂区市场购买的维多利亚时代的镜子。再旁边是书桌，上面放着一台旧打字机，打字机的"r"键和"y"键都失灵了，但她偶尔也还会用它打打信件。几个抽屉里塞满了她这几年收到的信，还有十五大本的日记，有五六年她把想说的话都记在里头了。靠对面墙有个气派不凡的衣橱，它里面装满了时尚变化的历史证据。床边上放着两摞杂志，杂志上放着一台收音机和乱七八糟好几盒磁带。

在埃里克第一次到艾丽丝那里过夜时，他把她的房间称作是废品回收站，这个外号他觉得再合适也没有，结果便变成了他固定的称呼。他特别讨厌艾丽丝床上的软垫子和绒毛玩具。尤其引起他反感的是一个粉红色心形绒毛垫子，上面写着"我爱罗马"几个字。每次他来她房里睡觉时，不是把这个垫子扔到房间另一头的字纸篓里去，就是把它放到书架顶上，让她够不着。

"你这家伙真讨厌，干吗不肯放过我的垫子呀？"在他又一次这样做时，艾丽丝问。

"因为这东西实在讨厌，难看得要命，我从来没有见过这样丑的东西，我可不想跟它同睡一张床。"

"嗯，你得作出选择来。要我就得跟罗马垫子在一起，要不就算数。"

艾丽丝决不会说那个垫子好看，也不会说它具有什么艺术价

价值体系　　　　　　　　　　　　　　Alain de Botton

100.

值,但她仍然喜欢它,十年来她一直带着它。因为她对室内布置的看法并不在"实用"上,而是在"感情"上,某件物品在她眼中的价值首先并不在于它有多么好用,而在于它附带引起的种种联想。

心形软垫是艾丽丝父亲的礼物,那是父母离异之前全家人最后一起外出旅行时父亲送给她的,那次他们沿意大利一侧的海岸一直前行,旅行给她留下了美好的回忆。自然,比这个垫子做工精致、材料讲究、设计高雅的软垫有的是,但没有一个垫子能有它这样特殊的历史,带有如此难忘的亲情,它令人回忆起多年前全家人最后一次一起度假那段异常幸福的日子。

(2)感情用事

艾丽丝和埃里克最近去她家附近一家西班牙小饭店吃饭,就在那里,因为埃里克点了兔肉,引发了一场争论。

"哦,埃里克,别点这个,难道你就不能点一些别的东西吗?"艾丽丝恳求他。

"你这人真是滑稽,这道兔肉是用白葡萄酒炖的,又配上新鲜蔬菜,看来味道不错……好吃呀。"

"一想起兔子上餐桌,我就受不了。"艾丽丝说,她童年时养过一只名叫帕奇的黄褐色兔子(自然不是供餐桌上用的),十分喜欢。

"你要吃素吧,真叫人弄不明白。"

"请问菜点好了吗?"侍者问。

"好了,可以了。"埃里克武断地回答。

一刻钟之后,一只直冒热气的兔子盛在一个大盘子里端上了桌,那位饥肠辘辘的食客拿起刀叉,津津有味地吃了起来。

"喔呀呀,可怜的小兔子给一只可恶的大灰狼吃了,"埃里克逗趣说,"瞧这条可恶的大灰狼,正张牙舞爪地啃这个可爱的小兔子又鲜又嫩的肉呢。"

"别说了,混蛋,我真不明白你干吗非要点兔子不可,菜单上别的东西有成千上万种呀。"

"听着,艾丽丝,见鬼,我真不明白,你怎么会为了一只兔子这样激动。你也同别人一样吃肉,为了只兔子这么起劲,我看这只是因为它的面孔碰巧比牛比羊逗人怜爱一些,我从来没有看见过你在吃牛肉羊肉的时候有什么不安呀。你的道德标准可真伟大!达尔文应该把他的准则改成:最逗人喜爱的生存。"

埃里克继续在这个问题上逗她,第二天又漫不经心地问:"那么,吃素的,我们今儿个是不是要去再搭几个兔子窝呀?"

艾丽丝也许是有点伪善(干吗只是为兔子难受而对难看的老绵羊不理不睬呢?),可是埃里克对她的多愁善感一而再再而三地表示不满,这难免会使得她多少有点儿疑心。他反对感情用事并不仅仅出于逻辑上的原因(要是说羊可以吃,兔子干吗就不能吃呢?),还因为感情用事的人关心的事情使他反感。凡是有人眼泪汪汪地对病人、无助的人、失去一条腿的瘸子、残废人、伤心的

102.

情人、哭泣的儿童和患有关节炎的老奶奶表示同情时,他总忍不住要说上几句挖苦的话,他那些话意味着,他对那些人身上表现出来的可怕的弱势状态其实感到有些不知所措。

要是说,他取笑艾丽丝每次看《爱情故事》(她恐怕已经看了不下十次了)都要抹眼泪,那是因为他故意对她的泪水象征的悲伤心情视而不见。无怪在她想要告诉他自己心情不佳,或者觉得自己"臃肿不堪"时,他的反应都很生硬。他回话总是说她自然很好很漂亮,他们能不能找点别的事情谈谈,这其中的含义是:"你自然没问题。你一定得感觉很好——假使你不是这样的话我可受不了……"

小孩子是弱者,因此,艾丽丝和埃里克对待他们截然不同的态度意味深长:艾丽丝爱孩子,埃里克呢总是说:"假使我有孩子的话,我真恨不得他们快点长大,我就讨厌他们叽里哇啦乱吵乱闹。"他们有时回去看珍妮的儿子蒂姆,埃里克问了这个四岁孩子几个简单的问题,蒂姆听出他的口吻不很亲热,害怕起来,嘟哝了两句便局促不安地掉头张望别处去了——要不是他母亲此刻过来把他带走的话,他准会嚎啕大哭起来。

在埃里克心里,小孩子犹豫不决的嘟哝很不好理解,但艾丽丝却能毫不费力地运用自己的理解力来弥补小孩身上的不足,替他们说出他们自己无法表达清楚的话来。尽管埃里克在各个方面都显然很成熟,但奇怪的是,他在对待别人的要求方面却十分孩子气,他对别人的期望就像小孩子对父母那样——也就是永远正确。他无法以自己的力量来弥补别人的不足,无法像父亲那样宽容地对待身边人的过失。

有个周末,艾丽丝和埃里克应邀到住在牛津附近一个村子里的朋友那里去吃午饭,由于埃里克有事要先回伦敦,他和艾丽丝决定各自开车前去。艾丽丝路不熟,因此请埃里克在前面带路,她跟在后面。在高速公路上,他习惯开着他的宝马车在快车道上飞驶,但发现要不让艾丽丝的大众牌甲壳虫小车拉下来,只能放慢速度,心里因此老大不痛快。每到道路交叉口,他总在后视镜里看到她小心翼翼地东张西望,然后才前进。"真是个老太婆。"他自言自语地低声咕哝。在离雷丁不远的环形道口,甲壳虫抛锚了,艾丽丝发现埃里克不见了踪影,不知道该从哪个路口出去。埃里克发觉艾丽丝没有跟在后面,便又咒起她来,但他并没有回到环形道口那儿去。他知道她那里有朋友的地址,她也知道方向,还有地图,因此最后肯定她是会找到那地方的。他管自往前加速,而不愿意对驾车不老练的艾丽丝多加关照了。

要是说,埃里克的为人恰恰与感情用事(即对弱者表示同情)相反,尊敬那些以性格的尊严和力量来克服各种障碍的人,那是合乎逻辑的。埃里克讲究实际,他瞧不起弱者,对强者则五体投地。

(3)一丝不挂

他们第一次共度良宵时,离相识才几个小时,埃里克把艾丽

104.

丝抱到餐桌上，扯掉她的内衣。对艾丽丝来说，从含情脉脉的注视到发生肉体关系，这一过程通常需要一个周末，也可能会要几个月时间，因此，她对自己欲望之强烈和进程如此之快大为惊异。尽管她内心会隐隐升起一种抗拒的愿望，但她在不知不觉之中还是不愿受到做规矩姑娘的传统道德教条的束缚。见鬼去吧！她想，任凭自己沉溺在当时的欢乐之中。她让埃里克急不可待地脱下她的衣服，解开她的乳罩。任凭自己赤身露体地给抱到沙发上，然后又抱到卧室里，这时候埃里克呢，兴高采烈地把自己的衣服也脱得精光，乱七八糟地扔在房间里。

在他们做爱之后，埃里克从床上爬起来到厨房里去取水，回来时手上拿着一个大水瓶和两只杯子。他一丝不挂地站在五斗柜旁边，就像高级饭店里的侍者那样小心地倒水，那副模样同周围很不协调。

"你不想披件睡衣吗？"艾丽丝问。

"不，那会把性交过后的色情感觉全给破坏掉的。"埃里克咧开嘴巴笑了笑。

"我想性交过后就谈不上什么色情感觉了。"

"啊，这是传统的看法，但是……"埃里克色迷迷地说。

从第一夜起就很明显，埃里克对自己的肉体满意得不得了。他以一种认为是理所当然而且直截了当的方式，得意地欣赏自己的肉体，而且认为别人也会同样如此，因此在他眼里睡袍和毛巾纯属多余。他在同女友缠在一起长吻时，很少觉得需要拉上窗帘遮住邻居的目光，在河边或者游泳池边上，或者在按摩浴缸旁，他随时都可以脱得精光跳下去。

艾丽丝对埃里克在肉体上如此坦率大胆很是钦佩，但是她觉得自己除了在激情时刻之外，平时是做不到这一点的。她的第一个冲动就是伸手去拿睡袍或者T恤衫，或者把灯光扭得暗一点，并且避开穿衣镜。肉体并不是什么可以在房间里随意展示的东西，只有在做爱时才有必要，那时候，为了充分挑起男方的热情，使他顾不上对你评头品足，那样做也还说得过去。

埃里克在这个问题上取笑她。"我真不明白，你马上要脱光衣服躺到我身边来了，干吗还要我闭上眼睛，"她脱衣上床的当儿非要他眼睛转过去，他同她说，"其实你的身体是什么样子我一清二楚，真弄不明白你干吗不让我看着你从房间那头走过来。"

对艾丽丝来说，将自己的裸体暴露在别人面前也就是让人看到自己觉得很难看的一些部位（"你这个也算是乳房吗？""你真能断定这双脚不像是鸭子脚吗？"她老是以一种自怨自艾的态度问自己）。在脸上卸掉妆，衣服脱掉扔到地板上之后，她觉得自己身上没有了任何防卫，完全处在一种脆弱的境地，眼巴巴地指望情人能够保证不发笑或者不做出什么姿势来取笑她。她觉得自己的身体有缺憾，是个不利条件，只希望别人能够对它宽容一些。无论这是多么不合情理，她在裸体时总忍不住会感到不自在，她需要说服自己可以相信眼前这个男人——同时，她心里始终有一种按捺不住的冲动，想要一下子冲到浴室里去躲藏起来。

106.

"你这个坏蛋,把我的东西还给我,"那天早上,埃里克存心恶作剧,把她的衣服藏到墙上一个暗柜里去了,"再过一分钟你不还我,我可要报警了。"

"报吧,电话就在这里,警察会同意我的看法,你光着身子比穿衣服漂亮得多。"他回答说。

"别这么可恶,埃里克,要是你再不还我,我真的要生气了。"艾丽丝说,她站在起居间中间,活脱是个身上没有无花果叶遮挡的焦急的夏娃。

"别急啊。"

"别急。你觉得好玩得很,是吗?告诉你,我难受死了。好吧。那么,请把衣服还给我。"

"好吧,亲爱的,衣服就在厨房边上那个壁橱里——别这么发急呀。"

(4)情感上一丝不挂

无论埃里克为自己能如此从容地展现肉体觉得多么骄傲,他对另一种形式的一丝不挂却极其羞怯——不过,那是一个完全不同的领域,长时间以来,艾丽丝都没有能将它同自己对裸体的害怕联系起来。埃里克也许可以光着身子欢快地在小河和森林中游戏,但如果要他一丝不挂地袒露自己的感情的话,他会以一种无法比拟的紧迫心情飞跑去寻找一件象征性的睡袍。

情感上的一丝不挂很难以觉察,因为很难对它作出清晰的界定。肉体上一丝不挂是眼睛看得见的——因此在这方面过分拘谨的人很容易受人骚扰，衣服很容易给强调肉体舒适、讲究寻欢作乐的当代伦理学家藏起来。但因为"自我"都藏在躯体的外壳里面，情感上的羞怯需要很长时间才能发现，才能暴露，尽管在这方面过分拘谨的人也可能同样多，或许还更多一些。

情感上一丝不挂的关键是将自己的弱点和不足之处袒露在另一个人面前，这一来你就把自己完全交到了别人手里，除去自己这个人之外，我们再也无法依靠其他方式来引起别人的好感了。我们再也不能借助撒谎或者咆哮，借助吹牛或者漂亮的言辞来掩饰自己的意图了——就像蒙田所说，人在临终时情感上是一丝不挂的，他说话必须使用明白易懂的法语（或者其他任何一种母语）。

我在承认自己有某种需要时就在感情上袒露了胸怀——没有你我就完了，我并不真像我表面上装出来的那样独立坚强，我只是个远不那么值得钦佩的弱者，我对人生的道路和意义并没有多少把握。在我流着眼泪把一切告诉你时，我相信你不会去告诉别人，要是让别人知道我就完了，在我不再装出色眯眯的样子瞧着晚会上其他人，而是承认心里只有你的时候，我也撕破了小心翼翼地摆出来的不易堕入情网的伪装。我变得毫无防卫之力，命运完全掌握在别人手里，就像是马戏团里绑在木板前的演员，任凭别人飞刀扔在离我肌肤只有几英寸远的地方，这些刀子全是我自愿递给对方的。我允许你看见我蒙受耻辱、犹豫彷徨、失去自信、

108.

憎恨自己，因此无法使你得出不同的结论来（我是不是需要这样做呢）。我很弱，因为我让你看见我半夜三点钟时惊惶失措的面孔，我无缘无故地焦虑，完全忘却了我在晚饭时夸夸其谈的那些乐观的哲学观念。我学会了接受这种巨大的风险：尽管我不是日常生活中那个信心十足的名人，尽管你对我各种各样的恐惧和焦虑了如指掌，但你仍然会爱我。

那么，情感上的衣着是什么呢？它包括一整套的衣物用来保护自己，不让别人看到自己柔嫩的内心世界，不肯将自己情感上的私处暴露在别人眼前，不让别人知道"我需要你"这个隐藏在心中的强烈愿望。穿上衣服也就是拒绝把自己置于本人无法控制的另一个人的掌握之中，这个人很可能由于不回你的电话或者同别人调情，真正使你伤心欲绝或者气得发狂。

埃里克要是不能肯定自己情感的衣柜里装满了双层衬里的套装，是很少会交女朋友的，这些东西就是为了能保证他的生活并不以爱情为惟一支柱，他把幸福的基础牢牢掌握在自己的手里，不必被迫拱手交给别人。

你可以把这一领域的建筑师分为两类，一类是浪漫型的，另一类是理智型的。理智型建筑师的基本原则是，建筑物的重量必须分布在许多支撑物上（越多越好），这样，在意外发生时，重量可以从受损害的部位转移到其他一系列完好的支撑物上。

埃里克将他的分量广为分布；他的支柱包括同几个女朋友保持关系（免得在遭到某人拒绝时引起大厦倒塌），结交足够多的朋友，这样即使同某一部分人闹翻也无关紧要，挣到足够的钱，以减少某一项交易出毛病的风险。

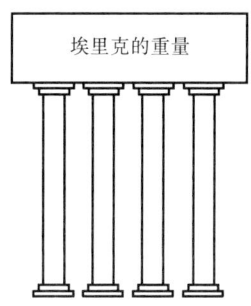

艾丽丝则全然不同，她是个远不那么精明的建筑师，因为她倾向于将她所有的需要都放在一根支柱上，对它能够承受全部重量抱着一线希望。

尽管目前这根支柱就是埃里克，但他却显然并不愿意承认自己起着这种支撑作用。在他身上有着某种"不是我"的指认味道，他犹豫着不愿接受他在这一关系中的位置，他问："我有什么感

110.

觉？""我们这样在一起是干什么？""我们下个周末要干什么？"

他之所以这样闪烁其辞，倒不是因为对艾丽丝的种种优点不屑一顾，只是因为，他对待这些优点的态度突出地表明，他在情感上是个十分拘谨的人——他不愿意承认，要是自己生活中缺少具有这些特点的人的话，他是会有很大麻烦的。

起初艾丽丝把这也看成是老规矩——他们才相识了几个礼拜，总不能指望两人会告诉对方自己多么重视这种关系，因为担心对方并没有这种想法。只要一方不能对未来作好打算，那就无法谈论有关未来的设想。

男女二人首次同床之后，在正常情况下，谈一谈下次见面是几天之后还是在几个星期之后是意味深长的。要是一方说："那么，等我生日那天我们一起去看戏吧"，而生日又是在两个星期之后，那么，他或她说这种话绝不是随口而出的。这一建议婉转而清楚地表明两人的关系至少会保持到两个星期以后。随着双方的关系进一步发展，一方希望设定的时间框架不断加大，最后他或者她可以信心十足地提议："我们干吗不从现在起积点钱起来，明年年底去滑雪呢？"甚而至于"等退休后坐游轮去度假好不好？"

可是埃里克所设定的时间框架却短得可怜，它很少会超出本星期之外。尽管艾丽丝希望有关未来的安排很快就能够更明朗些，埃里克却想出各种聪明的办法，避免让自己在时间问题上把"我"牵涉进去。

甚至就连他情感的表露也不是直截了当的。他们俩最近去看

111.

了一部糟糕的美国电影，说的是在得克萨斯有两口子为环境所迫分开了，但是对他们来说爱情超出了一切。男主角（电影中叫比利）同埃里克极其相像，这一点艾丽丝和他在走出影院时都说起了。那天夜里，埃里克觉得同艾丽丝特别亲热，在走回到汽车跟前时用两条手臂拢住了她。他想要告诉她说她是多美丽，他又是多么爱她，可是他开口时一改平时说话的口音，模仿起电影中男主角的腔调来。

"心肝宝贝，妈的我这辈子还从来没有遇到过像你这样招人疼的小妞儿。"埃里克学着比利以得克萨斯的口音拖长调子说。

"哦，你说这话可真好。"艾丽丝以她平常的口吻回答，一边握住他的手轻轻抚摸。

"要知道，你是密西西比河这一边最可心的人儿了。"比利／埃里克诗意盎然地说。

"是吗？那么密西西比河那一边该让我吃醋的女人是谁呢？"

同样，埃里克也习惯于以身体不怎么舒服为借口来掩饰自己感情上的需要。要是他想引起艾丽丝的注意，他觉得最好的办法便是声称自己着了凉，患上了感冒或者腰疼得要命，他宁可以肉体的不适为幌子，拒绝承认自己内心可能真的很痛苦。

既然生了病，那就得戴上毛线帽子，用大衣把自己裹得严严实实，躺在床上哼哼说自己马上就要没命了。

"艾丽丝护士呀，来帮帮病人的忙吧，能不能做做好事，替我把维生素C片拿过来？"他总会像临终的病人那样在床上喊。

112.

通过让自己和艾丽丝扮成病人和护士的角色,他可以避开"爱人／被爱的人"这种关系所包含的危险;大声叫人拿给他滴鼻剂和咳嗽药水,可以满足人人具有的希望得到别人搂抱和关爱的原始需要。

六月份,埃里克乘飞机去法兰克福,其任务就是为他的银行争取一桩很有赚头的业务,想不到这笔交易给一家德国银行抢了去,他垂头丧气地回了伦敦。那天晚餐是艾丽丝做的,他不作一声,沉着脸只顾吃饭。饭后他坐到沙发上,因为他显得这么灰心丧气,她躺在他身边,双手抱住了他的脑袋。

"喂,无论你是不是带回来大把的德国马克,你总是我心目中的英雄。"她捋着他的头发同他说,柔情地望着他。

"见鬼,艾丽丝,别这样可怜我,好吗?"他回答说,对一个怀着苛刻而孤独的信念,认为只是事业有成才值得让人爱的人来说,这个反应是很自然的。

(5)慷慨大度

埃里克一向显得十分慷慨。甚至就在他没有什么钱的时候,他也总是争着请人喝酒或者在餐馆里付账。每当朋友过生日,他总不会忘记送鲜花或礼物,他捐钱给好几个慈善组织,并且自己掏腰包给秘书加工资。他同艾丽丝逛商店时,常常是他付账,因为他知道自己挣得比她多得多。

有个周末艾丽丝和朋友一起去多塞郡玩,回来时给埃里克带了件礼物，那是当地产的奶酪，用铝箔包得严严的。

"这是小农舍里自产的，只有两三头奶牛，叫什么名字我不知道，不过你是会喜欢的。"艾丽丝说。

"你真好。还从来没有人送奶酪给我呢。"埃里克回答，使他感动的不仅是这件礼物，还因为她竟然这么真心，不怕麻烦，把奶酪包得好好的一路带回伦敦来。

奶酪味道确实不错，但是艾丽丝这件礼物中所包含的一腔柔情却使他觉得负担很重，这要远远超过奶酪本身——这件礼物使他觉得自己欠了她的情和爱。奶酪放在冰箱里，它表现出艾丽丝是多么真心为他着想；她特地跑到农舍里，付了钱，把奶酪包好后放进手袋里，在做这一切时她心里想的全是他。这多么令人愉快！又是多么沉重的负担！

因此，不足为奇的是，埃里克第二天就去买了一个漂亮的戒指，把感恩的负担转移到艾丽丝身上。戒指是他俩在牛津大街附近一家店铺里看到的，式样他们都很喜欢，艾丽丝吃了一惊。

"真叫人没法相信，"艾丽丝打开盒子时嚷道，冲上前给了埃里克一个吻，"你真是太大方了。"

在金钱上埃里克是很大方的——戒指很贵，然而这样做在感情上看也许并不怎么大方，这甚至可以说是一种吝啬的举动，它用来抵销艾丽丝花五镑钱买奶酪所包含的一片深情。在送礼的问题上他不甘心落在对方后面，除了他喜欢送东西给人之外，还因为他讨厌处在欠人情的地位，使自己失去了主动。

114.

尽管在金钱往来上，欠债是理应受到谴责的，但奇怪的是，处理得当的债务却是友谊和爱情的重要支柱。良好的财政政策很可能是糟糕的爱情政策——因为爱情的一部分就是欠债，同时愿意接受由于欠人东西而引起的不确定感，把自己交给对方任凭处置，让对方决定自己应该以何种方式何时还清债务。

尽管埃里克及时还了债，但对艾丽丝来说却很可惜，他在情感上没能达到同样成熟的境界，而是忙不迭地把欠她的情还掉了。

了解对方

艾丽丝同埃里克已经相好五个多月了。在八月的第一周,她接到了一个来自荷兰的朋友的电话。这个朋友是她多年前在马萨诸塞州夏令营里认识的。

"还是把实情告诉我吧。那人是谁呀?"莫尼卡问。

"他叫埃里克,在银行里工作。"

"这事有多久了?"

"噢,天哪,有好几个月了,大约半年了吧。"

"性感吗?"

"哎,还行吧。"

"他相貌怎样?"

"相貌怎样?"

"对啊,这你知道的。"

"我真的不知道。"

"你真不知道,这是什么意思?你跟他好上了啊。"

"嗯,他……我真的不知道该怎样说,他有点……他只是有

116.

点儿怪。"艾丽丝说着,自己也笑了,因为她并没有打算这样说,可"怪"这个字眼就从她嘴里滑了出来。

"怪?"莫尼卡问,"你交的男朋友一向都很正常啊,你怎么啦?"

那天在回家的路上,艾丽丝以各种动作倒错症所具有的精确性,意识到"怪"这个词儿也许比其他礼貌的说法更能反映她的真实感情。埃里克在表面上并不怪:他并不认为自己是拿破仑,也不戴着浴帽睡觉;但总的说来,他的行为使艾丽丝觉得很怪,因为她根本拿不准他到底要做什么事。

我们如何对待别人,这种行为模式在很大程度上是由一种下意识的观念决定的,我们不知不觉中会猜想对方大概会作出怎样的反应来。我们心中会对别人的特点勾勒出一幅图画,然后以此作为指南,决定自己在同对方打交道时该说什么话,采取什么行动。这一模式是这样运行的:"假如我做或者说了 x,那么他／她就会做 y……"由于这一模式的内涵要丰富复杂得多,它还是能让我们作出多少带有试探性质的声明,说我们对某人有所"了解"。艾丽丝想起她曾看见过美国画家珍妮·霍尔泽在广告牌上写的一条警句。它很简单,是这样的:

> 如果你想要
> 迅速发现
> 某人的为人
> 含一口牛奶
> 吐得他满身就行

117.

　艾丽丝当然还不至于真的向某人吐牛奶,但她有时候会自娱自乐地想象向别人进行这项试验的情景:在火车上坐在她对面正在阅读体育新闻的那个人会作出何种反应?这个政府大臣又会如何?出租车司机或者花店店员会怎么样?这一想象中的试验自然很荒唐,尽管如此,它却能够很快地揭示一个人的性格特点,是会勃然大怒呢,还是会觉得幽默或者完全受不了?艾丽丝发现,在她想象着进行这项试验时,对有些人的反应她总是具有十足的把握,而另一些人呢则使她完全摸不着头脑。

　例如艾丽丝可以把握十足地声称"了解"(即可以预见)同事赞德娜的行为和性格。赞德娜三十五岁,是个会计,办公桌就在艾丽丝对面,她身穿黄色和紫红色的上装,你可以将她的行为图描摹得惟妙惟肖,其精确程度简直令人发笑。

　赞德娜在本质上也许是个心理活动很复杂的人,但她听完别人的话之后的反应会如何,这一点别人一猜一个准。她惟一的话题便是别人命定比她过得好,她有责任让别人知道(每当喝咖啡休息时)她是多么失望。要是艾丽丝同她说她周末过得很愉快,赞德娜的第一反应肯定不会是"向你祝贺",而是"我的周末怎么从来就过得不愉快呢";假如有人得到了升职,她总会说:"他们这样做只是故意惹我生气。"如果有个英俊的男子走过她们的办公室,在一到三分钟之间(艾丽丝为了取乐,替她计算过),赞德娜肯定会发表一通言论,啰啰嗦嗦地抱怨自己的男友是多么不如别人——她的男友是个体重超常的电工,确实显得很差劲,精神正

118.

常的人都奇怪赞德娜怎么会挑中了他。甚至到楼下小吃部买一个别具特色的夹心三明治也会引出这样一番话来:"我怎么从来没有买到过这样好的夹心呢?"

没有哪个人比这位可鄙的同事更令艾丽丝讨厌的了,但是她不得不承认,同赞德娜的交流也还可以。糟糕的是,她同埃里克的关系就缺乏这一点。她不像"了解"赞德娜那样"了解"埃里克,她同他在一起时无法参照赞德娜那一套固定的反应来调整自己的行为。在她心中,他多多少少仍然是个谜;他这人一会儿突然来阵脾气,一会儿又大方得要命,他在情感上存在着盲点,在认识上又极具洞察力。这一切,同艾丽丝熟悉的各种心理模式全然对不上号。

有时候同埃里克在一起时,她会发觉两人的谈话很有些尴尬,很不自然。"今夜我们仿佛是陌生人。"她总是说。

"是吗?"

"对啊,我觉得昨天晚上我们真的很愉快,今晚呢,仿佛刚刚才见面似的。"

"嗯,是会出现这样的情况,不是吗? 冰箱里还有没有意大利面条呀?"(埃里克有一种出色的本领,他能使自己显得一点没错,问题都是别人惹起来的。艾丽丝觉得自己真傻,方才竟然把这件事提了起来。埃里克高高兴兴地吃起剩下的那点千层面来。)

艾丽丝也无法预料埃里克什么时候会发脾气。要是她焦虑不安,她就习惯用针织套衫的袖子掩住自己的面孔。那天坐车去汉普斯特时,她又下意识地这样做了,埃里克突然踩了刹车,朝她大声吼道:"见鬼,你别这样!"

"别怎样?"艾丽丝大吃一惊,问道。

"你的手,哦,还有套衫。"他的话夺口而出,几乎没法把他的恼怒之情说清楚。

"对不起,好,天哪,这有什么了不得的呀?"

"不为别的,我看了就是生气。"

那么,是不是就可以断定他是个脾气极坏的混蛋,为了一点小事就要乱发火呢?不,使她惊奇的是,对有些会使别人紧张不安的事情,他的反应却很平静。在公司派她去彼得伯勒访问主顾时,埃里克把自己的信用卡借给了她,谁知她在国王十字车站打电话时把它弄丢了,要不就是被偷了。一想到得把这事告诉他,说是他的VISA卡被她在某个繁忙的车站丢了,她就忐忑不安;想到他的反应她害怕极了,最后决定作最坏的准备,她严肃地对他说:"看来我们的关系就要到此为止了。"

"什么?干吗呢?"

"因为我出了件可怕的事,简直不可原谅,我们最好还是就此一刀两断吧。等会儿我把自己的东西从卧室里拿出来,叫辆出租车,我们还是分开过一段时间,然后也许会……"

"你这是怎么回事?你在说什么呀?出了什么事了?"

"噢,糟透了。"艾丽丝说,咬了咬自己的嘴唇。

"什么事呀?"

120.

"我不能告诉你。"

"你一定得告诉我才行。"

"我不能。"

"别犯傻了,什么事呀?"

"我把你的信用卡丢掉了。"

"就是这件事吗?天哪,你真把我给吓坏了。"

"你是说你并不在乎?"

"不在乎,没有关系,只要打个电话到发卡的银行,他们会把原卡作废,到星期一再寄一张新卡给我的,再简单也不过。艾丽丝,别这么愁眉苦脸的,没关系,真的,我不骗你,丢了一张旧信用卡有什么要紧?你没有丢掉什么更值钱的东西,这就很好。喂,这事就别再提了,根本不值得为它多费口舌。"

埃里克的行为难以捉摸,这无法满足艾丽丝的需求,她总希望能有确切的把握,她不断勾画他的性格,但是由于他脾气善变而不得不重加修改。她愿意并且尽力对这种混乱状态作出最好的解释来,这证明她是爱他的。要是他动不动就发怒,那只是因为他工作压力太大;要是他沉默寡言,那只是因为他累了或者饿了。她一度对埃里克下的定义是"这个人对自己的善良大吃一惊,从而感到屈服投降的危险,他只好乱发脾气,以冲淡这种印象"。在他又一次无缘无故地发火时,她告诫自己:"别把这看成是针对你的,他这个人本性善良,但出于某种不清楚的精神创伤,他会生别人的气,其实他是对自己不满。"

很长一段时间里,她把他同别人在情感上缺乏沟通归结为"羞怯"这一心理状态。对他做爱后的生硬态度,或者打电话时突然把话筒挂掉都归结到这一点上去。除此之外她还有这种想法:他很有英国人的脾气——这类内涵并不清楚的概念来自对民族特性的通俗看法,据说英国人喜欢把蔬菜煮得烂熟,不喜欢谈论自己的感情。尤其在她与他父母一起板着脸一声不响地吃过一顿饭后,她更形成另一种看法:"他生长在这样一个家庭里,无怪会这样。"

因此,艾丽丝将他说话不多以及其他一些令她心烦的行为归结为三个含蓄的标题:

(1)羞怯
(2)英国人的脾气
(3)父母的影响。

可是,她刚刚对他的这些性格稍有习惯,他们到伦敦郊外一个朋友家度周末时,埃里克却又表现出绝然不同的一面:他和朋友在一起时十分健谈,性情温和,体贴人,显然没有英国人的脾气。看来,得从其他方面对他的寡言少语作出解释:

(1)工作压力太大
(2)生活在城市里
(3)(更令她忧虑的)他内心很热情,但她没法让他表现出来。

122.

仿佛埃里克有一种免疫力，使你既无法全心全意爱他，又无法全心全意恨他。他能敏锐地感到艾丽丝会在什么时候对他们关系的实质寻根问底，但在别的时候对她的感情却毫不关心。他这样做很可能是故意为之，有时候他会好几天不理睬她，使他们的关系处在岌岌可危的境地，只是在她准备同他摊牌之前，才忙不迭打招呼修复关系。

她不得不承认，对这个心爱的男友，她了解得真是太少了，他的一举一动对她仍然是个谜。埃里克仍然像他们第一次共度良宵那天夜里一样令人不解。在他们初次相逢时，她似乎对他已经有所"了解"，如今，她却没法这样说了。他仿佛是一件远观时相当完整的物体，走近一看，却有千万道裂痕。她心中暗自纳闷，这么多显然无法相容的东西如何共存在一起，再不大想去费力解读这一无法预见的特性，这种不稳定的性格；你得不断地对它加以探询，进行解释才行。

预见性

在我们需要弄清某人是好是坏之时，我们总是希望能够有十足的把握得出结论。我们指望，这个人要就是很好，要就是很坏。当然，如果他为人不错，他向我们提建议，记得我们的生日，那就最好了。但如果他为人很坏，心肠不好，也许还很恶毒，那么我们只要不同他打交道就行，我们可以轻描淡写地说，大千世界，形形色色的人都有，幸运的是我们不必同这类人待在一起。

难以理解的是，有的人可以对手下的秘书很好，但对自己的配偶却很坏；有的人可以在数学上极其出色，但在感情问题上却很低能；有的人做蛋奶酥是一把好手，烧羊肉却一塌糊涂。即便为了减轻人的过失而加入保护野生动物组织，我们也一定不乐意听别人说希特勒也喜欢儿童和动物；即便自认为感情丰富，看《白雪公主》时会掉眼泪，我们一定不愿听人说，那也是伊迪·阿明[1]最喜欢看的影片；即便喜爱德国文学，可听说在解放奥斯威辛时，指挥员发现党卫军军官遗留的物品中就有歌德的

124.

著作，我们一定会觉得心烦意乱。就因为《诗与真》²中的文字使自己大受感动，就可以摆脱参与大规模屠杀的罪责，这岂不太妙了吗？

在翻阅另一部福楼拜的传记时，我们发觉传记作者把这位著名的作家称之为"怪物"，他的身上"充满了矛盾"：

他热爱秩序、安逸和等级制度，觉得自己是个十足的布尔乔亚，正因如此，他就更加讨厌布尔乔亚。他谴责所有的政府，但当下层民众起来与政府对抗时，他却受不了他们的过激行为……他同神职人员是死对头，但对宗教问题却很感兴趣；他醉心于女性的魅力，但却拒绝拜倒在女子的石榴裙下；他在艺术上是个革命派，但在日常生活中却十分保守；他渴望友谊，但大部分时间却离群索居……³

特洛亚先生⁴决定把这些称之为"矛盾"，这同修女假装天真有些相似，她们在突然见到狂欢场面时，往往会装出大吃一惊的样子，因为人性看来并不完全符合她们的期望。它隐含着一种依

---

1 伊迪·阿明（1925—2003），1971年至1979年间任乌干达总统，以残暴著称。
2 《诗与真》是歌德的自传。
3 作者原注：见亨利·特洛亚《福楼拜》，吉恩·平克汉姆译，1993年维京出版社出版。
4 福楼拜的传记的作者。

恋之情，就是希望能出现一个"不"矛盾的世界。在这个世界，那些醉心于女性魅力的人都会不知不觉地自动堕入情网，拜倒在他们心上人的脚下；每一个对宗教问题感兴趣的人都自然而然地想要同神职人员一起喝茶；那些渴望交朋友的人会立刻参加桥牌俱乐部。

福楼拜的情况似乎与此完全不同，他的心灵（用哲学家阿美里·洛蒂的说法）就像是"会计学中的复式记账体系"，一些互不相容的东西分列在平行的铁轨两侧。

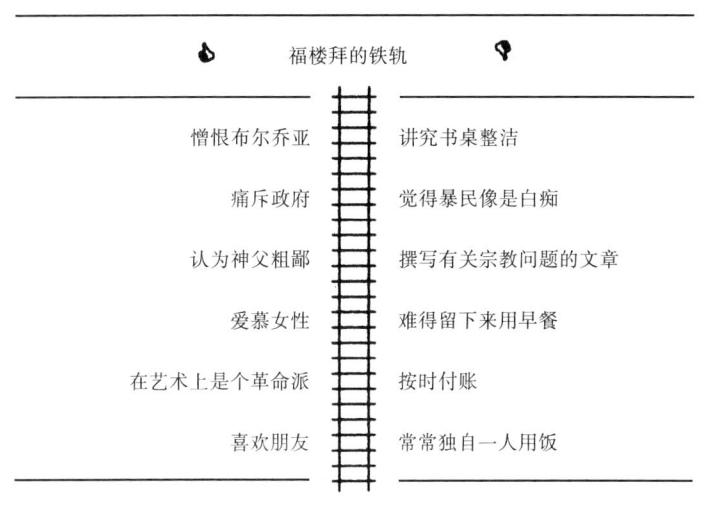

人们可能会指责写传记的人分析人性时往往不愿意采取这种铁轨式的方法，而是企图发明种种巧妙的说法来抹去笔下人物性格上的矛盾。如果某个革命家喜好美食，那么他也只是出于阶级

126.

　　斗争的需要才这样做:"托洛茨基喜好鹿肉和嫩牛里脊肉,他这样做只是以一种巧妙的方式来同吃素的议员对抗,因此加速了资本主义国家的垮台……"理性主义哲学家卢梭在作品中赞美儿童,但却不肯抚养自己的子女,他这样做也没有什么自相矛盾之处:"卢梭对自己的子女表面上似乎很不好,但在他心底里却满含爱意,因为这其实是想培养他们接受社会的严酷考验……"

　　当矛盾之处有可能对传记对象造成严重影响时,便可以用"天才"这个词来挽救。福楼拜身上充满了矛盾,但他能够写出《情感教育》来,付这点代价也就不必计较了;毕加索对他几个妻子都很不像话,但他画出了许多重要的作品——也许复杂了一点,但作为二十世纪最伟大的画家,人们难道会指望他画一些简单的东西吗?"天才"是用在智力超常的人身上的,换了平庸之辈,那就是"疯子"。这是一种极端的状态,在这种状态下,没有什么是不可能的,妙的是,正常的规则根本不适用。

　　可是在传记的圈子之外,性格上的矛盾似乎就算不上有什么反常。福楼拜对两种不同的事情都想要,他说的是这样,做的却是那样,对此,我们决不会称他为"怪物",他那些杂乱无章的欲望只是给我们以足够的证据,说明他除了写出几部文学巨作之外,心里没有什么不正常的念头,跟常人完全没有什么两样。

　　埃里克不写小说,也没有什么传记作家来跟踪收集他复杂的性格的各个侧面(只有情人除外),但是他的前后矛盾之处完全可以同福楼拜相媲美。

127.

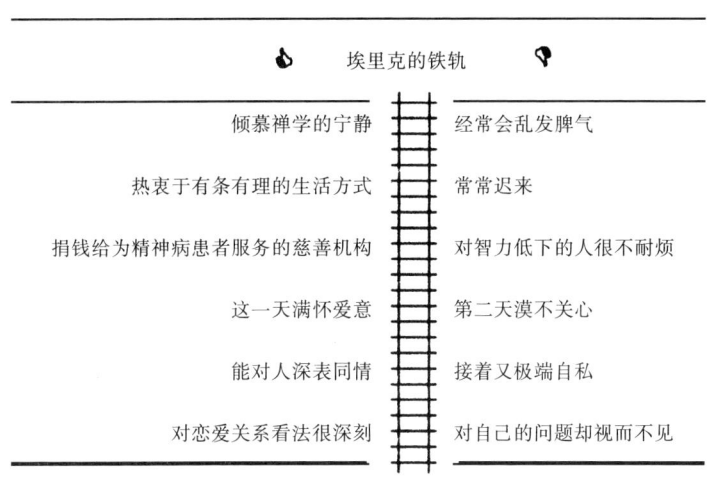

埃里克的铁轨	
倾慕禅学的宁静	经常会乱发脾气
热衷于有条有理的生活方式	常常迟来
捐钱给为精神病患者服务的慈善机构	对智力低下的人很不耐烦
这一天满怀爱意	第二天漠不关心
能对人深表同情	接着又极端自私
对恋爱关系看法很深刻	对自己的问题却视而不见

由于埃里克对自己这些矛盾之处满口承认，这也就使它们变得更加无可责备了。他会高高兴兴地同艾丽丝说："我知道我是个疯子，我从来没有说自己有什么好的。"

有一种令人泄气的坦露胸怀的方式可以称之为克里特式，那是根据"克里特人说'所有的克里特人都说谎'"这一悖论命名的。克里特人以这种方式来讲述自己的性格，便带上了含混不清的色彩，使得听这话的人摸不着头脑，不知道哪是真哪是假。埃里克某一时刻说的话与他在另一个时间说的或者做的完全矛盾：他声称克里特人都说谎，但又说自己也是克里特人，如此一来，他之前说的话也就完全不算数了。埃里克根本不是对自己身上的矛盾之处毫无知觉，他其实比大多数人都更加清楚。在他脾气暴躁这个问题上，他也是采取了克里特人说话的方式，先承认自己

128.

脾气不好（坏脾气的人说："我知道自己脾气不好"——于是别人就不大容易批评他了。）这使艾丽丝纳闷："假如他真是个坏脾气的混蛋，那他怎么会这样说呢？"在她心目中，她认为对某个缺点有自知之明几乎就等于没有这个缺点："真正是混蛋的人决不会认为自己是混蛋。要是埃里克意识到了这种危险，那他怎么会真的那样呢？"

有些人天生就坏，坏得几乎连自己都觉察不出来，从概念的角度（与道德的角度相对）来理解这种人可以说毫不费力。可是还有一类人就不那么容易打发了，因为他们对别人讨厌自己的原因并不是毫无知觉，可以说他们能作自我批评，因此，外界对他们的抨击反而起不到多大的作用。

很可能埃里克接连几天行事都令人莫名其妙，但他又会突然对艾丽丝说："我知道自己这会儿很不像话。说真的，我完全明白你心里多不痛快。别以为我对你失去了兴趣什么的，我只是一时这样。"

他的前后矛盾使她几乎对逻辑的理解发生了动摇。一个男人既然爱她，又怎能对她这么冷淡？她常常想把这个方程式的一个因子去掉，以使矛盾得到消除——也许他并不爱她，要不他也许并不真的对她冷淡，他只是累了，或者不好意思表达出来。

可是他从来不会让她得出这种可靠的结论，因为，她刚刚想让自己泰然面对这种或者那种局面，他又会立刻承认自己不好，使她失去谴责他的根据，推翻她的结论。他使她无法以爱恨交织的心情来对待他：似乎他对爱恨交织的矛盾心情理解得更透，而且也比她更快，这就使她只能抱怨，但却又失去了原先抱怨他的理由。

"我不怪你生气，"他总是坦率地告诉她，"说真的，要是让我在这件事情上作出选择的话，我也不会同像我这种脾气的家伙一块儿生活的。"

伟大的俄罗斯生理学家巴甫洛夫在一项鲜为人所知的实验中发现，如果对一只已经训练有素的狗不断发出一些混乱的信号，到了一定的程度，这只狗便会发抖、大小便失禁，产生神经官能症的症状。如果在喂食前的铃声响过之后，却回回端来空盘子，在重复数次之后，狗便可以适应"铃声表示没有食物"这一概念。但是，假如铃声响过之后，有时端来食物，有时候又端来空盘子，铃声完全乱了套，狗就会完全糊涂，它不知道如何着想，因为食物是否会出现毫无规律可循。铃声一会儿是这个意思，一会儿是那个意思（尽管总是与自己的期望相反），这只狗便会慢慢地失去理智。

爱情的永久性

心理分析学家唐纳德·温尼科特有个著名的观点，他提出要是把一个婴儿同母亲分开，那么，在经过一个特定的时间段之后，婴儿便会以为母亲从此消失，不再认为她还会再回到自己的身边来：

对母亲存在的感觉可持续 x 分钟。要是母亲离开的时间超过 x 分钟，那么，那个无意识意象便淡化了，同时婴儿也停止使用愈合象征的能力了。婴儿觉得焦虑，但是这种焦虑很快就消除了，因为母亲在 x+y 分钟之后回来了。在 x+y 分钟之内婴儿并没有发生变化。可是，在 x+y+z 分钟之后婴儿的心理受到了损伤。在 x+y+z 分钟之后母亲再回来并不能使婴儿已经变化的状态得到消解。这一损失意味婴儿生活的连续性已经发生了断裂……[1]

温尼科特的见解的深刻之处在于，母亲在婴儿心目中的形象是极不稳定的，随着时间的推移，它很可能受到无法弥补的损害——母亲如果到海外去十个月，无论她从国外寄回多少礼物，但对儿女来讲，她就像是离开人世一样。与此成为对照的是，成人对离开自己身边的人的生存具有坚强得多的信心。某人的母亲可以去澳大利亚一年，但她的形象仍然不会因为时间和距离而有所损害，即使她没有如自己答应的那样寄回明信片，别人仍然记得她。她不会因为仅仅不在孩子身边就从他们的心目中消失——眼不见不一定会导致心不想。

温尼科特强调，这种"形象的永久性"，即能确保客体在视觉范围之外持续存在的感觉，不是先天的，而是在发育过程中形成的。它不是遗传的，是由我们逐渐习得，是在信心感的基础上逐渐产生的——之所以会有这种信心，是因为迄今为止母亲都会回来，她以及在成人生活中代替她的人（情人和朋友）都会继续这样下去。

除去这一论点，心理学家让·皮亚杰发现，在某一年龄段之下的孩子并不知道移出他们视觉范围的物体还在别处继续存在着。你可以在一个八到十个月的婴儿面前摇晃一只玩具熊，然后把熊藏到垫子下面，婴儿不会想到去寻找它，他或她只是认为熊永远消失了。婴儿会对这只熊象征意义上的死亡感到伤心，但却不会抹掉眼泪去找它。但是皮亚杰提出，在这一年龄段过后，小孩会逐渐产生足够强烈的意识，能够感觉到所谓的客体永久性，促使

1　作者原注：D.W. 温尼科特《嬉戏与现实》，1991年鲁特尔奇出版社出版。

132.

他或她去寻找熊。由于习得的信心，孩子知道熊仍然存在于某个地方，从而能把它从垫子底下找出来。

把温尼科特和皮亚杰的理论用到艾丽丝和埃里克的关系上也许过于牵强，但重要的是它也有个永久性的问题，不是"客体的永久性"，而是"爱情的永久性"。这种爱情的永久性意味着什么？意味对另一方的爱情满怀信心，它能不受眼前的证据或征象的左右，相信自己的心上人不会移情别恋，尽管情人去米兰或者维也纳度周末了，但相信他或她都不会同另一个异性一起饮卡布其诺咖啡或者吃萨赫蛋糕；相信沉默也就不过是少说几句话而已，并不说明爱情消失了。

艾丽丝为了感觉到埃里克对她的爱，常常需要抱有某种信念，这同婴儿在母亲离开时的信念有些类似；也就是说尽管不在视线之内，也没有什么触摸得到的证据，但仍然不肯放弃。有很多次他们一起吃饭时，她觉得他这个人并不真正在场，他身上最重要的那部分仍然在办公室里或者在更加糟糕的地方，他的心给外汇交易上的危机或者某人闪烁的眸子给拴住了。她会握住他的手问："一切都顺利吧？"他总会回答："那当然。"仿佛她提了个犯禁的问题似的。他的话变得没有感情，她会感觉到他对此时此地的一切都不感兴趣，他说话时仿佛对面没有她这个人一般。他说："我真的想在周末见到你。"然而他说话的口气却又仿佛在说："也许还是待在家里好。"——这一区别的证据便是他在"真的"这个词的后尾改变语气，而在"你"上面又稍稍低了下来。

然后又会来上一段情意绵绵的时刻：在回家的出租车上，他会伸出胳膊，拢住艾丽丝，吻她的头顶。这从象征意义上看，表示他像母亲那样回家来了。但是，在时间 x（即他沉默下来或者他的话变得空空洞洞的那段时间）和 y（即他吻她头顶的时间）之间的那段间歇却使人处在焦虑的状态中。艾丽丝是懂得如何对待这种情况的，她不会像温尼科特提到的婴儿那样把他给忘掉，然而她还是体验到一丝被抛弃的婴儿所感受的初始痛苦，她会可怜巴巴地问自己："我是不是有什么事做错了呢？"

　　爱情有能力将一个其他各方面都很理智的人转化成一个成天胡思乱想、担心大祸临头的偏执狂病人——"他/她不再爱我了，他/她觉得厌倦了，我敢肯定一有机会他/她就会同我一刀两断……"偏执狂很可能是对爱情的最自然的反应，因为爱情就意味把对方当作宝贝，从而时刻担心有可能失掉对方。但对那些已经饱尝失恋的痛苦的人来说，爱情只能是在伤口上抹盐。

　　艾丽丝对所有的事情都不放心：她担心住所的煤气管会不会漏气；飞机起飞后听到怪声音时她担心会不会是发动机起火了；背上长了个小痣她担心会不会发生癌变，担心她会不会失去记忆失去朋友。

　　很难追溯这类担忧的根源。它显然同担忧的对象本身无关：按照弗洛伊德的观点，这种担忧只是一种"症状"。如果再回到温尼科特的说法上去，它也许同艾丽丝孩提时期的经历有关。也许，她母亲回到她身边时，已经超过了 x+y+z 这段时间。她母亲确实

134.

很靠不住。她会从她同第三任丈夫居住的迈阿密打电话来,对她说,她是多么爱她,又是多么盼望下次来欧洲时能同她见面。然后她会飞到伦敦来,住在一家豪华旅馆的套房里,打电话给艾丽丝约好见面时间,但是却会迟到一个小时,打招呼说她在再三考虑之后还是去找了足疗师修脚,没料到那位可爱的女足疗师花了那么长的时间。

艾丽丝在上大学时,曾经同一位留胡子的海洋生物学家有过一段恋情。他们热烈地相爱了几个月。后来,在五月的一个阳光明媚的早晨,那人突然说:"听着,我想我和你这种男朋友-女朋友的关系再也不能维持下去了。"且不说这句话在语法结构上多糟糕,它的内容对她来讲简直如同晴天霹雳。就在前一天,他们还一起在河上荡桨,他还同她开玩笑说,他们俩的皮肤类型很相配,边说边玩弄她的双脚,抚摸她的膝盖。怎么在短短的二十四小时之后,他竟会突然决定再也不能维持他所谓的男朋友-女朋友关系了呢?在她把自己的手伸给他和他握住她的手时,他们俩的感情一定是大不相同的。

这场经历促使年方二十的艾丽丝心中的一些幻想趋于破灭。她由此意识到,有些行为很可能不是出于真心:一个男子可以亲吻她,握住她的手,但这时他心里想的可能完全是另一码事,在表面现象和深层目的之间存在一种几乎是不道德的落差。

这就引发出一个有关信任的问题。她变得越来越不容易相信别人的诚意,她遭遇到的每一次背叛都越发使她坚信背信弃义就是人类的本性，因此必须对人敬而远之。假如说她这会儿出现了偏执狂的症状，假如说她渴望比一般人得到情人更多的拥抱，那么至少一半原因在于她需要治疗过去的经历加在她身上的创伤。

我们可以将爱的永久性比作是一座悬索桥，对爱情的承诺就像是支撑的桥塔，而冷淡的时间就像是两个桥塔之间悬索的距离。在头上的一吻，一个含情脉脉的注视，都可以看成是支柱；而默默无言地一起吃饭，打电话过来不接，这些都可以代表支柱之间的钢索。

令人想来奇怪的是，不同的人所需要的承诺程度有所不同，也就是说爱情关系之间钢索的长度有所不同。要是双方都热情开朗或者只是彼此需要，那么支柱间的距离会非常靠近，也就是说两人之间不断会有情意绵绵的表现，在每两根支柱之间都很少有松弛之处。

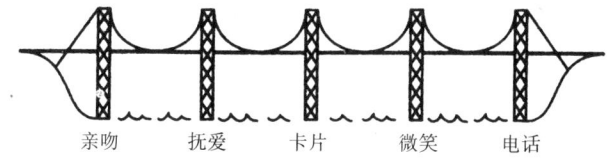

亲吻　抚爱　卡片　微笑　电话

但对另一些人来说，可能在很长的距离之间都没有支撑物。

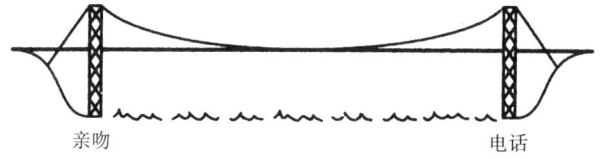

亲吻　　　　　　　　　　　电话

136.

两个支柱之间的钢索的长度往往取决于情人的脾气和经历。有些人认为自己天生就讨人喜欢,他或她不需要对方作出多少承诺,钢索可以长至几百米而不需要支撑。这种人不需要多听对方说"我爱你",因为可以用"我爱自己"来弥补不足。这种热爱自身的人在恋爱时的基本态度就是:"你怎么会不爱我呢?""既然我的自我感觉良好,你怎么会没有同感呢?"

但对艾丽丝来说,支柱之间的距离就需要近得多,因为她的基本倾向总是:"你怎么可能爱上我呢?"问题不是艾丽丝不相信埃里克,而是她本人认为"自己"缺乏魅力,无法长时期拴住另一个人的心。她怀疑的主要不是埃里克能不能长期钟情于她,而是自己是不是能够保持足够的吸引力。

信任可以被定义为如何理性地解释对方表现得不够热情。但对艾丽丝来说,眨眨眼睛或者古怪地笑笑马上就会引发出她一系列的恐惧——"他这样到底是什么意思?他是不是在笑我?"这其中当然包含有某种自私或者至少是以自我为中心的成分。患有偏执狂的人总相信,在这个世界上,别人总是为了"他们的事"发出某种暗号(就连邮局里那个人也在对"他们"眨眼睛)。

然而埃里克确实常常使他俩的关系处在一种完全模棱两可的状态。他看重的是自己的自由,在向别人介绍艾丽丝时,总习惯把她说成仿佛是个萍水相逢的人。在外人面前,他的言行总显得他俩似乎是当天下午刚刚在火车上认识的一样。"难道我就这么差劲,你连我们相好这件事都不肯承认吗?"她常常问。而埃里克一成不变的回答是他们还没有结婚,因此不扯在一起是完全有道理的。

他们最近同埃里克的几个同事一起去西区一家饭店吃饭。艾丽丝坐在桌子的另一头,但她听见埃里克在同一个胸脯大得快要把乳罩胀破的棕发女子谈论乳罩的事。

"那么你是喜欢底下衬钢丝的那一种了?"埃里克问。

"嗯,我觉得衬钢丝的很有五十年代的风味,正是为了这点我才喜欢它,不过要知道,要是胸围超过了一定尺寸,我想你就不需要它了。我的意思是如果你乳房很小,那么它会很有用,因为它可以使你的胸部凸现出来,显得你乳房很丰满。不过,对我来说,那就会有点儿太过分了。"

"这话是你自己说的吗?"埃里克同她调情说。

"别讨厌呀,这是真的。我的意思是,我的乳房大,我干吗不肯承认呢?我不在乎,这只是因为我有这种基因而已。"

"对,这绝对算不上什么罪过呀。"

"那当然,这是天生的。"

这时候,饭桌旁其余的人不是停住口就是竖起耳朵听他们这番话——只有艾丽丝独自一人一边把一块色拉沿着盘子边绕圈子,一边在想她何必为这事烦恼。

要是为埃里克找借口开脱的话,不妨说艾丽丝的偏执狂所以会愈演愈烈,正是因为她拒不肯谈出自己的恐惧,她怀疑把它谈

138.

出来是否合乎情理。

埃里克服务的那家银行计划在九月份召开一次重要的会议，会后安排有盛大的宴会。那天埃里克的秘书打来电话时，恰好只有艾丽丝一人在他家里，秘书在电话答录机上留下了有关这一安排的细节，并且通知说他出席时应该携带女伴。

艾丽丝处事谨慎，她在埃里克面前没有提这件事，但是心底里暗暗希望到时候他会请她一起去——但是他始终没有提。

"我才不在乎呢。我又不是他的奴隶，那天晚上电视正好放《陆军野战医院》，这样也好，"她自我安慰说，"我在家里也会过得很快活。我反正不想去参加什么无聊的会议宴会。"

但是，就在那次宴会前的一个星期，她总没法让自己不去想那件事。他会不会觉得，带我去会使他在同事和老板面前抬不起头来呢？他是不是想要带别人去呢？

可是她始终没有把这些担忧说出口来，因为她又想：我有什么权利为自己没有受到邀请而不安呢？我干吗这样自私？归根结底，我又有什么资格去出席这个宴会？

一方面是强烈的失望，另一方面，又强烈地感觉到自己并没有理由抱怨，她内心的冲突可想而知。

就在宴会那天晚上，埃里克在动身赴宴之前打了个电话给她，兴冲冲地告诉她说他花了十分钟来系领结，听了这话，艾丽丝只是勉强笑了笑，祝他晚会快乐。

由于苏西不在家，她就到厨房里，从食品柜里拿来一大包饼干,坐到电视机前,《陆军野战医院》已经开始了。她望着片头字幕,又自言自语说:"晚上一个人在家里过有什么不好?我倒喜欢换换口味独自待着。"

节目播映了十分钟之后,她东张西望看了一圈,突然意识到厅里只有自己一个人,埃里克这样做实在对她不起,她只想尖声高叫。

"混账王八蛋,"她没有叫,只是低声咕哝,"他妈的混蛋,同他那该死的领结见鬼去吧。"

可是,她这个人对别人发起脾气来总不会长,于是她立刻怪到自己的头上:"你这个自怨自艾的小东西,只会可怜自己,他快活的事情多得很,哪里会带你这样一个讨嫌的女人出去。"

有几分钟工夫,她打起精神,在椅子上坐正,吃了几块饼干,以不屈不挠的决心盯着屏幕。接着,由于根本撑不下去,她关掉电视,嫌恶地把饼干扔进垃圾桶,跑回到自己的房间里,倒在一大堆垫子中间,像个五岁的小孩一样哭得伤心欲绝,最后睡着了。

偏执狂的发展轨迹是一出糟糕的悲喜剧,可分为五个场次:

1. 艾丽丝爱埃里克。
2. 他不请她出席宴会,使她有理由怀疑他是否爱她。
3. 然而在现实世界中并没有足够的证据来发出听似有理的抱怨。无法表达她的憎恨和失望之情……

4. 她开始默默地恨起埃里克来。

5. 由于无法承受自己对他会这样反感，她开始恨起自己来，于是上床去了。

情人偏执狂的神秘成分是一种相互作用。在心里，强压下去的恐惧，担心"你爱我不够"同本能的心理规范混在一起，产生了爆炸性的效果。这种规范告诫自己："我绝对不能以我可笑的不安来麻烦你——结果呢，尽管我尽力使自己保持理性，显得成熟，但这一切还是迫使我默默地发了疯……"

力和 007

　　说来也许有些奇怪，艾丽丝一直说她希望在同男友的关系中，权利能够平均分摊。在她身边的一对对夫妇或者情人中，总会有一方处于支配或者统治地位。她希望在这种关系中，他俩的权利的天平能够维持在平衡的状态。

　　她同那个留胡子的生物学家的关系显然很不平等。他年纪比她大，也可能更有学问些，他的一举一动可以说活像是父亲的替身，不是责备她就是给她以鼓励，总是以一种高高在上的姿态对她发号施令。因此，在艾丽丝遇到埃里克后，就下定决心凡事总要两个人分摊。她再不能为了取悦自私的男友而受欺负，或者让别人对自己的需要不理不睬。有一次埃里克把衬衫放在她家里，半开玩笑地请她替他熨一熨，下次见面时带给他，谁知道艾丽丝气忿不平地数落了他五分钟，说他带着一肚子新石器时代的偏见，弄得埃里克下不来台，只好以请她吃饭来赔罪，饭是他自己做的。那天他亲手用植物油炸嫩鳟鱼片，为防止油溅到衬衫上，他还系了个颜色鲜艳的向日葵图案的围裙。

142.

可是，无论鳟鱼多好吃，在男女关系中权利的问题要比谁系围裙谁熨烫衬衫复杂得多——这些都是权利不平等的明显但却已经过时的象征。人人都同意家务活应该更加平均地分担，一方殴打另一方是完全不能接受的。但只集中谈论一些突出的滥用权利的问题，就如搞医学的人只关注一些令人毛骨悚然的危急病例，而不去研究许多不是那么引人注目的常见病一样。

能力这个词通常是指采取行动的可能。《牛津英语词典》对"能力"的解释是"做或促成某件事或任何事，或对某人或某事采取行动的可能"。强有力的人可以影响物质或社会环境，这类人一般掌握了高科技武器、金钱、石油，或者具有超人的智慧或强壮的肌肉。在战争中，我强有力，因为我可以炸毁你的城墙，在你的机场上扔炸弹；在金融界，我强有力，因为我可以买下你所有的股份，抢掉你的市场；在拳击比赛中，我强有力，因为我的老拳使你防不胜防，无法招架；可是在恋爱中，这个问题似乎取决于一个远不那么主动、远不那么积极的定义。能力在这里与其说是有能力做某事，倒不妨说是有能力啥事都不做。

在会议之后的那个周末，艾丽丝躺在长沙发上，依偎在他身边，一边抚弄他的手，一边说："同你一起在这里，我觉得真舒服。"

你也许会指望他会用同样的话作答，但是他根本没有理睬这句话，他只是开口问："今晚什么时候放邦德的片子呀？"

这里没有发生谁殴打谁的情况，也没有人鼻青脸肿，大声叫唤，但是力量的天平立刻毫不含糊地朝有利于埃里克的那方面倾斜了。在天平上，一头是艾丽丝的话，分量轻，没有力，另一头是埃里克的问题，分量重，力量强。

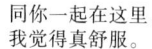
同你一起在这里，
我觉得真舒服。

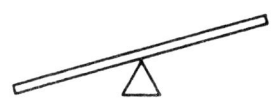
今晚什么时候
放邦德的片子呀？

如果要改变这种不平衡的局面，埃里克本可以说："同你在一起我也觉得很舒服。"但不知出于什么原因（也许什么时候放映邦德的片子真是极其重要吧），结果艾丽丝一下子被弄得不知所措了。

爱情中的权利在于有本事什么都不给对方。在你提到你同我在一起时感到多么舒服时，我可以不必对你的话多加理睬，转而去谈今晚的电视节目。爱情与其他领域不同，强有力的一方对另一方一无所求，什么都不需要。因为爱情的目的在于交流和理解，强势一方能以突然转换话题、回答两个小时之前打来的电话等方式来中断交流，这样立刻就毫不费力地对更忠实于感情、对爱情需要更大的弱势一方行使令人生畏的权利。

司汤达曾经悲观地提出，总是有一方爱得比较深，这就意味着恋爱关系中总会令人感觉到权利问题的存在。只有双方在天

144.

平的两端放上分量相同的砝码,只有在一方说"我爱你"而另一方也十分自然地回答"我也爱你"时,你才会忘记这种感觉。否则,只要稍有一点不同,这种感觉就又会冒出来。对于下面这段看似并不伤人的对话,谁会忽略其中存在的巨大不平衡呢:一方柔声耳语:"朱丽叶,要知道我是多么爱你呀。"而另一方回答:"我当然知道,罗密欧,我的傻瓜。你知道吗?我也是多么喜欢你呀……"

艾丽丝六岁时,家隔壁住了一个跟她年龄相仿的十分机灵调皮的女孩。当年出于什么逻辑,她长大后已经不记得了,反正因为星期六下午闲得无聊,她俩冒出了一个很刺激的想法,就是跑到路对面一对十分体面势利的夫妇家的花园里,扯下裤子,伸伸舌头,然后再跑开。她俩为此进行了精心的策划和准备,等到那天下午,两个女孩跳过矮矮的木栅栏,跑到修剪得整整齐齐的草坪上。

艾丽丝已经扯下裤子,突然发现朋友不在身旁,原来那个女孩已经溜到花园的另一头,裤子好好地穿在身上。只见她望着独自站在陌生人家花园中央的光屁股的艾丽丝,开心得咯咯直笑。那对体面势利的夫妇正坐在门廊里饮马提尼酒呢,看到这个场面简直吃惊得不知所措。

这个故事与眼下有什么关系呢?对比是这样的,艾丽丝躺在沙发上,依偎在埃里克身边(他这会儿正在看那个著名间谍的又一段冒险故事),觉得自己又有点像小时候那样。她跑到一个一无遮挡的区域，邻居的花园／欲望中最脆弱的敏感去处，扯下裤子／告诉男朋友说她觉得同他在一起很舒服，结果呢却发现自己那位六岁的小伙伴／情人并没有冒同样的风险或者作同样的投资。

要是希望人与人的关系超出陌生人之间那种彬彬有礼的交往阶段，那就需要有一方先举步迈入邻居的花园里，并承担由此产生的后果。一方得鼓起勇气问："能不能请您过来一起喝杯咖啡？"或者，"那部电影您看了没有？"一方得清清嗓子说："我爱跟你在一起。"或者，"我们干吗不结婚呢？"一方得把自己说的话放到权利的天平上，同时战战兢兢地希望另一方也会在天平的另一端放上同样分量的砝码。

然而，责任是很难分清的。假如有人偷汽车或者贩毒，触犯了法律，他的罪行是一清二楚的。但是，如果他彬彬有礼地回答："谢谢，我没有时间喝咖啡。"或者，"你提出这个问题来真的很好，但我这个人不适于成家立业。"你不能指责他犯了什么罪，你至多只能说他不感兴趣，这并没有什么不能原谅的地方。

埃里克没有凑过去亲吻艾丽丝，同她说他当然也觉得十分舒服，你不能说他犯了什么罪过。他只是对电视屏幕上007的一举一动表现得更加关心。这种关心是人之常情，完全可以理解，也完全说得过去。因此，他尽管没有激光引导的枪弹或者喷气发动的太空舱，但他强而有力，完全可以同那个著名的间谍相媲美。

宗教关系

对于女朋友的"跟他在一起是多么舒服"这句话,埃里克的拒不回应最终还是带有一定目的(应该承认是不很健康的目的)的。这样说听起来也许有悖常情。艾丽丝虽然在口头上说她痛恨权利关系,但她还是希望找到一个可以得到她尊重的男子。她心中最为佩服的倒是对她并不表现出过分热情的男人,尽管这同她所声称的观点完全背道而驰。

在埃里克开会之后那个星期六,他俩在一起吃早饭。谈话间,埃里克不觉问起她童年时最为伤心的是哪件事。她还没有来得及把嘴里的烤面包片咽下去再开口,他的目光恰好落到堆在房门口的皱巴巴的西装衣裤上面,立刻万分震惊地大叫起来:"老天哪,我得在十二点之前把它送到干洗店去,要不然就来不及了,我星期一开会还得穿呢。"

问了这样一个难以说清的问题后,又完全不等人回答,有的人对此会生气,可是艾丽丝却不敢相信自己童年最为痛苦的经历会引起别人(即使是自己的情人)的兴趣,因此,她回答说:

"别担心,在老布朗普顿路还有一家干洗店,要到下午五点钟才关门。"

在埃里克的目光转移到别处时,艾丽丝很少会生气地问他干吗不听她说话,她只是心甘情愿地相信他心里又想到了更加有趣的事情。令人惊奇的是,这一明显的不礼貌行为(在问了某人有关其个人的问题之后,又发觉一堆脏衣服比对方的回答更加有趣,这当然很不像话)却并没有怎样玷污埃里克在她眼中的形象。归根到底,他尽力作出感兴趣的样子来,而且问了几个很不错的问题,但她真的希望他有耐心倾听她含混不清的回答吗?他星期一要开会,把套装送去干洗确实很要紧呀。

埃里克心不在焉的眼神使她猜想他一定在考虑什么重大的事情。他注意力不集中,是因为有其他的事分了神,那是一些比她这个人更加要紧的大事。如果这个男人接触的是些更要紧的大事,那么他肯定是值得她爱的(即使这意味着他忘了要听她的故事)。这是爱情直角的一个典型例子:

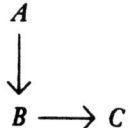

爱情直角说明某人对某人一往情深,而那个恋爱对象的感情却集中在另一件事或者另一个人身上。A爱着B,但B更关心的却是C。有趣的是,B对C的迷恋非但没有对B造成不利的结

148.

果，它反而使 B 显得更加可爱了；结果呢，A"因为"B 对 C 的分心而更爱 B，因为 B 品位高，认为不值得多听 A 说话，因为 C 被认为具有 A（很少会自我感觉良好）自己不具有的优点——但是由于有 B 作为中介，自己也会得到这些优点的润泽。

那么，这个取代了艾丽丝地位的 C 究竟是什么人或者是什么东西呢？埃里克是不是正在进行一项比自己的女朋友重要得多的业务策划？没有听他说起过他跟其他女人有什么关系。他感兴趣的事情多得很，这就使他老是显得分心——在宴会上很可能是坐在角落里的某个红头发女郎，在饭店里很可能是他的菜肴，在做爱时很可能是有人发来了传真。

这里突出的一点是，这种心不在焉的状态完全对埃里克有利。它似乎表明他能够接触到一些艾丽丝没法接触到的事物，尽管她更愿意倾听别人的意见，接受能力比他强得多。

这是爱情直角的一个糟糕的例子，它具有宗教关系的所有迹象。

✝ ✡ ☪

在多数的语言和宗教中，同一个词"爱"都用来表示对神灵的崇拜和对人的依恋。自然这两种爱的性质是完全不可同日而语的，有大量的证据说明了宗教之爱和男女情爱的不同。不过，也还是存在着相当多的情况，与通常在敬神过程中的现象十分相似，因此，我们觉得在谈到男女结合的问题时，不妨借用宗教关系的说法，而不使用浪漫爱情的标签。

The Romantic Movement

随着中世纪的结束，人们对神的崇拜逐渐淡漠下去，历史学家告诉我们，表现男女之情成了文学艺术的主要题材。十四和十五世纪横扫欧洲的文艺复兴人文主义强调个人的心灵，为社会价值重新规划了方向，结果间接地导致了十九世纪浪漫主义的繁荣，这是完全符合逻辑的。在人的情感生活中，神的位置被世间的理想人物所取代，性爱的观念中也掺杂了从前敬仰神灵时所含有的某些崇高的超越自我的期望。在十八和十九世纪中，找到合适的配偶（至少是对少数有知识、文化修养较高的人来说）不再是一件随便可以作出决定的平常事情，仅仅找一个能做出像样的鱼馅饼、摆出一桌菜、耕好一块地或者挣到足够的钱养家的人是不够的。因为你希望能够爱上世间一个完美无缺的人，你可以同这个人一起长时间默默祈祷、到乡间田野散步，把对方当作天使一样爱慕。

有意思的是，在小说史上，最热烈地追求幸福的女主角应该具有（在不同的阶段）三种最为重要的追求，那就是，对神、对购物和对爱情的追求。在关心的问题上，包法利夫人可说是现代人的典型，她希望所有这三种追求都能达到一种自我超越的方式。福楼拜在这部小说的开始阶段煞费苦心地告诉我们，艾玛在修道院学校里受了好些年的教育，她对上帝的爱强烈得带有某种色情的成分（当然这是用很艺术的手法暗示出来的）。尽管当时许多年轻女子都接受过修女的教育，但福楼拜在这一点上细加描述却绝非出于偶然。这说明了包法利夫人对待爱情的态度中一些至关重

150.

要的问题，因为某个人生经验只是间接来自于崇拜上帝的人，对亲吻和夫妇生活的看法同某个能够同尘世事物有较多接触的人完全不同（值得注意的是，艾玛的母亲是在分娩时去世的，这就使女儿的感情完全倒向父亲一边，这样在父亲和天父即上帝之间就有了证据充分的联系）。

可以预料到，艾玛从宗教中得到的爱使她对尘世间（与天国截然相反）的男人觉得难以忍受。她的丈夫查理坦然地属于今生，而不是来世，这不仅因为他谋生的职业是个常常为当地农民锯腿截肢的平庸的乡村医生，而且还因为他总是准时前来，直视艾玛的眼睛，完全没有宗教伴侣那种神秘的气氛，能够激发女方想起一系列令她牵肠挂肚的问题，例如"他有没有收到我的信"或者"他知不知道有我这个人"。同查理这样的人打交道心中总是很踏实的。

真奇妙。或者也许是——真乏味，真无聊。

查理希望能使艾玛幸福，她要什么他都从不拒绝，他听她说话，擦去她脑门上的汗珠，但是，如果说他的目的就是使她幸福的话，那么他采取的方式是再愚蠢不过了，因为对于爱情，她需要的是他不在自己身边，而不是他陪她在一起。她的宗教之爱要求爱人和被爱的人之间保持距离，这样才会产生出甘苦交织的快乐。她的丈夫平静而稳定地爱她，但是却不能给她带来那些和她通奸的靠不住的男人给予她的那种扣人心弦的激情。她的宗教之爱恰好与《仲夏夜之梦》中拉山德那句名言相反："真正的爱情过程从来不会是一帆风顺的。"在艾玛的故事中,为爱情提供营养的(查理的失败在于他一直没有看到这一点)恰恰是这一并不顺畅的过程。

宗教之爱的特别之处就在于它强调的是崇拜。但是一个凡夫俗子如何才能引起别人的崇拜呢?只有在一举一动上学着神灵的样子。那么神灵又是如何行事的呢?出名的任性,完全靠不住。尽管耶稣本身并不是神灵,但我们可以以他的举动为例。在耽误了成百上千年之后,他终于来到了"应许之地",但是使迎接他的人们大惑不解的是,他的穿着相当差劲,随身所带的除了一套戏法之外很少有其他什么礼物,他所做的只是以一连串耸人听闻的方式和当权者一决雌雄。接着,在稍作停留之后,他又不见了,他答应很快就会再来,成千上万个信徒望眼欲穿地等着他的现身,但他却杳无踪影。

没有什么比耶稣这种"过上两千年再见"的做法更过分的了。不过,在同艾丽丝交往的过程中,埃里克也不是特别守时的。

"喂,我会议结束后再来找你,我们一起去吃晚饭,"星期二下午五点半她给他打电话时他说,"你今天过得可好?"

"嗯,可以呀,你呢?"艾丽丝问。

"就是忙。德国马克有很大的波动,不过我想我还是挺过来了。喂,是这样,我得挂断了,不过我等一会儿来找你,大约七点到七点一刻之间。我开车来接你,或许可以到索霍或者别的什

152.

么地方去。"

那么，在那天到了九点钟艾丽丝怎么还守在电话机旁边呢？这一耽误使蛰伏在她心中的不同神学派别活跃起来，它们各自迅速作出一些互相矛盾的解释来：

✝ 传统基督教会："他会来的，不过要等很长时间。"
✝ 不可知论："要等我看见他才能相信他的话。"
✝ 再生基督教："他想把手头的事快点结束掉，然后就直接来这儿，但是遇上了堵车。要是我盯着门上猫眼上方那块油漆变淡的地方看，他随时都有可能走进门来。也许他还会在半路停下来买束鲜花，为自己迟到道歉。"
✝ 无神论："继续做梦吧，心肝。"

九点三刻了，他还是没有来，艾丽丝给他打了个电话。她原以为他一定会解释有什么复杂的原因使他失约了，但他的回应却使她很有些意外：

"喂，是你吗。嗯，能不能别挂断，等一下？门铃响了，我刚刚叫人送比萨饼来（电话里静了下来，接着传来有人脱下摩托车头盔和交钱的声音），呱呱叫，火腿看起来妙极了……"

"出了什么事啦？你不是说要来的吗？"

"哎，对不起，我脱不开身。比尔和杰夫里明天要给几个美国人陈述，他们要我帮忙准备，弄好后我们一起去喝了杯酒。我刚刚到家。"

"我们不是说好要出去吃饭的吗?"

"对呀,不错,不过你要知道,别人有事我不能不帮一把,我是说,他们也帮过我……对不起了,行吗?能原谅我吗?"

面对显然不合理性的狂热的奉献行为,一本正经的理性主义者常常企图把宗教解释为对人生的罪恶作出补偿的原始方式,它把恶放到善的这一更为广阔的理论框架中。恶只是一种考验,一个让人跳越的障碍,就像小孩必须先把软塌塌的、难看的西兰花吃掉,然后才获准享用早就放在厨房里的令人馋涎欲滴的巧克力蛋糕。这是一种建立在延缓快意基础上的心理架构,人们深信好的东西要通过努力才能获得,人生中类似巧克力蛋糕的好东西价钱奇高,你想得到它就先得吃苦。

艾丽丝的脾气一向是,宁可坐着吃西兰花,而不愿大吵大闹地叫喊,抱怨答应给她的巧克力蛋糕还不拿来。她并不相信她立刻就配进天堂,心中总存在着一种负罪感,使她有点相信生活中对她的某些惩罚是她活该遭受的。要是她去买东西时商店里店员少找了零钱,她很少会去要回来;要是她买的器具一用就坏,她也不会立刻怒气冲冲地打电话给制造商,要求退款——她会寻思也许是自己不懂正确的使用方法。

"我有个毛病,怎么也生不起气来。"艾丽丝承认着。她一次又一次受到朋友或者同事的伤害或者不公平的对待,但却不讨回

154.

公道。她常常违心地接受别人的要求,她借钱给别人,因为不好意思开口拒绝;她总是彬彬有礼,因为不喜欢把自己心里的气出到别人头上。

艾丽丝的母亲就没有这样的问题。"我要叫他知道我的厉害!"这是她在对别人发难时最喜欢用的口头禅,对倒霉的店员、丈夫或者理发师,一个都不放过。假如在饭店吃饭时,调味汁没有照她的盼咐浇在一边,而是浇到了肉上,她会叫侍者过来,盛气凌人地问:"你知不知道我有事要投诉?"

"太太,有什么不妥当的吗?"

"有什么不妥当的?先生,十分钟之前我怎么关照你来着?你做的完全相反,还问有什么不妥当?"

一阵慌乱立刻就出现了,几个侍者手忙脚乱地加以补救,一定按照太太的要求重新安排——这时候艾丽丝呢,却是满脸通红,尽量躲到花盆或者科林斯立柱[1]后面。

《圣经》中,不幸的非正统主角约伯的脾气无疑远比艾丽丝还要好。他经历过一连串难以置信的磨难。《圣经》中说他是个"公正的人,敬畏神,不近邪恶"。然而有多少灾难降临到他的头上!他失去了牛羊、仆役、骆驼、房屋、子女,身上长满了毒疮,吃了各种各样的苦头——可这个故事的要点则在于这个人(尽管

---

[1] 科林斯立柱,带叶形装饰,钟状柱顶,式样华丽。

也有一些绝望的时刻）仍然对神忠心耿耿。他没有生气，没有捶着桌子发脾气说："我叫的扇贝，见鬼，调味汁应该浇在边上。"或者恶狠狠地大叫："我捐出地皮来扩建教堂，想不到竟然会有这样的回报。"

约伯之所以能够毫无怨言地经受磨难，是因为他始终坚信神是对的，错的是他自己——或者说，无论神加给他什么磨难，神都是最清楚的，因此像他这么一个小老头，完全没有什么理由举起手来责问天神（现代文学作品中也有个相仿的例子——约瑟夫·K[1]，尽管他是个无神论者，但也遭受了同样无可置疑但却完全荒唐的折磨）。

在日常生活中，我们很少能有约伯那样的耐心，因为我们无法像他一样敬重伤害我们的人：那个偷去我的车位的人，那个在背后大说我坏话的同事是不配得到原谅的，我们对他们大发雷霆是完全应该的，因为他们愚蠢无比，根本不懂得做人的道理。

可是艾丽丝却没有还击，因为她就像约伯看待上帝一样，往往相信别人比自己高明，往往更加尊重别人。埃里克后来跟她说："希望你不要因为我没有来而生气。我只是说，要是我有时间的话，我们'或许可以'出去吃饭，嗯，结果呢，我没有时间，只好不出去了。"听了这话，她自己的气也消了。她从神学的立场来解释自己的苦恼，不把它看成是一个可悲的极可质疑的侮辱，而

1　约瑟夫·K是卡夫卡的名作《审判》中的主人公。

156.

是看成某种形式的考验。

尽管她并不笃信宗教，但她的行为却表现出宗教冲动的基本结构，虽然其中没有圣书、管风琴和天使；这是一种禀性，认为对方（她的情人，上帝）管的是天上的事情，他／上帝比她更清楚自己做的一切，因此，不应该用她那些平凡的问题来打扰他。

天神的特点之一便是他们常常不在场，或者说，要是他们在场的话，至少也是高不可攀的，你只有通过祈祷或者梦境同他们取得联系，没法在厨房里一边用大杯子喝咖啡，一边同他们轻轻松松地谈心。

埃里克也创造了这种宗教上的距离，那是通过沉默达到的。他向来话就不多，在开会或者吃饭时，他常常从头到尾一言不发。他说上两句停顿下来时，要好的朋友总会开玩笑问他，今天说话的份额是不是超过了。但在那些不了解他或者比较敏感的人的眼里，他的行为很有些叫人害怕。这使人把交谈不热络的责任怪到自己身上，说话人往往这样来纾解自己的怀疑："我怎么会这样乏味？""他对我会有怎样的看法呢？"一个一言不发的人折射出种种令人不安的感觉来——面对着默默无语的人，心中有鬼的会以为自己的罪行已经被人觉察，愚笨的人会以为自己的无知已经尽人皆知，对自己外表缺乏信心的人会以为自己的丑陋难以置信地一览无余。

要是让一个一言不发的人坐到饭桌上谈笑风生的人中间，他的沉默（假如巧妙而又一丝不苟地表达出来的话）会慢慢地在不知不觉中使每一个正在讲话的人感到紧张起来。那个正在对美国的外交政策大发宏论的女士（那是她从早上报纸的社论中贩来的）突然触到那个不出一声的人无动于衷的目光，觉得自己仿佛给剥去外衣似地受到了无情的批评。"这个人一声不吭，会不会是他看出来了，我对自己说的话其实一窍不通？"其他在一旁的人可能会想：这个人也许懂得比我们都要多，因为他话这样少，有一句糟糕的格言不是这样说吗，你要让别人觉得自己高明，最好的办法就是免开尊口。

埃里克这样沉默寡言，逼得艾丽丝挖空心思找话说，她希望找到某个能使他感兴趣的话题。

要是他们在晚上去酒吧，她别无他法，只好把自己这天的事情和盘托出。

"我后来在下午时跟苏西打了个电话。"

"嗯。"

"你是知道的，她可能会跟几个朋友一起去诺丁山过圣诞节，如果她请得出假的话。"

"嗯。"

"我想我或许也应该在什么时候给约翰打个电话，问问他有没有得到布鲁塞尔的那个职位。"

"对啊。"

"不知道那个投标电视广告的家伙会不会给我回音。我跟他

158.

说了得在星期二之前告诉我,可是他还没有回话。你看我是不是该打个电话去?"

"也许应该吧。"

"你是累了吗?"

"有点儿。"

这样的场面可以持续整整一个晚上,可是她并没有朝这个不肯开口的家伙扔酒杯,朝他肚皮上打一拳,问问他舌头是不是烂掉了。艾丽丝回家时总是觉得,像自己这么乏味的人真是少见。

尽管人们通常欣赏以清晰明了的方式进行交流,但我们不应忘记,大家对于那些故弄玄虚、令人不得要领的人或事却怀有一种敬畏之情,这种现象实在令人费解。

在学术界的某些领域,一直对清晰流畅抱有偏见,同时对艰深的文字却佩服得五体投地。学者们对康德、黑格尔、胡塞尔或海德格尔的某些晦涩的文字苦思冥想,吸引他们的也许并不只是包含在其中的某些出色的思想,还有如何在那些文字中寻找含义的艰难历程,那种诘屈聱牙的表达方式,外行的读者根本无法弄明白。

黑格尔在他的《精神现象学》中有如下的一段话:

客体在部分意义上是"直觉"的存在,或者一般来说,是一件事物——相当于直观的知觉；在某种程度上，是自身的异化，它的关系或者"作为异体的存在"，和自身的存在，即限定性——相当于知觉；在某种程度上"本质"，或是以具体的普遍的形式——相当于知性。它在整体上是一种演绎推理或者具体的普遍通过限定达到个性的运动，同时也是个性通过被替代的个性，或者通过限定达到具体的普遍的反向运动。[1]

　　从晦涩难懂的哲学著作中随便选取一个段落也许有失公平，但毫无疑问的是，读者即使怀有最强烈的愿望以及灵活而热切的智力，也还是很难真正理解黑格尔论证的到底是怎么回事。

　　可是，一篇令人绞尽脑汁而不知所云的文章，往往显得比一篇文字流畅、内容显豁的文章来得更深刻、更有道理、更加令人信服。敏感的读者翻了翻海德格尔或者胡塞尔的书，很可能会想，这些文章多深奥啊；要是我没法理解，肯定是因为它比我高明。要是这些书很难懂，那无疑就更值得我们去钻研——很少有人会把它们扔到一边，大声宣称这些东西只是一些令人无法忍受的胡说八道。

　　学术界的受虐狂反映了形而上学的偏见，那就是，认为真理一定需要通过艰苦的努力才能获得，因此那些能够容易阅读或者

---

[1] 作者原注：见黑格尔《精神现象学》，A.V. 密勒译，牛津大学出版社 1977 年出版。

160.

容易学到手的东西一定无足轻重,靠不住。真理就像高山一样需要努力攀登,攀登的过程充满艰险,吉凶难卜,需要付出巨大的努力。在图书馆阅览室刺眼的灯光下,有这样一条给学者的警句:"文章越是使我痛苦,它所包含的真理一定越多。"

这种情况应用到人际交往上,其结果必然就是,越是难以相处的情人可能越是令人看重,而一个心胸开朗、容易交流、说话算数、准时来访的情人反而不行。对带有宗教-爱情心理的人来说,后一种人理应受到谴责或者干脆避而不见,他们就像是某些学者那样,对某个文章高手的东西嗤之以鼻,就因为他写的东西连十二岁的孩子也看得懂。

与此类似的是,艾丽丝完全不明白,埃里克沉默寡言,其实只表明他这个人非常乏味,她反而认为他为人深刻,志趣非凡。她就像一个终其一生孜孜不倦地研究黑格尔的学者,深信他是个天才——而一个不客气的批评家很可能指出,这位德国大哲学家其实只是一个很平常的思想者,他只不过有两三个出色的观点,而且根本不懂得如何将自己的观点表达清楚。

埃里克的负担

在对埃里克冷酷的沉默寡言以及那次宴会事件进行谴责（无论是含蓄还是公开地）之前，我们觉得他的处境还是有值得同情之处。他或许因为有个女人这样倾心于自己而得意洋洋，但要扮演她心目中的那个被过分理想化的对象，这对他也是个负担。有人要求他（当然是用甜言蜜语）赋予另一个人的生活以意义，无怪他有时候会说错台词。

"你第一次遇见我时觉得我怎样呀？"艾丽丝问道。那是个夏夜，他们躺在床上，已经很晚了。

"觉得你妙极了，所以我才走上前来同你搭讪。"

艾丽丝嚅了一声，舒服得就像兔子被人抚摸时打呼噜一样。

"真是滑稽，"她又说，"我喜欢你，但是我以为你不会喜欢我。还记得你和另外一个女人说话的样子吗？我还以为你更加喜欢她呢。"

艾丽丝一会儿矜持得要命，一会儿又天真老实得像个十二岁的孩子。"你最后还是走了过来，这真是棒极了！"含糖量这么高

162.

的饮食，你非得有个不会感情用事的健壮的胃才能消受得起。你需要经验，才能对付脱口而出的这样一句天真率直得令人吃惊的恭维。它的意思实际上等于"我相信有许多女人追你，像你这样英俊的人肯定少不了追求者"。

埃里克的虚荣心也不比旁人差；你或许指望他听了这句话，也会像兔子一样打呼噜；可是别人的讨好却使他局促不安地扭来扭去。一个男人喜欢有女人在繁忙的大街上对他投过来倾慕的目光，但女友在他床上直截了当地表露出来的感情却会使他局促不安，这其中确实存在着矛盾之处。

如果说他常常心不在焉、很不耐烦，如果说他有时候不回艾丽丝的电话，那是因为（除掉确实是礼貌欠缺之外）他觉得自己不配成为爱恋的对象。他无法回应的那种感情使他害怕，因此他认为这种感情简直幼稚可笑，令他无法接受，甚至感到讨厌。

再回到他送衣服去干洗的那件事上来，他不愿意听艾丽丝回答，这使我们想到了思想不集中的两种表现：

——话题无法引起别人的兴趣，别人觉得乏味，因此心不在焉。

——所以会表现出心不在焉的样子，是因为不想再多谈自己已经注意到的事情，这是避免陷入到令人难以招架的局面中的一种可行的方法，在社交中这是可以接受的反应，在心理上就像是向门口跑去一样。

在艾丽丝正要准备谈自己童年的生活时，埃里克头掉转了过去，其原因主要还是后一个，而不是前一种。尽管问题是他自己提出来的，但什么是她童年最痛苦的经历这一问题会使他卷入到一些令人不快的敏感事情中去，最后可能需要掏出手绢或者其他更加麻烦的动作才能收场。

　　埃里克希望艾丽丝能对他苛刻一点，这样可以减轻由于她过分贬低自己、否定自己从而使他面临的责任。一个周末的上午，在他沉着脸一言不发地驱车去白教堂区时，她转过脸来问："对不起，我还是要问一下，你是不是在生我的气？"

　　他根本没有什么理由要生她的气：仅仅十分钟之前，他们还在他的住所，坐在车里也还没有说上几句话。其实，他之所以不作声，是因为早餐时读到的报上的一篇文章令他忧心忡忡。文章提到上个星期的一桩交易很可能会失败，他在其中投了一大笔钱。

　　"不，我没有对你生气呀。"他生硬地回答。

　　"那么出了什么事？"

　　"我只是累了。"

　　"既然不是冲我，那就很好。"

　　"不，当然不是你，我一会儿就会好的。"

　　不错，在某种意义上，这要怪艾丽丝不好，或者说，她的做法助长了他的坏脾气。"你是不是在对我生气？"这个问题意味着她为人大度（或者，你也可以将它解释为顺从），对此他觉得不习惯——尤其是这句话出自一个毫无过错、脾气温顺善良的女子之

164.

口。他是故意为难,这是很不公平的,虽然他还没有成熟到进行自我批评的程度,但他却认识到需要有人将他痛斥一番。

他以前的女友在感情上都不如艾丽丝大度,对此他倒是习惯了。他以前也有过一些热烈的恋爱关系,但男女双方总保持了一定的距离;如果说因为报纸上恰好有篇文章使他在驱车去白教堂区时心情不佳,那么他应该向对方解释一下,消消气,或者高高兴兴的,免得与她发生口角。他以前遇到的都是心存疑虑的情人,她们根本不肯把错误揽在自己身上,从来不愿责怪自己——而艾丽丝呢,却随时随地准备作出牺牲,由着他任性胡来。

他害怕她毫无戒备地爱他的方式;他羞于接受别人的温情,总要等到上班时才会想自己是多么爱她,而这一点在面对她时他却无法理解,更不用说加以表达了;他需要时间来回应她的一片柔情,就好比一个人在打电话时张口结舌,非要等独自面对信纸时才能静下心来回复一样。

在他们初次见面时,艾丽丝发牢骚说,她巴不得能做一些更有创造性的工作;她很想再搞些绘画,她在中学时画画很出色,但之后就放弃了。有一次,埃里克突然满怀热情地想要讨好她,他耐心地把她保存在房里的一只盒子中的几张木炭画看了一遍,还看着她勾画的一盆放在窗台上的干花的轮廓。在这之后,他宣称她绘画上极富天分,她的技法使他有点想起了去年在巴黎一个画展中见到的几幅德加的素描。

"哪里话,你在骗我呢,把你心里的真实想法告诉我。"艾丽丝说。

"我不是在说吗？我真的觉得很好。你确实很有天分，我不会说违心的话。"

"真的吗？"她问，咬了咬下嘴唇。

"那当然，要是你全心全意去做的话，一定会大有进步。你在绘画上面很有天赋。"

那些涂得黑黑的缺乏想象力的素描，以及艾丽丝用铅笔在纸上轻轻勾画的神态，让埃里克忘乎所以了。这使他付出了很大的代价——因为在她眼里，他有些美术评论家的味道了。她把自己的画都拿给他看，问他是不是看出其中有所进步，要他指导她如何进一步提高。这使埃里克觉得她正要求他扮演传统的父亲的角色，这样的权威他既不想要，也相信自己并不具备。

一个周末，艾丽丝去给朋友的浴室画壁画。完工以后，她要他去看。她穿着一条溅满颜料的工装裤站在门口，满怀希望地笑着问他："怎么样？你看呢？我还行吧？"

她使用的几个词儿自有深意；那并不是说"你喜欢吗"或者甚至是"你觉得画还行吧"，而是"你觉得'我'还行吧"。这种带有个人色彩的口气暗示着对合法性的追求，就像孩子在叫喊："我很不错吧？"

这种需要使埃里克处在不堪重负的境地：她为人十分敏感，这使他想要伤害她，告诉她说，他觉得那些可笑的壁画一个子儿也不值，从而希望她不再把他说的话、他做的事太当回事。

166.

午饭时间,他和同事在银行附近一家熟食店用餐,讲话常常会集中到异性上。某个星期一,在吃熏牛肉三明治时,话题转到了女性的乳腺上。

"大当然好,不过,要知道,大的常常不如小的敏感。"罗杰若有所思地说。

"放屁,有的大乳房敏感得不得了。你记得以前跟我轧朋友的那个西班牙女人卡尔曼吧?嗯,我是说,她可以证明你这一套完全站不住脚。"比尔回答说。

"我不知道,裘迪的乳房很大,但是一点反应也没有。你看呢,埃里克?"罗杰问。

"嗯,我的看法是显而易见的,艾丽丝的乳房很小。既然我同艾丽丝轧朋友,我肯定觉得小的也不错。我是说,要是你不喜欢一个女人的乳房,那你干吗还要同她在一起呀?"

埃里克和他的同事都身穿金融区里的人常穿的套装,但其实既幼稚又过时;他们仍然沿袭千百年来的老规矩,把感情上的需要只看成是性的需要,以此来减轻男女之间互相依存的分量。

为了什么才爱你？

埃里克常常会提到女人的外貌；这个女人鼻子很好看，那个女人双腿修长，另一个女人脚踝优美。他也会指出他觉得难看的地方：这个女人的乳房松松地垂着，那个女人的大腿像树干，另一个女人走起路来歪歪斜斜的。

他和艾丽丝走出超市时从一个女人身边经过，他说：

"天哪，真是太奇怪了。那些女人个个面容姣好，但是往下看就不行了，她们的身材真叫人恶心。我是说，你有没有看到她有多胖呀？真叫人难以置信。她的脸看上去一点儿也不胖，但其他部位就不行了。"

尽管他对艾丽丝从来不说什么不入耳的话，但这种评论还是使她觉得老大不舒服。

"你干吗老是这样说呢？"她问。

"怎样说？"

"我不知道——说人胖啊瘦啊，这样那样的。"

"我只是实话实说呀，我是说，你有没有注意到那个女人的……"

168.

"对,好啦,最好还是别这样。你总是那样看待别人的身体,这真很可怕。"

"你是不喜欢我看待你的身体吧?"埃里克以夸张的口吻模仿加利福尼亚人的口音,"算啦,别对我太苛刻呀。"他边说边伸出胳膊拢住了她。

"我并不是想苛刻,那只是……我不知道,算了,别提它了。要不要到外卖酒店去买两瓶酒?"她问,咳嗽了一声清清喉咙。

但是在回家的路上,艾丽丝还是在反复思考这个问题。埃里克对她的身体一向都非常大度。在卧室里脱光衣服后,他有时候会半真半假地要她模仿雕塑或者绘画里的姿势,大声宣称她就是他的维纳斯、阿佛洛狄忒、夏娃或特洛伊的海伦;在喝下几杯酒之后,他会模仿舞台剧的口气,声称她的胸脯是世界上最漂亮的,她的眼睛像是东方的珠宝,她的三角区令人销魂。

"别胡吹了,你这个诗人才半瓶子醋呢。"她总会说,一边用床褥把身子遮起来。

"啊,维纳斯今晚显然害羞了,她没有心情同丘比特性交啊。"

"假使漂亮的丘比特箭法不是这样差的话,她也许会……"

艾丽丝觉得不安,因为她吃不准自己的身体在埃里克的情感中到底起多大的作用。她希望他觉得她漂亮迷人,但矛盾的是,她又不希望埃里克仅仅是被她的肉体吸引而爱上她。

她觉得被人爱慕隐含着从好到坏一系列的原因:尽管任何原因都会有,但是只有在一种情况下,她才承认那个声称爱她的人是出于真心。

（1）因为你的肉体而爱你

肉体这个中心令人完全无法控制对方对自己的看法。对方立即很自然地把肉体和"我"等同起来，完全没有给它以反映内心意识的机会。尽管肉体只是根据我们形形色色的DNA结构排列而成的细胞集合体，那些见到我们的人总禁不住会看出它所包含的意义和性格。出于一种可悲的谬误，他们可以把我们的容貌称为美丽、尖酸、老实或是可爱，这就同诗人根据自己情感上的标准，将一些没有生命的风景贴上种种标签一样，不是说这座山"雄浑"，就是说那条小溪"欢快"。

尽管心中明白肉体并不能代表自己，但是我们很难将这种想法应用到对别人的观察上。我们也不可避免地习惯把别人同他们的外貌联系起来。我们往往不充分理解他们自我认同的危机，因为我们觉得，他们内心感觉到的自我远不如我们根据其外貌所下的结论那么清楚，因为我们的结论来自亲眼所见，也就更加实在。

只有从内省的角度我们才可能感到，我们对肉体其实并不比对遥远的银河系中某个行星的形状了解得更多。无怪笛卡儿会对心灵／肉体的问题进行探讨。在《方法谈》一书中他满怀厌恶地宣称："这个'我'，也就是说心灵……是完全独立于肉体之外的"（尽管他好几部传记的作者都提到他喜欢丝绸手帕和佛兰德斯马

170.

裤,这也许同他作品中那些正统的文字有点不合拍)。

自然,也有些人全心全意同意肉体反映了人自身。他们对自我的概念和护照上的相片契合得天衣无缝。他们很可能在经过镜子前面时眨眨眼睛,心满意足地想,不错呀,老朋友。埃里克对外貌信心十足,其根源也许就是这种幸运的契合感,倒不一定是怎样地特别虚荣。他觉得自己的面孔精确地反映了自己的为人。如果人们一提到他就想起他机灵的眼睛、短短的头发、强有力的下巴和孩子般的笑容,并且为此而爱他,他觉得很高兴。

可是,还有那么一些表示出程度不同的不满的人。他们不满之处从"我不喜欢自己的眼睛"到"见鬼,我到这里来干什么呀"等等,无所不有。不,也许"我不喜欢自己的眼睛"算不上是个好例子,因为肉体和自我概念的不协调远不只是"不喜欢"自己的眼睛。这在更大程度上是个心理的、基于存在感的问题,即"这两只眼睛'不是我'"。例如,艾丽丝不喜欢自己的大拇指,但她也认为她的大拇指很恰当地反映了她的为人。它同她的自我感觉相吻合,在指甲周围混合着理想主义,在指关节周围有些尴尬感,边上是讽刺,拇指常常弯曲,在紧张的状态中时时被咬啮过。可是,在脸的问题上,她就没法采取这种恰好相契合的态度了。她的脸总是会突然自行其是,在应该悲伤的时刻却显得很高兴,在应该深思熟虑的时候却显得无所谓,在需要强硬的时候却显得软弱可欺。她在火车车窗上看见自己的脸,为脸上那种十二岁小孩才有的表情而大为震惊;接着她又会在办公室窗玻璃上看见了自己的影像，那张脸看起来像是六十岁，不觉又让她大吃一惊。

在十几岁时，每当她站在明察秋毫的镜子前面时，总会痛苦地意识到内心与外貌不一致这个古老的哲学问题。她会从镜子前跑开，一头扎进书本。如今，她可以半开玩笑地告诉埃里克说，那段日子简直是"令人难以置信地压抑"：

"我对性还有其他一切都紧张得不得了。我讨厌自己，更讨厌男孩子。我对男孩子怕得要命。要是有男孩子走过来同我讲话，我从头到脚都会窘得通红，而且还会紧张得要抽筋。我一天到晚坐在房间里，拉上窗帘，把镜子蒙起来，躺在床上看一些无聊的小说。要是有人想要进来，我就会高声尖叫。"

艾丽丝的母亲带有老式的偏见，认为女孩子到了一定年龄，就应当一门心思吸引男孩子的注意，以便将来找个好丈夫。艾丽丝整天只肯穿旧牛仔裤和套衫，这让她大为惊骇。她向来精力充沛，于是便拉着女儿到一个又一个的服装店里，闯进女装部，以夸张的失望口气问女售货员："请问这里有没有什么衣服适合给这位小姐穿的？"

由于这些商店通常都会落后于流行时尚半个世纪，艾丽丝从店里出来后的打扮简直同结婚蛋糕差不了多少，她身上全是蝴蝶结、丝带和褶边。这些东西与其说会吸引某个唾沫四溅的男性来从母亲手里娶走她尴尬的洛丽塔，还不如说会把他给吓跑掉。

使艾丽丝对自己这个与内心不契合的身体生气的是，其他人会自然而然地认为一切都很和谐，而她自己却一点都感觉不到。

172.

艾丽丝把自己的外形想得一团糟，进而以为男人会认为她的为人也好不到哪里去。在埃里克半开玩笑地夸她的胸脯时，她一点也不开心，就像是代替某个缺席的人去出席庆典领奖似的。

"你的鼻子最像你这个人了。"在卧室里埃里克看着艾丽丝鼻子的侧影，告诉她说。

"你这是什么意思？"

"它小小的，有点往上翘，鼻尖细细的……"

"你学过鼻相学吗？"

"当然。见鬼，那是什么呀？"

无论别人尽多大的努力，他们也还是很难理解艾丽丝这句话："我的外貌其实并不代表我自己。"大家莫名其妙（这是情有可原的），他们很可能作出种种符合常情的解释，说他们当然不会以貌取人，外貌有什么要紧等等。可是他们又能怎样呢？一提到她和她的抱怨，大家免不了就会联想到她这个有形的肉体。所有那些问题都是通过身体表现出来的呀。

艾丽丝最近在杂志上读到一篇有关某个模特儿的访谈录。这位名模容貌美丽。为了她那张面孔，有人把自己的祖宗拍卖掉也会心甘情愿，但是她却声称在男女感情上，她的身体只是个累赘。她嫁给了一个其貌不扬的男人，她爱的不可能是这个人的身体，因此在择偶问题上她充分表现出一种心态，或许她希望其他男性也能用这种心态来对待她。

艾丽丝的结论是，一个人长得丑还是美也许并不重要——肉体仍然是个祸根,因为是它造成了一道鸿沟,使人们的自我感觉与他人的看法之间形成着巨大的落差。虽然以容貌作为衡量尺度,象人[1]和顶级名模有天壤之别,但是他们在心理构造上却没什么两样。

不过,在艾丽丝的做法中也有某种矫情之处,这一点尤其可以从她每年花在内衣和洗面香皂的钱上看出来。

在这里,矫情可以定义为一种模棱两可的形式,一方面,你既可以出于恐惧而对某样东西大加谴责,因为它太强,追求的人太多,你无法加以控制;另一方面,你又可以高高兴兴地从中获益。大获成功的艺术家故作姿态,他们可以勇敢地对资本主义制度大加挞伐,同时又高高兴兴地去将自己的作品售出后的支票兑成现钱。"你并不一定非要漂亮才会幸福。"挣了千万美元的模特儿故作姿态地说,可就在不久之前,她还把当前使她觉得幸福的所有事情叙说了一遍(包括到肯尼亚打猎、收集各种香水),这些事情显然同她的外貌密不可分。说艾丽丝故作姿态,是因为她买那么多性感漂亮的内衣,却又声称:"我决不会以貌取人,我希望周围的人也能如此。"

她明白那些不幸的游戏规则——这一知识指引她购买衣服和

---

[1] 象人,指 1980 年上映的美国电影《象人》中的主人公,他天生头部严重畸形,受尽不人道的待遇。

174.

美发——可要是某个男人真的注意她,她倒是有点巴不得他的欲望中并不包括这些东西。要是她的身体吸引别人的注意,她并不希望情人的注视到此为止。在她的想象中——这倒完全不是假正经——肉体会像笛卡儿指出的那样不相干——并不是不加理睬,因为性毕竟是很美好的,只是不相干。别人爱上她,是因为把肉体去除之后还剩下其他一些神秘的因素,这是由历史、印象、习惯和脾气等乱七八糟地搀和在一起组合而成的。她把这些东西称作是自我。

(2) 因为你有钱才爱你

艾丽丝的父亲在投资失误,把钱全都赔光之后,便经常告诫他女儿要当心男人为了金钱来接近她。他说:"你会遇见各种各样的人,为了钱的目的来勾搭你,我的话没有错,这要比为了性更加糟糕。"他对此有切身体会,他妻子的爱结果也同他的收入一样靠不住。

由于深知爱情和金钱之间的关系,他最初立志要挣大钱,但问题是他再也无法相信那些因为他有钱而看上他的女人,这也像追求美丽的肉体一样。父亲言传身教,把对人际关系的悲观看法传给女儿,他甚至会变得很极端,骂她的一个十七岁的男友纯粹是揩油,因为他们一起去看电影或者听音乐会时,有时候是她付钱买票。这个问题如今已经不那么尖锐了,经济上的崩溃使他既丢掉了金钱,又失去了妻子,弄得艾丽丝只好依靠一份虽不可观但无疑很有几分可爱的月薪。

埃里克的生活方式要奢侈得多。艾丽丝不止一次地说:"我喜欢同你一起出去,因为这使我看到了我以前不知道的伦敦的各个方面——饭店啦,剧院啦什么的。"

埃里克听了这些话,总是宽厚地微笑着。不过,要是换了别人,他很可能会问问艾丽丝,要是他出乎意料地破了产,再也不能享受这种高收入阶层才负担得起的伦敦生活的各个方面,那么艾丽丝还会不会愿意再同他待在一起。

不过他没有这样问,他对爱情的起因并不神经质地多加担忧,他只是大度地宣称:"只要有人爱我,我又何必去追根问底呢?"

(3)因为你事业有成才爱你

在刚认识埃里克并且开始同他交往时,艾丽丝得到了升职,主管好些更为重要的合同,她如今负责联系的客户业务额达到五十万英镑左右。她被派往都柏林和巴黎出差,同来自波士顿和马德里的客户洽谈生意,还给单独配备了办公室和秘书。

她明白别人会心存妒忌,因此总倾向于对自己的成就保持低调。如果有朋友说:"我就喜欢你那样的工作。"她总是回答说:"哎,你其实是不会喜欢的。像你现在这样要自在得多。"

埃里克对艾丽丝倒是不会嫉妒,他只为她骄傲(也许是以家长式的目光来看待吧,它的潜台词是:"我向来是这个真正的商业圈子中的一员,欢迎你也参加进来。")。在她为自己公司又签下一

176.

笔合同的那天,他请她出去吃饭,对她满口夸赞,后来又不住地亲吻她。他总喜欢在朋友面前吹嘘说自己的女朋友肯定会成为英国企业界的女强人,她从别人那儿不止一次地听说,他在她背后把她捧上了天。

无论这样被人看重感觉有多么舒服,艾丽丝还是觉得有点儿遗憾,因为埃里克总是在她感觉强有力、事情做得出色时对她最好,而在她觉得软弱无力、缺乏自信时却不怎么样。在她自己付得起钱时,她并不需要他请她出去吃饭;在她几乎可以相信自己相貌很有魅力时,也不需要他夸她长得有多漂亮。

在对待成就的问题上,她的父母同埃里克持同样的态度,也就是说,她出色的成绩会促使他们明显增加对她的感情。在十三岁前,她在学校里成绩一向不大好,似乎注定是读不好书了。这使她在家里备受冷落,同她学习出色的姐姐相比,简直显得有辱门楣。但是,到了十几岁时,她的表现令人大出意外,功课越来越出色,各科的考试成绩都是优。一夜之间,她变成了家里的新英雄,父母的礼物和关爱劈头盖脸地朝她飞过来。"你真的不想再去度假、再买件裙子、换一辆漂亮点的自行车吗?"父母总会问。可是沉默寡言的她什么都不要,宁愿穿最旧的衣服,把父母的提议看作是侮辱。这些提议确实是侮辱,因为它只是从前那种做法的另一种表现而已(是好了,但不过只是另一种表现),从前他们仅仅由于她成绩不好就认为她有辱门楣。

她父母有时候解释说他们对孩子的关爱不够,只是因为"我们不大会同子女相处，我们总想能和成熟懂事的人交谈，就像现在同你这样。在某种意义上，我们恨不得你们马上就长大"。

如今她可以滔滔不绝地谈论任何话题了。他们急吼吼地想在朋友面前展示自己这个既长得漂亮又能说会道的女儿，想不到女儿对此显然没有兴趣，这使他们大为诧异。在对待自己的成就上，她的态度同某些好莱坞影星有些相似，这些影星只是同成名以前的朋友交往——"假如你在我不得志的时候爱我，那么你就会永远爱我。"这种态度隐含着这层意思："如果你只是现在我出名的时候才爱我，我怎么能知道你爱的是'我'这个人，而不是我的名声呢？"

（4）因为你弱小才爱你

假如某人各方面都很成功，工作出色，住房宽敞，家里还有游艇，口才又很好，又聪明，人也长得漂亮，那么迟早会有人爱上他或她。可是，爱情最理想的形式是父亲或母亲对孩子的那种无条件的爱。我们最初能感受到的爱，是在自己一筹莫展、软弱无助的情况下得到的别人的关怀照顾。有些婴孩长得十分逗人怜爱，但是他们还是无法应对世界，因为那是外部的东西。父母爱他们，照顾他们，不为别的，就因为他们是自己的亲骨肉。尽管他们流口水、拉屎撒尿、呕吐、大哭或做出其他自私的举动，父母仍然会爱他们。

只是随着婴孩逐渐长大，这种亲情开始变得不完全无条件

178.

了，需要他们做点儿事情——例如在吃饭时说谢谢啦，给妈妈拿杯子啦，刷洗盘子啦；再大一点便是调台找电视节目啦，给他们在马斯蒂克岛租房子啦，在圣摩里兹[1]租牧人小屋啦。但是，尽管这些事情肯定能够引起别人的兴趣，真正的欲望并不是要得到小女明星和访谈节目主持人的夸赞，而主要在于重现父母和子女在婴儿时期那种契约关系：这种契约关系使当父母的在无论什么情况下都一片赤诚，始终不渝地爱自己的孩子。

艾丽丝意识到自己在和埃里克的关系中有些紧张，这就是说，她内心一方面巴不得自己成为一个流口水的婴儿，很难服侍，不可理喻，老是要求多多，另一方面，她又完全明白，为了使他的爱情不致冷淡下去，她非得要扮演一个成熟负责的女人的角色，漂亮机智，不会有过多的要求。

她有时候同埃里克谈论政治，结果总是她的观点偏左，他的观点偏右。在一个曾经不可一世的大型汽车制造厂垮台之后，他们禁不住热烈地争论起来。

"听着，一个企业只有干得出色才配生存下去，"埃里克说，"要是他们能够生产出人们喜欢的汽车，那么它就具有继续干下去的资格。目前的现实是，它再也做不到这点了，因此也就失去了存在的理由。他们产品的样式早已过时，庸员又多，效率低下，

---

[1] 马斯蒂克是圣文森特和格林纳丁斯属下的一个岛屿，圣摩里兹是瑞士阿尔卑斯山度假胜地。

浪费严重，管理不善，又没有投下足够的资本改进工艺设计，更新设备——这样自然会垮台，这是活该。"

"你怎么能说这种话呢？两万工人会失业，整个城市都完了——你还认为这很正常吗？"

"这在经济上是完全合情合理的。要是亚洲国家能够生产出价廉物美的汽车来，没有理由不购买它们的产品。这儿的一个城市完蛋了，但在韩国或者马来西亚，会有整个城市因此而繁荣起来——这就是游戏规则。韩国公司花费巨资更新机床，那些设备要比这个国家见到的先进得多。政府总不能用纳税人的钱来支撑将要倒台的公司吧——这就是适者生存的原则。你得让经济真正按照需要运行，要是继续支撑那些被市场判了死刑的企业，就是人为地进行刺激了。"

"但这很可笑，很不人道，很残忍呀。要是政府给企业一笔贷款，帮它在这几年里渡过难关，使它振作起来，重新赢利，那对纳税人也没有什么坏处呀。"

表面上，这只是一场有关某个经营不善的汽车制造厂的命运的争论，其实我们可以看出这是两种观念的冲突，它同过渡性贷款或者韩国在机床上的投资毫无关系。艾丽丝为这个汽车制造厂辩护，其实就是主张弱者也有被爱的权利；埃里克的尖锐措辞是资本主义、达尔文主义的表现。她担心的是他在爱情问题上也会同生意上一样，暗暗支持这种看法。

她害怕的是他这种经济逻辑的冷酷心态，担心有一天，等她的大腿和乳房松弛下来，他也会认为她"效率低下""浪费严重""失去了存在的理由"。无论那个汽车制造厂是不是真正值得维持下去，她为它辩护，实际上也带有儿童要求无条件地（即使她已破产）被人爱的欲望的痕迹，也就是希望国家能像父母一样什么都不计较。也许这个汽车厂管理不善，但这个企业不也属于这个国家，厂里的工人不全是国家的公民吗？政府难道就没有责任对它进行扶助，使它恢复活力？

最近有个合同没有成功，有个同事想把责任全推到艾丽丝身上，这时候，埃里克帮了不少忙，他给她出主意叫她把此事向上级报告，同时又不得罪其他同事。当他认为她受委屈时，会挺身而出为她说话，但如果她感情上的困惑与工作中的芥蒂、与朋友或者家里人生病无关，他就不那么容易理解了。他无法理解没有明显理由的苦恼，她无法对这种苦恼作出什么全面的解释，只是心里不痛快，只是希望有人能自然而然地给她以安慰，不用多说什么道理。她也并不真想让自己的这种弱者心态成为他的负担。他明白在她处在强有力的位置时他是多么自豪——尽管她真正希望的是，有机会表达她一直无法说出来的一句话，那就是："就因为我恐惧、焦虑、害怕而爱我吧，我有时候会不知所措，就因为我这个样子爱我吧。"

（5）因为各种细节而爱你

几年前，艾丽丝去佛罗伦萨度假时，在美第奇宫有个男子上来同她搭讪。在她观看戈佐里[1]的一幅画作时,他凑在她耳边说,她的皮肤看上去就像天使的一样。因为他的皮肤也并不差,而且他还戴了一副角质框架的眼镜,这使他看起来并不像是专到画廊来勾引女人的,因此在他接下来请她喝咖啡时,她欣然同意;这之后便是共进午餐,又一起去乌菲齐美术馆闲逛,最后呢,在一起共度良宵。

早上乔万尼给她端来咖啡,送来亚麻布浴衣,他们坐在他位于佛罗伦萨近郊的住所的阳台上。接着,他用带有口音的英语结结巴巴地大胆发动起爱情攻势。他学着美国人的样子,每句话结尾总要称呼对方的名字,以这种方式来表示显然出自内心的情感。不过,也许是同这位英国小姐共度的良宵(或者只是咖啡)使乔万尼记忆力出了问题,他最后提到她名字时并不是路易斯·卡洛尔笔下的艾丽丝,而成了但丁笔下的比亚特丽斯[2]。

由于艾丽丝根本没料到他会这样一本正经地宣布自己的爱情,而一夜情的不成文规矩也很清楚,她并没有忙着去纠正他的错误,她也没有因为这意味着他们的关系其实只是形同路人而生气。不过,在回英国的火车上,一想到对方一方面热情洋溢地示爱,另一方面却连她的名字都弄不清楚,把她同那位伟大的佛罗伦萨女子混淆在一起,艾丽丝不觉哑然失笑。

---

1 戈佐里(1420—1497),佛罗伦萨画家。
2 艾丽丝是路易斯·卡洛尔的小说《艾丽丝梦游仙境》中的女主角,比亚特丽斯是但丁的《神曲》中的女主角。

182.

在艾丽丝看来,一个人对自己的心上人了解得越多,就有越多的证据证明爱情与对某些细节的掌握密不可分,这种爱情也就越加真挚。这倒不一定是有关对方的什么大事(年龄啦,职业啦,国籍啦等等),而是一些人人各不相同的小事情——爱吃什么果酱呀,儿时琐事的回忆呀,最喜欢哪种花儿呀,使用哪种牌子的牙膏呀,等等。

她信任那些努力想了解她的爱好的人,推而广之,她对那样的人也有一种认同感。他们谈话时常常会讲到诸如"你记得我上星期告诉你……",而不是犹豫地问:"这件事我是讲给你听的还是讲给我的室友听的?"他们会记得她的生活小事("你说过你小时候跟母亲一起去斯特拉斯堡的……"或者甚至更加微不足道的小事:"你喝茶总要加两块方糖,对吗?"),这表明她在别人的心目中占据着重要的地位。

如果一个男子记得她某个词的发音有些特别,或者她使用叉子的方法有点儿怪,或者明白她爱读什么书,喜欢上哪类饭店,这似乎要比送价钱昂贵的玫瑰花束或者长篇大论地宣布他多爱她更加令她怦然心动,她会认为这个人更加关心她。她宁愿听一个男子说:"你这对耳环真好看。上星期二你戴的也是它,对吗?"而不想听他说:"真的,我从来没有遇见过你这样漂亮的女人。"这并不仅仅是出于谦虚。

因此,有一天埃里克无意中对她说:"看你削橙子模样真可爱。"她不知怎的只觉得心头一热,笑了起来。在同"我"有关的事物中，注意到她削橙子时的样子，要比一些远为冠冕堂皇但却不怎么具体的恭维话使她感到亲切得多，它更能打动她的心。

（6）因为焦虑不安而爱你

如果两个陌生人在晚会上见面后，谈起彼此都觉得在这种场合去找人攀谈很有些尴尬，承认自己都有不善社交的问题，奇怪的是，这一来反倒很有可能消除他们交谈的障碍——双方都害怕说话不自然，但把问题挑明后，反倒不会有这种危险了。

焦虑反映了个体面对社会压力和期望时所感到的恐惧。我会不会像同伴希望的那样有趣呢？我说的话是不是他想要听的呢？我会不会符合我所爱的人的期望呢？

由于这些焦虑集中在个体和社会之间的一层敏感的隔膜上，你可以想象得出，在无法把这些焦虑告诉别人时你会感到多孤独，这意味着没有人能够理解你置身人群中时所感到的恐惧。当你告诉别人说"我突然感到一阵不安"时，别人却莫名其妙地回答说："你在说什么呀？有什么东西值得你不安呀？"你就会产生这种孤独感。因为我们总是对那些使我们焦虑不安的原因一笑置之，无法对焦虑产生共鸣，这就使我们无法同别人一起以一种幽默的眼光来看待问题，这种幽默感必须具有某种气质以及对人性进行一定研究之后才能获得。

艾丽丝回忆起一次谈话，这使她加深了对埃里克的感情。那次他们谈到了少年时代、夜总会和足球队。

184.

"天哪,我记得,我属于讨厌跳舞的人,"艾丽丝说,"我喜欢跳舞的想法,但总是怕难为情,一想到要步入舞池就吓坏了。记得有一次参加夏令营时,有个男孩请我跳舞——我紧张得要命,便拒绝了。我不知道是不是就此错过了机会,他很可能成为我的终身伴侣呢……"

"我很高兴你错过了他,"埃里克回答,"你说到跳舞的事,我懂你的意思,要是你没有把握做好某件事,就会觉得自己像是个傻瓜。在那种年纪,有各种各样的事你得参加,要是不去,你就会觉得融不进同学的圈子里去。我在足球俱乐部那件事上也是一样。在我读的学校里,人人都得支持一个足球俱乐部,我呢对足球一点都不感兴趣,因此也就不表态站在哪一边——想不到有一段时间,别人把我看成了怪物。我记得自己还去问过母亲,一个俱乐部也不想支持行不行,我的做法是不是有什么毛病。"

他们有关夜总会和足球队的交谈具有一定的意义,因为围绕这两种活动都存在着家族式的集体压力。能够袒露心腹,说自己不感兴趣或者觉得焦虑不安,也就是同习俗决裂,承认自己并不喜欢社会公认的人人都应该乐于为之的事情,两人取得了认同,彼此的关系就得到了加强。

(7)因为你的心灵而爱你

按照现代骑士风格的信条,最高尚的爱情应该是心灵之爱。要是有哪个女子敢于把自己其貌不扬的男朋友介绍给女友,并且告诉别人说:"要知道,马西米兰很有学问。我迷恋的正是他的才华。"她这个说法很可能引起一片惊叹和赞许。那些对漂亮的身体、装修豪华的住房或者只是脾气好乐于助人的伴侣垂涎三尺的人,站在这个在爱情问题上道德高超的完人旁边一定会自惭形秽——她在意的是心灵之爱。

如果说艾丽丝不希望男友爱的只是自己的肉体,那么你也许会以为她希望对方爱的是自己的心灵。在某种意义上说,她的确如此,但是这个问题也不是那么清楚。许多人夸她聪明,因为她小时候书念得好,后来上了大学,如今又身居要职。她也意识到自己智力上的突出之处:她数学很好,能画出一些图表在每星期的销售会议上展示,对规划的产量和兑换率计算都很准确。她记忆力很好,又懂好几种语言。但是,她并不希望别人仅仅因为这一点才爱上她;她明白,只要头痛或者心境欠佳,她的智力立刻就会大打折扣,人们认为属于她心灵的东西其实只是一些心智上的技巧,那同她真实的自我并没有多大关系。

因此也许应对心灵作进一步的区分:一方面是智力,另一方面是除去智力之外的那些更难以描述的富有弹性的物质。

(8)就是爱你这个人

在本质上,艾丽丝只是希望男友爱的是构成她这个人的那些要素,要是她丢失了这些东西,那么在逻辑上她这个人便不复存在了。她希望别人爱的是她身上这些不可缺少的东西。

186.

到了一定的时候，由于运气不好，她会失去的有：

a）容貌
b）职业
c）钱
d）思考能力

然而她仍旧还是自己。

因此，她希望能将这些标准排除在爱情的动机之外，因为这些东西对她来说都是身外之物，完全不由她控制，因此隐藏着风险。这些东西也许眼下很迷人，但是总有一天会无影无踪的——一旦它们消失了，给她以支持的情人也就不见了。

我们可以将这种对爱情起因的满怀焦虑的追索同笛卡儿对真理的艰苦探求勉强作一类比。他对"我思"的那句著名的回答是个工具，用来超越蒙田、伽利略和伽森狄[1]引入到哲学中的不可知论，它半真半假地问这样一个问题："我们怎么才能知道万物确实存在、万物真正如我们所感知的那样呢？"（必然导致凌晨三时那个令人沮丧的问题："我怎么才能知道这不是在逢场作戏呢？这事真正同我有关吗？"）

笛卡儿对不可知论寻根问底，最后总结说，尽管他觉得身边

---

1 伽森狄（1592—1655），法国科学家、哲学家。

的许多事物不可知，但有件事他却毫不怀疑，那就是他眼下正在进行思索。正在思索的人可以怀疑一切事物，小至树的颜色，大到地球的形状，但他们觉察到自己正在思想，从而可以肯定自己的存在。这一点正如笛卡儿在他的《方法谈》中所说："即使我认为自己是在做梦，我所见到的与想象中的一切纯属虚幻，但我却无法否认这些思想确实在我心中。"

不应该将"我思故我在"同后来人们为了说明合理性对它所作的解释（所谓的"笛卡儿精神"）混淆起来。笛卡儿根本没有主张说，人只有在认真思索并且最好是报名攻读高级哲学课程时才能声称自己确实存在。"我思"决非价值判断，同人们提到各种不同的活动时所暗示的"我感知故我在""我打壁球故我在"等等有所不同。它只是指出在所有其他事物都不可知的情况下人能完全肯定的最起码的东西。它把所有不能确定的东西一一剥除掉，最后只剩下一个无可争议的真相，有了这一前提，其他真相就有可能复活。

对爱情真实标准的追求轨迹也多少与此相似。持怀疑态度就意味着把世所公认的爱情动机称作肤浅不真实，例如某人美丽、富有、才华横溢或强有力等等。这些并不提供你希望在对方的追求里发现的那些不可减少的要素，它们所代表的东西有可能随着时间的推移或者偶发的不幸事件而烟消云散。

这个问题也是笛卡儿遇到过但却并不为之烦恼的，其要点在于当你一旦开始剥离的过程，无论是企图发现确定的真相还是真

188.

正的爱情标准,随之而来的答案会变得太具体,结果又会模糊起来。笛卡儿认为一切都不可知,但却认识到他对自己正在思考有十足把握——这一确定的事实的确很奇妙,但有关真相的性质,它又告知他什么了呢?他对这一点怎么办呢?他能够加以运用吗?毫无疑问,那是正确的,但同时它与对知识的探求又有点不着边际。

在艾丽丝将所有那些一时的爱情标准一一排除之后,她又剩下了什么呢?在她将肉体、智力和财产等一一去除之后,还有什么值得人爱的呢?

就像笛卡儿一样,没有多少东西了。

她剩下的只是纯粹的知觉,那是生命的核心所在,她希望别人就因为她这个人而爱她。

无怪她会一直不停地购买化妆品。

旅行

十月底，艾丽丝和埃里克决定在圣诞前后休上几个星期的假。秋雨连绵不断，白昼越来越短，常常寒风刺骨，这自然令人想到气候温和的地方去，因此他们翻阅了介绍远东地区、泰国海边和印度、波里尼西亚群岛、毛利求斯和塞舌尔群岛的小册子，最后决定还是去加勒比海巴巴多斯岛上的一家旅馆，材料上描述说，该旅馆风格"轻松安逸"，但"设施现代"，标价也很合理。

将去度假的前景具有神奇的效果：这一即将来到的时刻可以让他们引颈盼望，无论当前有什么问题——觉得无聊、恼火或者焦急，但又没有时间来一一解决，那么度假就不失为一种很好的治疗方式。但凡艾丽丝觉得近来自己书读得太少了，她就会去买一本书加到那一叠"度假读物"上，结果书越堆越高，非度上一年的假是读不完的。而埃里克呢，觉得自己运动太少，一想到可以在小册子描写的"碧蓝的海水"中潜水，他心里的不安就消除了几分。由于他们工作性质不同，平时在一起的时间不是很多，因此他们急切地把这次旅行看作是一个机会，可以同小册子上写

190.

得活灵活现的那样"重新认识彼此"（为了证明此言非虚，还附了一幅照片，上面是一对上了年纪的夫妇在旅馆的阳台上举着香槟酒杯）。

他们对旅行作了精心的准备，买了防晒霜、T恤衫、太阳镜、凉鞋、沙滩包和小说。那阵势仿佛他们要出去几个月似的，行李体积越来越大，这象征着他们内心隐隐希望能够得到永远的解脱。

时间过得是快还是慢与人的心情大有关系。这一段日子慢得实在令他们难受，不过，十二月终于到了，那个等待已久的出发日来临了。他们一早醒来，心情快活得要命，彼此说说笑笑，并没有什么理由，就是觉得对方很有趣，就是想笑。在机场登机前他们又去买了些可有可无的东西。他们觉得彼此很亲近，对两人的关系再也没有什么怀疑了。他们又一次希望加深彼此的感情，努力减少摩擦。埃里克主动帮她提行李包，艾丽丝问他要不要从她带的书或杂志中挑一本去读。飞机驶上跑道时，他俩的手指不知不觉地勾到了一起，他们触摸对方的身体，其欢欣的程度同当年哥伦布踏上新大陆时一模一样。

"真没法相信，几个小时后，我们就会到地球的另一边了，对吗？"埃里克说。

"我简直无法想象，这就像是在做梦似的。"

"飞机这东西真是太奇妙了，对吗？"

"嗯。"

"你想想看,这架飞机有十幢房子那么大,但是它却能直冲云霄,以每小时五百英里的速度飞行……"

扩音器里传来了机长的声音,他报告了飞机的航程。飞机将会沿着 M4 走廊的方向飞过布里斯托尔,然后横跨大西洋,九个小时后抵达巴巴多斯,航程数千英里。艾丽丝坐在舷窗边,朝下看到了灰蒙蒙的伦敦郊区。

"天哪,能离开这儿我真高兴——瞧那些难看的街道,还有乌云啊,雨水啊什么的。"

"你真美,我想把你给吃了。"埃里克说。

"你难道等不及午饭了吗?"

"等不及了。你真美,真的。这一点我说得不够,我是知道的,不过你确实美。你真像是个水灵灵、甜蜜蜜、含到嘴里就会化的甜瓜。"

"你已经把它丢掉了——你真是疯了……"艾丽丝笑着说,方才他一把将她拉过去,使劲吻她,使得见惯这种场面的空姐也觉得新鲜了。

飞行过程中他们大多时候是在睡觉,等他们醒来时,飞机已经降低高度,飞到了岛屿上空。他们看到的是碧蓝的海水衬托着一片葱绿的大地。喷气机时代使人一下子就抵达了某个地方,其效果令人目瞪口呆。密封的机舱一打开,他们立即感到气温陡然升高了许多,空气湿热,带有海水的气味。仿佛是谁施了魔法,把他们带到了异国他乡。在巨大的 747 飞机旁边,机场建筑显得

192.

很矮小,从飞机慢慢旋转的涡轮叶片上看不出他们刚刚完成了一次遥远的航程。一阵轻风吹过,一边的棕榈树微微摆动,碧蓝的天空中飘过几朵白云。

"真叫人没法相信,天这么热。"艾丽丝惊异地高声说,他们走在柏油路面的停机坪上,她尽可能把一件又一件的衣服脱掉。

机场体现了两种文化的巨大碰撞;一方面是性急的西方人,他们疯疯癫癫地竟然想到建造巨大的机器在空中飞翔,另一方面呢,是时间观念不那么强的西印度群岛人,他们的四肢懒洋洋地自在地活动着。在时速五百英里的旅行之后,旅客们都忙着想要领取行李,急着享受度假的快乐,为此他们付了那么多钱,盼望了那么久——而机场工作人员的时间概念却完全不同,他们的看法是,凡事如果今天不成,那么就等明天。

"见鬼,他们什么时候才能把传送带开动起来呀?"埃里克叹气说。

"别着急。"艾丽丝模仿当地人说话的口音说,一面用航空公司的杂志当扇子扇。

有一辆小面包车到机场来接他们,司机自我介绍说叫大卫,由他开车送他们到位于岛屿西北边的旅馆里。收音机里流行音乐节目的播音员正在介绍用快板形式吟唱的圣诞颂歌,并且祝听众圣诞快乐。他们穿过首都布里奇敦市区,从沿途所见的建筑上可以看出英国殖民时代留下的痕迹。

"就在九个小时之前我们还在伦敦,这真是太奇妙了,对吗?"艾丽丝若有所思地说,她望着窗外的街道和广场,突然身处异国使她又惊又喜。这里看不到她所熟悉的路标,广告牌上的商品她以前根本没有听说过,植物茂盛,一片深绿,旧汽车在坑坑洼洼的路上哐啷哐啷地驶过。这里的色彩极其浓艳:花园里长着一丛丛橙色、粉红色和紫色的三角梅、木槿花和一品红。

车在旅馆前停下,他们走进了大堂。

"欢迎光临克鲁索旅馆。"接待员说,在办好了正常手续之后,他们给带到主楼后面的平房里。这儿俯瞰大海,能够听到波浪轻轻洗刷一大片沙滩的声音。

房屋建筑的式样也反映了气候的特点。由于这里终年气温偏高,平房便没有窗玻璃:墙上只开着两个大窗洞,新鲜空气可以直吹进来。这里并不像北方的房屋那样,严格地区分室内和室外,不必装百叶窗、插销和双层玻璃。这种建筑坦坦荡荡,并不疑心重重地时刻戒备提防别人——这很符合艾丽丝的口味,她觉得北方的住房就像坟墓一样,本能地感到厌恶。

埃里克呢,对看得见摸得着的物件更加看重,他瞪大眼睛寻找空调机,随后打了电话到总台,一问才知道原来在旅馆里禁止使用空调。

194.

艾丽丝换下衣服,披上浴室里挂着的晨衣,走到阳台上去。轻风吹到皮肤上,这使她又一次觉得非常舒服,她已经好久没有这种感觉了。在英国的寒冬时节,人人都得套上一件又一件的衣服。

"你去不去游泳啊?"她问。

"不了,瞧,我还有些东西要收拾一下呢。"埃里克在卧室里回答。

"好吧,那么我自己去,马上就回来。"

她并没有把东西从行李中取出来整理,只是翻出游泳衣和一条毛巾,便沿着小路朝不过几码远的沙滩走去。她冲到水里,双脚在沙滩上溅起一片水花,接着便一个猛子扎到较深的地方。她放开手脚,用力在水中拍打。她从海湾的一头游到另一头,之后便回到放毛巾的地方,把毛巾摊开在沙滩上躺下,享受最后一抹斜阳。这会儿她有点累了(在伦敦早已过了就寝时间),她打了一会儿瞌睡,然后便向住房走去。

回来后她发觉埃里克正在发脾气。

"什么事啊?"眼见他一脸不高兴,她问道。

"这旅馆真他妈的差劲,竟然找不到同我的电脑相配的调制解调器。"

"什么调制解调器呀?你要调制解调器做什么用?"

"我带了电脑来要用啊。"

"我还以为你只是要写写信的呢。"

"是要写信,但主要是可以插到插座上,通过电话掌握行情——想不到他们说这里不好用。"

"哦,别担心。不会有什么大不了,肯定会有办法的。"

"谁知道呢,简直糟透了,淋浴器也不大灵光。"

艾丽丝叹了口气,坐在床边上。在外旅行,把原有的生活习惯都打乱了,这种事情埃里克是不习惯的。要是为他们代理的伦敦的旅行社答应说电话插座同电脑的调制解调器是相容的,那么要紧的就是说到做到,如果做不到,他当然有理由生气。

埃里克习惯于住商务旅馆,在那种旅馆的客房里,房角肯定有一台大电视机,还有一两台按键电话,洗衣房效率很高,总台服务周到,在浴室里没有别人遗留下来的毛发,水管里也不会流出带锈色的水来。他喜欢的连锁饭店是五洲集团,这个集团在每个大城市都有分店。在纽约有五洲饭店,在香港也有,在孟买有分店,在开普敦也有——客人身处这些饭店的大堂里,很可能弄不清自己究竟在哪个国家(除掉说的语言不同之外)。这些饭店里的一切都经过精心设计,其目的就是尽量缩小彼此之间的差别,使客人相信,尽管外面有人力车,有庙宇,但只要你在电话上拨9字,店里一定会送上丹麦酥皮饼和浓咖啡给你当早餐。这一宗旨也在它的广告语上得到了反映:"五洲饭店,宾至如归。"

去国外旅游的人也许可以分为以下两类。

✈ 游客,他们的心态是不喜欢什么出人意外的东西——他们可能喜欢新奇的事物，例如漂亮的金字塔或者空气清新的海滩，但是这些东西一定要符合他们的期望。他们讨厌令人怀疑、说不准、含糊不清的东西，他们希望每天的菜单都清清楚楚，叫人看得懂，他们无法接受由于异国风味的咖喱、情感或者水果所引起的不确定感，坚持先入之见，那还是他在到达机场之前坐在家里沙发上形成的。普鲁斯特小说中的叙述人也许是现代文学中最著名的游客了：他在《追忆逝水年华》中一连好多页写到了梦想去威尼斯的事，这个城市完全是他根据文学作品的描写在自己心中构造的。他对这个梦中的城市非常熟悉，这也一再使他拖延行程，没有真的去造访该地，因为他害怕现实会打破自己的梦想，就像访问某个国家的游客永远不会偏离《福多》和《米其林》[1]的内容那样。

✈ 旅人，他们对旅行较少先入之见，要是实际情况与自己原先的想象脱节也不怎么沮丧。不同的是对待未知事物的态度。对像电话插口不相配这种意外情况，埃里克十分恼火，但即使他们入住的旅馆与当初旅行社小册子上描述的完全不同，艾丽丝也不会在意——她很高兴改一改日常的习惯，要是按照当地规矩早餐时没有玉米片只有鱼干，她也很开心。

不过，要是我们依此类推，转而谈爱情的话，那么艾丽丝那天也感到一些不满，就同埃里克对旅馆有意见一样——她意识到

---

[1] 这是两本有名的旅游指南。

197.

在爱情的领域里她自己也许是个游客。她也缺乏好奇心,不愿意检查一下自己的梦想是否与现实相符;不愿冒险跨出雷池一步,对她爱情王国的真实情况进行探索;不敢想象她以为是十全十美的男人也许缺乏像调制解调器那样的基本设备,因而无法与之交流。

198.

读物

艾丽丝坐在沙滩边上寻思:"我敷在肩膀上的究竟是6号霜呢还是4号霜?"这是在天堂(虽然伊甸园早就已经失去了)里第一天晒日光浴,她时差还没有完全倒过来,带着一丝忧愁叹了口气。人生可真麻烦啊;你得不断地换用不同的防晒霜,又得随着阳光的角度转动帆布椅,还得轮流让腹部和背部都晒到太阳,还有由于种种难以避免的期望所引起的紧张心态——"我的头发真的变得金黄了吗?"——结果每当太阳前面掠过一片云朵时总会强迫自己去看一眼头上的发卷。海面上吹来一阵轻风,旅馆门口一个高个子黑人正在修剪树篱。不过还有事情要做呢。艾丽丝伸手拿过随身听,塞进一盘磁带。一个声音唱道:

爱你并不一定对,
可心肝啊,爱是惟一的光辉。

她和埃里克还是按照另一个大陆的时间节奏行事,早早就醒来了，睡在这个房间里有点儿不习惯，你可以清楚地听见小鸟在外面窸窸窣窣地响，夜里还听见热带的阵雨噼啪噼啪地打在棕榈叶苫的屋顶上。

埃里克的心境转好了，他们在旅馆的大阳台上快快活活地用了早餐。等太阳高悬在空中时，他们已经在海湾里游了几个来回，这时坐到椅子上晒干身子。

"请你把我的书递给我，好吗？"埃里克一边在腿上搽防晒霜，一边说。

"行，在哪儿呀？"

"在我的旅行包里，丹尼斯·奥多霍诺的，毛巾下面。"

埃里克读了许多由丹尼斯·奥多霍诺这类名字的作者写的书，这些动辄数百页的巨作里面讲的无非是主角受雇参加大战，他们驾驶核潜艇，在外国旅馆里做爱并且驾着直升机朝花岗岩峡谷直冲下去。

艾丽丝常常为了这些读物同他开玩笑："你干吗去读这些书呀，同这种书相比，《超人》都可以说是富有知识性的了。"

埃里克向来就不善于幽默地进行应答，他的回答往往是："我读这些书，因为轻松好玩，干吗人人都非得要在那些放纵自己去反思的狗屁东西上花时间呢？"

狗屁东西指的是艾丽丝近来开始阅读的那类书，她这次来巴巴多斯时带了不少，几乎使行李超重。那些书封面色彩鲜艳，书名如《学会亲密》《你快活时我才快活》和《越相爱，生活越好》，

200.

等等。有些读者也许记得，艾丽丝一向认为爱情不能仅靠言传，这些书在他们眼里也许会显得有点矛盾，她原先坚信双方应该天生互相理解，但最近对这一点已经不那么有信心了，因此她才去买了这些书——就像一个天生是一把好手的厨师也决心瞟一眼烹饪指南，看看面粉和食糖的用量是否准确。

看着他俩并排坐在帆布椅上，她读的是《了解自己和你的伴侣》，而他呢，在专心阅读《突击队行动》，你自然会想到两种截然不同的阅读方式。

📖 为逃避自我而阅读

除非读者碰巧在情报部门巴尔干处服务过几十年，或者在赫鲁晓夫当政时去莫斯科搞过情报，或者对核处理工厂的内情知之甚详，或者懂得如何拆除塑料炸药的引信，并且对非洲军火交易的内幕十分迷恋，否则《突击队行动》一书是没有多少东西可以使人想到自己生活的构成和意义的。书的作者尽管对这些活动进行过相当的研究，但书中对那些据认为读者很可能有所经历的事情只是一笔带过。读者读到了如何使用乌兹冲锋枪和放下 F-16 喷气机的起落架，但是当谈到放下另一个起落架时，作者笔锋一转，把各种可能产生的感情上或者肉体上的复杂情况丢到脑后，匆匆地告诉我们说男主角（往往是"脸上满是胡子碴，这证明自从在驱逐舰上向马克汇报之后一直没有修面……"）"使劲亲着贝尼斯抖动的嘴唇，并且轻快地捏了捏她缎子般光滑的大腿"。

在《突击队行动》的世界中，从来没人担心死亡、感到无聊或者隐隐觉得无足轻重的沮丧。没有时间啃咬指甲或者守在电话跟前等铃响，因为你不是随时要对哥伦比亚的贩毒分子采取行动，就是又要去挫败一起劫机事件，或者是国会大厦底下放了炸药，再过二十分钟就会引爆。尽管你在每日上下班的车厢里看上一眼，就会感到一种不满的情绪（T.S.艾略特所谓的"安静而绝望的生活"），奇怪的是，从来没有哪个人陷入到这种情绪中而不能自拔，从来没有谁寻思："我怎么就从没遇到过有点意思的事情呢？"或者"我是不是就要这样下去，直到老死为止呢？"或者就是"活见鬼，这是干什么呀？"

读者内心都有可能为这些事情而烦恼，凡人大概都会这样（人人都有一死，正如蒙田指出的那样，死亡迫使大家多多少少都变得像个哲学家），因此，这些书的读者在不必费心尽力地进行自我反省的同时，也失去了从中获得的欢乐。

虽然埃里克读了许多书，但平心而论，他对这一活动完全缺乏任何好奇心，因为他读书的目的不是为了有所得，而主要是为了避免遇上各种问题。他在阅读过程中并不寻求与自己的内心世界达到一致；假如他害怕的话，那么他最不想读的就是与他自己的恐惧有关的事。被精锐的海军陆战队小分队追击的非洲军火贩子恐惧万分，他读到了很可能觉得一丝安慰——这或许可以算是恐惧，但这种恐惧并不是他本人的。

读物　　　　　　　　　　　　　Alain de Botton

202.

　　在《突击队行动》这类书籍中也有紧张的场面，但是这种紧张并不危险，因为它根本没有心理上的意义，因此也就同个人无关。埃里克可以在阅读一个东南亚游击战故事时纾解自己的焦虑之情，同时他又不必去解决一些同样复杂但却离自己不那么遥远的冲突。他早就认为，扪心自问和自我监督的做法毫无意义，这些说法所以会在人类遗传中保留到今天，只是由于进化过程开了个玩笑，就像是人身上多余的脾脏和阑尾一样。

　　你也许希望艾丽丝会在读书问题上追随他。但是，无论她是多么喜欢想入非非，她还是在求索。她的问题并没有消除她的好奇心。

　　她的生活够混乱的，有一大堆问题需要思考，但她的生活还没有乱到根本无法对这些问题进行思考的地步。

📖　为发现自我而阅读

　　很少有书籍会像有血有肉的人那样直截了当地同你娓娓而谈，但是我们还是觉得有些作品仿佛在同我们"谈话"。它们并不带我们坐火箭穿过黑洞，而是放弃穿过银河系旅行的快乐，描摹出更加逼近人生、更加与个人息息相关的心理状态和情景。第一次接吻、饥饿、某个寒冷的秋日的一道亮光、在社会上孤立无援、嫉妒、无聊的感觉——所有这些在一个诚实而又技艺高超的作家手里，都会给我们以一种类似于自我认识的震慑感。作家成功地将某种情景形诸文字,原先我们还以为这只有自己一个人才感受得到的呢,这就像相爱的双方发现彼此竟然如此情投意合,不觉大为激动,读者会在不知不觉中翻看书籍,大声说:"天哪,竟然还有别人也是这样想的!我还一直以为只有我一个人有这种感觉呢⋯⋯"

要是读者这时坐在隆隆驶过漆黑的田野的火车上或者夜航的飞机上,刹那间,他可能会感到自己不再是那么孤独了,他意识到自己同一个远比自己巨大的群体即人类休戚相关,突然之间他一阵激动,对同车或同机旅客有了理解和认同,刚才他还把这些人看作是需要小心提防的陌生人呢——这一刻,他突然意识到自己和别人的相似之处是要远远超过彼此之间的不同的。

艾丽丝躺在加勒比海边帆布椅上时读的并不是什么文学名作。我们理解的经典著作应该具有的标准,《了解自己和你的伴侣》中一个也没有。它的句子生硬,直来直去的,结构并不精巧。作者并不善于以一种客观的态度进行叙述,而是企图与读者建立一种婆婆妈妈的亲切关系,像个好朋友似的问他或她:"你还记不记得坐在母亲膝上想着⋯⋯"以及"你有没有想到过,你所感兴趣的人都对你并不感兴趣?"但是更令人气恼的是,《了解自己和你的伴侣》还不时进行道德说教,告诉读者一些能够改变他或者她的人生的事情,叙述的文字简单易懂,不像经典哲学中那些有关道德的大作那样无法卒读,令人又敬又畏。其中最粗俗之处简直就像汽车保养手册那样露骨,作者告诉读者说:"努力记住,下

204.

一次问一问你的伴侣他或者她到底有什么心事……"

对这种过分直截了当地"教导"我们的文字，人们往往采取一种相当宽容的态度。司汤达曾经把在小说中引入思想比作在音乐厅里放枪，甚至就是在音乐厅——小说之外的世界中，人们仍然觉得最好还是对忠告进行包装，使它看起来像是别的东西——使它抽象化，成为萨特的哲学、象征主义诗歌或者斯堪的纳维亚的电影。

按照司汤达的说法，艾丽丝所读的书的作者简直是在音乐厅里用冲锋枪开火（尽管那并不是小说），因为她目下正读的那一章名为"发掘你的潜力"。"我们大多数人过的生活使我们无法充分表达自己。我们心中有许多想说的话，要做的事，但是出于这样那样的原因，总是不能如愿……"

艾丽丝认为只有在某一方面对她的生活有所帮助的书籍才值得一读。因此，在训练有素的文艺批评家眼里，她很可能犯下了一个读者对书所能犯的最大错误——她希望能从书中得到教益。归根到底，读者不应该有所企求，书籍根本没有什么"用途"——真空吸尘器和油泵有一定的用途，可是，大家肯定同意为艺术而艺术，对吗？我们可以回想纳博科夫嘲笑那些希望从小说中获得教益的读者——从小说中获取教益！那岂不是跟想用鱼子酱充饥一样可笑吗？

然而艾丽丝每个星期只能匀出几个小时来读书，她希望读一些能同自己关心的问题有关的书籍，她只要稍稍花些功夫，就可以将那些书籍的背景和描写应用到自己的物质和社会环境中去。她盼望找到那些能够"立竿见影"的书,作者所谈的事情能够同一直盘桓在她心中但她至今仍然无法解决的问题相匹配。她所追求的并不一定是同具体事物相类似(她不会贸然扔下一本书,就因为书中的背景在巴塞罗那,而她自己是在伦敦,或者书中的主角是男人,而她自己是女人),她追求的是心理上的契合。吸引住她的很可能是别人的故事,但是在讲述过程中得到启发(无论是多么间接)的却是她自己的事。

在这个意义上,她要比埃里克更加以自我为中心。正因为埃里克对自我("认识你自己"[1]这一训喻中的那个自我)并没有持久的兴趣,他在穿过肯尼亚灌木丛中崎岖不平的地面上跋涉时,在乘小船沿着亚马孙河顺流而下或者坐在热气球上飘过北极冰帽时,都不会感到失落或者无所适从。但艾丽丝却无法想象自己处在如此陌生的环境之中。她没有兴趣去阅读桑德兰某个人童年以及成年时期的一些"英勇"而"强有力"的故事,也不想去关心某个美国南方富有的家族接连十代人的"令人震惊"而"优雅"的描写,或者某个心情压抑的青年在纽约一个酒吧里发现自己原来是同性恋这一"赤裸裸"的叙述。

她只是想要"发现自己"。这个说法是她的,尽管在语法上或许含混不清而且谈不上通顺,但却道出了她阅读时的某种心愿。

---

[1] 这是古希腊德尔斐阿波罗神庙中铭刻的一句格言。

206.

她想更好地理解自己为何会有某种感觉,她为什么会爱为什么会恨,她为什么会沮丧为什么会快乐,作为女人到底是怎么回事,作为男人又怎样,两个人如何进行交流,为什么他们常常会无法沟通。她希望故事中的人物能够帮助她更好地理解自己的经历,这些人物在杂乱无章的日常琐事中寻求爱情和意义,要是有可能的话,他们的命运最后还会相当幸福。

"在你能够充分发现自己或许甚至发现我之前,来一杯果汁朗姆冰酒怎么样?"埃里克靠在椅子上,举起太阳镜,扬起眉毛问道。

"哦,那真是太好啦,我正想要喝呢。"艾丽丝回答,放下手中那本《了解自己和你的伴侣》。

"好极了,那么,我到大堂的酒吧那里去买。马上就回来。"

她望着埃里克穿过沙滩,往旅馆走去,他肌肉结实的身体已经晒得有点黑了。

他真是可爱,她暗自寻思,具有讽刺意味的是,就在一分钟之前,她还在想她同埃里克的关系同她那本谈自立的书上所描述的理想情况似乎有多大的不同。

为快乐而快乐

埃里克拿着两个梨形的玻璃杯回来了,杯子里盛满了乳白色的液体,上面还插了一把鲜艳的橙色小伞。

"酒吧间的男招待很热情,真是个出色的家伙,他叫 RJ,显然经常去捕鱼,他刚告诉我昨天捉到了一条鲆鱼。"

"真的?"

"还有呢,他们看来正准备在海边搞一次大规模的圣诞晚会,跳舞啦,大家都化装啦什么的。"

"哦。"

"那不是太好了吗?"

"对,很好啊。"

"嗯,嗯,这种饮料棒极了,我从来没有喝过这样好的果汁朗姆冰酒呢。你觉得怎样?"

"确实很好,就是稍微甜了一点。"

"是吗?太甜了?不,并不甜。"

"我觉得稍微甜了一点。"

208.

"我看一点儿也不,只是刚刚好。"

"无论……"

艾丽丝的前额若有所思地皱了起来,这引起了埃里克的注意。

"什么事呀?"

"没什么,我只是在想。"

"这里真是太美了,海滩呀,所有的一切。"

"是啊。"

"要是有人在这样的地方还不开心的话,那他一定是精神不正常,你说是吗?"

"这要看……"

"我想,这个假期我们从头到尾简直是在天堂里。"

"假期还没有完呢。"

"我知道,不过我有把握。"

自从第一夜发生了调制解调器的事情之后,埃里克一直处于一种亢奋的状态之中。所有一切都"呱呱叫""妙不可言""太美了"。艾丽丝十分漂亮,天气好得不能再好,饭菜可口极了,旅馆顶呱呱,这里简直就是天堂。

艾丽丝对那些非得作出快乐的样子来应付的场合往往心存疑虑,例如生日啦、节日啦、聚会啦、婚礼啦等等。她觉得在压力之下很难保持愉快的心情,要是不让她先有机会发表自己不同的意见,就要她承认某件事妙不可言,这会使她很为难的。让她最难受的就是有人不停地提醒她应该觉得非常开心。

不过，埃里克的看法是，他这个快乐的人正在享受一个快乐的假期，因此只能是心满意足，没有任何理由产生别的想法。尽管一开始他有点不高兴，碰到一些不如意的小事，但他不打算多计较，免得扫兴。

艾丽丝的问题是，觉得茫然不知所措，这主要在于她无法对埃里克明言她有多爱他，至少得让她有机会认为事情可能并不那么美好。要让她认为这个岛屿是个天堂，首先得让她有机会觉得它并不是那么十全十美。

可是在这件事上选择的余地很小。

"出了什么事啦？"那天下午在满满一水箱鳗鱼送到鱼缸里时，埃里克发觉艾丽丝不是那么起劲，便开口问道。

"没什么，我只是有点儿累。"

"可是我们睡觉的时间足足有十二个小时呀。"

"你说得不错，我马上就会好的。"

艾丽丝的朋友苏西及其男友马特处理两人之间的矛盾的方式常常令她很佩服。他们的关系一波三折，一会儿气势汹汹地一刀两断，一会儿又情绪激动地和好如初。平时只要稍稍有点儿不对劲，他们就会互相指责，仿佛对方犯下弥天大罪似的。"你这个王八蛋，"她会说，"我看见你整个晚上都在同她调情。""你这个婊子真是个口是心非的两面派，你才在同那个男的调情呢。"他会回嘴说，砰的一声带上房门走出去。

最初见到这样的场面时，艾丽丝自然十分担心，她想他们这

210.

么高声嚷嚷，两人的关系看来是完了。但是，几分钟过后，他们就讲和了，苏西会告诉她说："你是知道的，他可以算是世界上最可爱的天使了。"——有谁会想到，说这句话的女人就在十分钟之前还在骂他犯下了种种十恶不赦的罪行。这一对互相发脾气，过一会儿又重归于好，他们十分自然地接受这两种情况都是在所难免的。

"同我们相比，连罗密欧与朱丽叶的关系也显得风平浪静了，"苏西说，"老是大声向对方嚷嚷，接着又亲亲热热。不过我们是天造地设的一对儿，真的。"

这种情绪激昂的决裂与重归于好的场面也许是处理问题的一种方式，它可以减轻心底潜在的对失去爱情的恐惧，等于是对某种危险的场景进行反复排练，从而抑制了发生真正悲剧的危险。就好比故意提起某个禁忌的词语，从而使得它不再那么敏感。由于决裂了这么多次，苏西已经对此司空见惯，也就不觉得有多大危险了；它在两人的关系之中也将爱情的终结估算了进去——这就像模仿心脏病死者痛苦的表情加以嘲笑，从而驱除对死神的恐惧一样。

艾丽丝同埃里克之间从没有这样的交流。他们在到达旅馆的第一夜有过争论，但是却很难在心情愉快的时刻或者就在饮用美味的果汁朗姆冰酒时自然而然地再来谈论这件事。埃里克念念不忘的是自己，还有那种回想起来不会有什么常见的波折的恋爱关系。

因此他使人想起了一种特别的心理现象，我们可以称之为"为快乐而快乐"，在这个度假胜地，患有这种毛病的绝不只是他一个人。

旅馆餐厅的员工是北美人，他们便是典型的例子。

"嗨，两位朋友今天过得怎样啊？"那天晚上当艾丽丝和埃里克在旅馆阳台上坐下来用餐时，女招待问道，"我叫杰基，今晚你们要点什么菜都行，我马上就去叫。"

"谢谢。"艾丽丝说，不知道这是不是意味她也应该进行自我介绍。

"没问题啦，"杰基说，"今天的特色菜包括枪乌贼、海鲈鱼和一种大龙虾。"

杰基的脸上老是挂着一成不变的笑容，这似乎表明最为重要的事情是告诉大家每一样菜都是了不起的美食，结果呢，她不敢让现出如此奇妙表情的脸部肌肉有所放松，暴露出也许是痛苦的样子来。

快乐的情感自然是求之不得的，但为快乐而快乐却不简单地等同于快乐。快乐的人会微笑，因为他或她在这件事上可以"自己"作主。他们快乐，是因为落日十分美丽，或者爱人刚刚打来了电话；而信奉为快乐而快乐的人觉得快乐的理由只是"因为他们不可能不快乐"，因为他们患有一种僵化的毛病，就是无法将好和坏结合在一起来看。

杰基像进行增氧运动那样竭尽全力保持脸上的笑容，在她这

212.

种不屈不挠的决心中便有一点这种成分在内,而埃里克在晚饭时不住重复的话也是一样——"这道龙虾简直是妙不可言!""从来没有度过这么美好的假期,对吗?"——尽管从女友脸上的表情来看,她可能另有想法,可惜的是,他根本没有想到要去注意她。

在旅馆里,艾丽丝和埃里克同迈阿密来的一对儿交上了朋友。埃里克是在传真室里认识那位丈夫鲍勃的,他们都在那里接收自己公司发来的材料,埃里克同他以及他妻子戴西成了朋友。戴西和鲍勃都是律师,他们来到这个岛上庆贺结婚三周年(在某些圈子里,这一成就是值得庆贺的)。他们去年到英格兰去旅游,宣称自己是立场坚定的亲英派,无论艾丽丝和埃里克讲什么事情,他们都觉得妙不可言。

鲍勃的精力旺盛得简直压制不住:他组织沙滩篮球赛,晚上又组织乒乓球赛和国际象棋赛,又到邻近的小岛上旅游,还去远处的珊瑚礁用水下呼吸器潜水。他同他妻子一天都不休息,埃里克宣称他们是旅馆里最讨人喜欢的客人,他将来去美国时要尽力同他们联系。

艾丽丝开玩笑说,鲍勃的脸上就像女招待杰基那样老是挂着一成不变的笑容,这让埃里克发起火来。

"你怎么老是对别人这么刻薄呀?你怎么就不能喜欢他们,像他们对待你那样对待人家呢?"

"我又没有做什么对不起他们的事,我只是说,嗯,是这样,他们一天到晚都现出万分高兴的样子来。我问戴西她觉得今天怎么样,她说:'说真的,我真是觉得好极了……'"

"你这个人真叫人弄不明白,真不知道你怎么会这样尖酸。"

闲言碎语也是在锻炼信任:在一个人觉得某人能够理解自己讨厌的东西时,他才会开口说闲话。这也是一个互相配合的行动;两个人离大伙远远的,讲起别人的闲话来:"她那个人真是怪。""你不觉得他真的很冷漠吗?""你有没有看出来,她装着假睫毛?""他戴着假发吧?""她有没有继承那笔钱?"因此,埃里克拒绝配合艾丽丝,象征他的忠诚转移到别处去了;它意味着"我对新朋友鲍勃和戴西要比对你更加信任。我不想跟着你说他们的闲话,因为我的忠诚已经不在你这边了"。

圣诞夜在海滩上举办了一个大型的烧烤活动,请来一个雷鬼[1]乐队为客人演奏。旅馆方面决定搞成化装舞会,客人们这会儿正身穿五颜六色的服装围着篝火跳舞。鲍勃和戴西穿的是既分不清属于哪种宗教又分不清是男是女的印度服装,都戴着锡克人的头巾,穿着提吉衫和纱丽[2];埃里克呢,穿着草裙和夏威夷衬衫。艾丽丝在一旁观看他们围着火堆跳舞,他们勾着胳膊,以法国康康舞的式样一前一后地踢腿。

---

1 雷鬼是一种始于20世纪60年代中期的牙买加民间音乐,后与非洲、北美的流行音乐和摇滚乐相结合。

2 指印度妇女用于裹身包头或裹身披肩的整段布或绸。

214.

艾丽丝之所以不加入篝火周围歌唱的人群当中去,是因为这种场合常常会令她想起纽伦堡[1],从而使她产生一种病态的恐惧感。看着那些开心地放声高歌的人,她会觉得那些不停地唱着《铃儿叮当响》的人是多么容易改唱《德意志高于一切》啊。

鲍勃朝艾丽丝这里转过来。

"来啊,好人儿,来跳舞啊。"他喝足了朗姆酒和潘趣酒,醉醺醺地说道。

"谢谢你,鲍勃,不过现在不行。"

"来呀,好人儿,干吗不呢?"

"嗯,我跟伦敦芭蕾舞团签了合同,不经他们允许,我不能在公共场合跳舞。"

"你在伦敦芭蕾舞团跳舞?"

"对啊,你不知道?"

"不知道。"

"真的。"

"啊!你是在蒙我呢。"

"你也许说得不错吧,鲍勃。"

"哈,你们这些英国人!真是滑稽。"

不应该把为快乐而快乐者看成是一群乏味的人,正是由于他们的热情和精力,无数的圣诞晚会和其他聚会才得以组织起来,

---

[1] 纽伦堡是德国南部城市,二战结束后在此审判法西斯战犯。

社区的社交生活才变得大大丰富了。可是为快乐而快乐的人的脾气有个特点，那就是热切地想要迎合群体的心理需求，这使人想到童子军运动或者学校冰球队里那种丝毫不掺假的欢乐。

无论艾丽丝那个有关伦敦芭蕾舞团的玩笑是多么拙劣，意味深长的是鲍勃并没有立刻意识到其中所包含的讽刺味道。尽管信奉为快乐而快乐的人觉得许多事情很好笑，但有一桩事情他们是不会觉得好笑的，那就是他们自己。他们醉心于成功，对自己从事的活动抱着郑重其事的态度，因此自然不会对话中有话的说法有多敏感。他们看见别人踩在香蕉皮上滑倒会哈哈大笑，但却不情愿贬低自己，不愿意宣称自己或者他们所从事的活动具有很大的缺陷，有时候甚至很荒唐。

埃里克和鲍勃尽管生性信奉为快乐而快乐，但也很可能全无幽默感，这一想法是那天下午他们在谈论电脑时突然涌上艾丽丝心头的。那天午餐后，埃里克告诉鲍勃说他把笔记本电脑带来了，鲍勃回答说他也带了一台。于是两人回到房间去比较各自的机器。结果呢，鲍勃的那台体积更小，但埃里克的彩色显示屏却是目下最薄的一种，而且还有防盗装置，在被窃时会自动报警。

"这东西使我的生活发生了革命，"鲍勃夸赞他那个灰色小盒子说，"要知道，在我十年前初次接触计算机时，要达到这个小东西的水平，非要一台大得要命的机器不可。如今这些芯片竟然有这么强大的功能，真叫人没法相信。过不了多久，这些机器大概也会像恐龙一样了。我们正处在电脑的一次全面革命的前夜。"

216.

"我想你说得不错,"埃里克回答,"这仅仅是开始,生活的每一个领域都会因科技的发展而发生变化。过不了几年,人人都可以借助以光纤连接的电脑直接对话。一切都电子化了,纸张和墨水再也用不到了,生产力会得到极大的提高。"

对科技发展的未来作出如此的预测,你自然应该屏气静听。在激光、硅片和光导纤维的影响之下,目前这种缺点很多的生活方式会消失。世界将会进入一个新时代,那时候有什么不能做的呀,我们今天的一切简直不值一提。面对这个极乐的科技天堂的前景,那些等电脑小得像面包时还认为自己的生活不会发生变化的人将会无话可说。

可是艾丽丝的怀疑却不是那么轻易就会消失的,也许正因如此,她才会问鲍勃和埃里克在这场伟大的电脑革命之后人还会不会继续写情书。

"别说傻话了。"埃里克回答,注意到了她的讥讽口吻(的确没有什么创见),可是却并不同意。

"艾丽丝,那当然会写的,"鲍勃完全没有听出她话中有话,他回答说,"大家会通过电脑来写情书。假如你想要写给埃里克,你只要按一下他的号码就成,也许连写都不用写,只要心里一想,情书就发出去了——那时候神经细胞可以连接到处理器的外接端口上了。"

在来巴巴多斯途中,埃里克对他们乘坐的波音747的科技含量大有感触。他谈起了巡航速度、减速、副翼、雷达、罗尔斯-罗伊斯引擎和反向推力,并指着机翼说:"这种制造工艺的精确程度真是难以想象。"艾丽丝只得承认这个庞然大物能在半天之内从伦敦飞到巴巴多斯实在是了不起,但是她的热情还是有一定限度的。精确的工艺水平并不能改变一些基本的东西。她无法忘记这架波音飞机的机翼是在华盛顿州西雅图由一群工人装配而成的,这些人本质上只是一些高度进化的猿类,他们欺骗自己的妻子或者丈夫、乱发脾气、争风吃醋、勾心斗角、局促不安,每天都要拉屎,而且到头来还会死去。

嘲讽是她本能上的反应,用来对付科技的风险和其他牌号的毫无幽默感(因此在某种程度上是残酷)的妄自尊大的说法。它就像个图钉,用来啪的一声刺穿那随时可能膨胀起来的一本正经的气球。

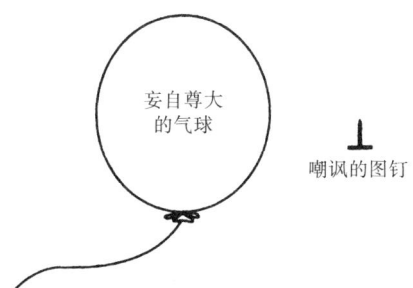

前一天在旅馆里举行了乒乓球双打比赛,埃里克和艾丽丝搭档参加。她偶尔会老练地抽杀两下,但这并不能掩饰她的球技很差劲,他们开局打得还不错,但接下来就不行了,显然很难取得

218.

什么好成绩。可是埃里克却一心要好好表现一下,最好能打入前八名(这样便可在酒吧里获得一杯免费的饮料作为奖品),艾丽丝老是抽杀出界,弄得他越来越光火——最后,她只好提醒他:"别担心,大多数在温布尔登赢球的选手都在这里失败过,因此我认为你的运动生涯大有前途呢。"

"注意一点,你没有接好旋转的球。"

"这只不过是玩玩而已。"

"只有输球的人才讲这话。"埃里克生硬地回答,他极力不愿意把气球刺破。

圣诞夜艾丽丝望着鲍勃、埃里克、戴西和其他客人围着火堆跳舞时,不觉想起正因为妄自尊大的人缺乏幽默感,他们才仍然在笑。说真的,他们有可能比别人笑得更响更厉害,但是,这种笑缺少了幽默最丰富的源泉——即承认自己荒唐可笑。

可惜的是,有一桩事情艾丽丝老是看不开,在这件事上,她无法以一种自我嘲讽的态度来对待,这件事恰恰就是爱情。

潜水、卢梭和想得太多

那天夜里他们很晚才回到房间里。在做爱之后,艾丽丝温柔地把头倚在埃里克的肩上问道:"你在想什么呀?"

"嗯?"

"你在想什么呀?"

"没想什么呀。"

"什么也不想?"

"没,真的没有。"

耳边传来轻风在树丛中沙沙吹过的声音,空气很潮湿,预示夜间会有风雨。艾丽丝的目光转向阳台外面,看见月光照亮了整个海湾。

"你看我们的关系将来会怎样呢?"

"艾丽丝,现在是半夜一点半了。"

"那又怎样呢?"

"我们现在不谈这个问题了。你干吗总是把事情弄得这样复杂呀?你想要知道什么呢?我干吗不向你求婚,是吗?"

220.

埃里克朝床另一边转过身子，头也在枕头上别了过去。
"在我们做爱时你从来不看我。"
"艾丽丝，请别说了，我们明天再谈，行不行？我累坏了。"

第二天早晨，艾丽丝告诉埃里克她不想吃早饭，他一个人去吃算了。他从旅馆餐厅里回来时，看见她还躺在床上，专心阅读《了解自己和你的伴侣》的最后几页。

"艾丽丝，快收拾一下，我们要来不及了。鲍勃和戴西十分钟后在码头上等我们呢。"
"我今天不大想去潜水。"
"你昨天说要去的。"
"胡说，只是你以为我要去，因为别的话你根本不想听。"
"我该怎么办呢？我又没有钻进你的肚子里。"
"对，可你就不能开口问一声吗？"
"你今天一早脾气怎么这样大？能不能放松一点？"

（埃里克常常叫艾丽丝放松一点，尤其是在他惹得她无法放松的时刻。这个词儿并不是随便使用的。埃里克原本也可以讲："你能不能冷静一点儿……"但是冷静这个说法中带有一种责任，而叫人放松一点就不会有。需要"冷静下来"的人所以会激动，往往带有正当的理由，而叫一个人"放松"，意思就是指她对一些客观上毫无害处的情况反应过度——尤其是在把重音放在这个词的第二音节，还把 a 这个音宽宏大量地拖得很长的时候。

可以从古希腊那句"认识你自己"的教诲和叫人"放松"的命令之中找到某种联系。古希腊人羡慕和模仿的对象是讲究理性、自觉的人,与此类似的是,放松便是西方心理学上的新理想。不同之处在于,希腊人对理性的掌握意味着需要作出努力,在理性生活的名义下克服某种东西(即激情),而叫人放松的命令只是意味肌肉的放松,以便在电视机前度过一个舒适的夜晚。你可以在睡觉时放松,那只是一种被动的状态,并不像停顿那样起着间隔的作用。)

"不,我才不他妈的放松呢。"

"嗯,干吗不呢?见鬼,艾丽丝,你究竟想要什么呀?"

"我要知道,干吗非得要我这么闹一闹你才会问这样的问题。"

"什么样的问题?"

"我想要什么。这到底是怎么回事。我们将来怎么办。"

埃里克望着窗外的浪花。碧蓝的天空阳光灿烂,几乎没有风,但很凉快舒服。晚上下了一阵雨,树木青翠欲滴,小鸟把尖细的鸟喙伸到他不知名儿的花茎很长的鲜花里。

"你干吗从来不想谈呢?"艾丽丝问。

"因为谈得太多根本没有用。"

"为什么?"

"就因为没用。喂,要是我们现在不抓紧的话会迟到很多时候了。"

"我不管,告诉我为什么。"

"你到底要不要去潜水呀?"

222.

"我不知道。"

"你现在得马上决定。"

"那样的话,我不去了。你一个人去吧。"

"天哪,你这个人真扫兴,"埃里克厉声说,他跑到浴室里拿了条毛巾和一管防晒霜,"艾丽丝,你可知道你的问题吗?你把所有的一切都复杂化了。你想得太多。对了,想吧,这一整天就待在家里吧,你肯定会过得十分快活的。要是你没能看到整个加勒比地区最漂亮的海水,这可不是我的错。"

他最后一次企图引起她对潜水的好奇心,随后便冲了出去。他穿着人字拖鞋啪嗒啪嗒地走过木质走廊,沿着砂土小道,穿过树丛,朝海边的码头走去,一路上朝园丁挥手。

"你好啊,老兄?"园丁答道,"今儿到海滩去天气可真棒啊。"

"真的很棒。"夹着美国口音的埃里克说,口气和蔼得几乎叫人受不了。

埃里克对艾丽丝的气恼也许不难理解。他想去潜水,去游泳,他想要无忧无虑地度假,他坚持要开开心心地度假,然而(就像可怜的老查理·包法利一样)他却遇到了一个紧绷着脸的女人。无怪他对她说她想得太多了。

大家常说痛楚和问题刺激了思想活动。例如,我平常并不感到小脚趾的存在,只有它踢到桌子,猛地一疼时才会想到它。只有在脚趾或者其他更大的东西出了毛病或者发痛时,我才会想到它。这种心理活动是按照下列模式进行的：

$$问题/痛楚 \xrightarrow{导致} 思想$$

无论这一说法看起来是多么无可争议，但还存在着与此相反的理论，这种理论并不把思想看作是对痛楚或者问题的"反应"，而看成是它的"起因"和来源。按照这一模式，这个公式便颠倒了过来：

$$思想 \xrightarrow{导致} 问题/痛楚$$

为了方便，我们不妨将第一种称之为"理智型"的观点，把第二种称之为"自然主义"的观点。

哈姆雷特究竟是因为有问题才想得那么多呢，还是正因为他想得太多才有问题的呢？

知识界人士会回答说，哈姆雷特的思想是因为问题而引起的，思想并不会导致问题的产生。这一论点中隐含着一种信仰，即认为对问题进行思考是人类解决问题的最好办法——这种信仰存在于尚福尔[1]的名言"思想安抚一切"之中。

另一方面，自然主义者却把思想看成是一种毛病，人们思

---

[1] 尚福尔（1740—1794），法国作家、哲学家。

考,名义上是为了解决问题,但其实正是思想预示并且确实导致了问题的产生。思索是一种心理上的疑病——哈姆雷特只是在想哪里可能有点疼时才真正感到了疼。因此,自然主义者会建议那位王子尽可能少动脑筋,听任事情回归到单纯而安逸的自发状态;正是推理毁掉了一切。

在自然主义者长期的光荣史上,他们一直极力主张未经人类理性干预的事物都会远远胜过那些因人类文明插手而受到污染的事物。在瑞士阿尔卑斯山荒野中的瀑布要胜过僵硬死板的古典主义风格的卢森堡花园[1];一个面色红润的农民所具有的常识对我们的教益要比哲学巨作多;一根野生的未经施肥的胡萝卜要比人工栽种上市的味道更美;一种未受到思想禁锢而自由流淌的情感要比细加分析的情感更丰富更深刻。

卢梭或许是这种自然主义观点的最早最权威的代言人,他对文明的种种产物口诛笔伐,诸如奢侈的生活、艺术、科学、现代政府和思想。矛盾的是,他这个写下了十余卷著作的人,却认为书籍给人们带来了他们本来并不知道的痛苦:"只要依靠本能,人就具有以自然状态生活所需要一切;随着理解力的提高,他只能勉强支撑自己在社会上的生活。""我们的第一冲动总是最好的。"他宣称,只是社会生活和智力活动剥夺了我们自发产生的优点。他举例说,在哲学家窗前发生了一件谋杀案,那个哲学家只是"自己思

---

[1] 卢森堡花园位于巴黎市中心。

索了一会儿就抑制住了自然的冲动,没有给那个不幸的受害者以帮助"。与这个心智不健全的学者成为鲜明对照的是,卢梭以运动家的态度宣称:"运动员是最诚实的人,他们喜欢光着身子摔跤。"

尽管埃里克并没有光着身子摔跤(他只是偶尔打打乒乓球),但在这两种模式上,他的天性倾向于自然主义。这并不是说他热爱自然——他很少到乡下去,偶尔去的时候,对沿途所见也没有什么深刻的印象。他一点也不欣赏简朴的生活,而是追求先进的通讯手段和豪华的卫浴设备,他对不施用肥料的蔬菜或者不加管理的花园也没有多大的好感。不如说他迷恋的是情感上的自然主义,认为凡是放任自由表达的感情总是好的。但是,我们也不应该将他描绘成为一个整天沉浸在精神交流之中的神秘主义者,同艾丽丝多少显得有点庸俗的自立哲学的关怀相反。他不会靠在椅子上带着某些人在肖邦或者舒伯特作品演奏会上所有的那种安静而崇敬的面容,倾听自己内心的脉动。他对情感自然主义的迷恋只限于他对那些不愉快的情感所作的解释(而不是处理)的方式,那种情感就像是指甲划过黑板的声音那样令人难受。

在他猜出艾丽丝在情感上正经历指甲划过黑板那样的不快时(正如要去潜水的早晨那样),他的反应倾向于进行诊断,而不是帮助,他的诊断倾向于自然主义的责难,怪对方想得太多。他认为,艾丽丝的苦恼并不在于她的命运本身,而只是过分的认知所造成的暂时性的非本质的结果。应该把这些苦恼看成类似人遭受毒品影响后表现出来的古怪行为,而不是她的问题(更不是他的问题）——这种解释方式与卢梭建设性的看法很是相似，卢梭认为，人类的邪恶只是文明、金钱、商业和历史的产物，完全不是自然而然产生的。

从不那么客气的角度，可以把埃里克的情感自然主义解释为一种牌号的"常识至上论"，迷恋于一些简化论的观念，主张智慧的本质在于简约，真理"不言自明"，因此毋庸分析。在"是铲子就说铲子"这一直言不讳的幌子底下，常识至上主义者会把所有的园艺工具都称之为铲子，因为进行区分会耗费太多的精力——简化论被冒充成为阐明问题的方式。

要是问常识至上主义者，怎么会有战争发生，人怎么会堕入情网或者失恋，怎么会做出种种无比复杂的日常事情来，他会告诉你说，那些都是完全自然的。常识至上主义者会把好些领域称为"无法思考"，其理由并不是那些事情太"复杂"，而是因为它们太"简单"，完全可以"不言自明"。要是埃里克不想同艾丽丝谈，他自己内心认为这并不是他们俩的事情太复杂，而是因为这些问题太简单，不值得为之多费唇舌。

他对人类心理的看法意味着，除非人显然是在挨饿、无家可归或者给截掉了一条腿，否则别的问题都只是出于想象，因此不值得多加分析。这有助于解释为什么在他们抵达巴巴多斯的第一天，他会把艾丽丝的书籍称之为"放纵自己去反省的狗屁东西"。对于正在度假的人来说，这种说法有点突兀，埃里克之所以斥责她带来阅读的书,并不是因为这些书的作者都以居高临下的态度来教训人,其内容又失之简单,而是因为这些书会使人极感愉快,这种愉快是无法原谅的,因为它只是在放纵自己。

那么,为什么说反省是放纵自己,而戴呼吸器潜水或者喝果汁朗姆冰酒就不是呢?因为这意味着一种顾影自怜的快感,这也是一种手淫(那一向是性交的影子),其中带有自古就有的宗教上对自我进行谴责的涵义(当奥古斯都[1]划分世界时,他宣称两种爱创造了两个城市:"对自我之爱,对上帝的蔑视,创造了地上的城市;对上帝之爱,对自我的蔑视,创造了天上的城市。"——这一题材被帕斯卡[2]用到他那句不再自我陶醉的话当中,"'我'这个字眼很是可憎")。

在埃里克看来,考虑自我要比吃冰淇淋糟糕得多,因为这等于以虚荣的心态站在镜子面前孤芳自赏。这种谴责的前提当然有个至关重要的假设,那就是你一定会佩服镜子当中的影像。只有当你觉得自己很是了不起时,内省才会成为一件令人欣喜若狂的事情,真正成为一种自我放纵的行动,一种消遣,你会叹息说:"瞧,我多聪明!我不是既善良又温和吗?还很风趣。天哪,我真是出色极了!"埃里克并没有好好为艾丽丝考虑这一点,内省很可能是一件完全不同的远不那么愉快的游戏。

---

1 奥古斯都(前63—公元14),罗马帝国第一代皇帝。
2 帕斯卡(1623—1662),法国数学家、物理学家、哲学家。

228.

艾丽丝自己也对自然主义抱有热情。她极其热爱乡间的一切，她喜欢去潜水，购物时总是细心挑选不掺添加剂的，捐钱给禁止捕鲸的活动，要是读到有人又要在某处大加开发的消息便会勃然大怒。我们也许还记得她热衷出于本能的理解，对语言的贫乏感到气恼（"跟你一起在这里真好……"）。她也不是那种喜欢无缘无故把事情弄复杂的人——但是使问题简单化既可以意味简化，也可以使问题得到澄清。

前一天午餐时她和埃里克谈起了他的朋友乔什，他最近同他有过一场争吵。埃里克解释说："这倒不是说我对他不动气。他如果没有故意要惹恼我，我是不会对他生气。可是，他的举动惹得我很恼火，尽管我并不清楚他对我产生这种感觉是否有责任，尽管我产生这种感觉并不一定出于他的本意，因为他并不知道我在生气。"

"你的意思是你窝了一肚子的火。"艾丽丝说。

"对。"埃里克回答，想不到竟然有人会比他本人更加了解自己的感情。

还有另外一种形式的简单化，当艾丽丝在问埃里克想得太多有什么不好时，他只是简单地回答"因为"两个字。

假如她和埃里克的关系一点问题都没有，她是决不会问他说他们将来会怎样，或者批评他不愿意谈心或者放弃出去潜水这一难得的机会的。可是，这些问题已经出现了，她惟一的办法就是让埃里克不快，不去潜水，因此可以追随正在她脑海中四处游动的某些五颜六色并令人奇怪地觉得危险的鱼儿。

青春期

戴西和鲍勃正在码头边等埃里克，码头上系着一条小橡皮艇，那是酒吧间男招待 RJ 的。今天就是他带他们到附近的珊瑚礁去，在那里他们可以潜水，观赏珊瑚和各种鱼类。他们随身带了毛巾、照相机、野餐食品和一箱子啤酒及软饮料。

"嗨，埃里克。艾丽丝不来吗？"鲍勃兴致勃勃地招呼说。

"嗯，不来，你是知道的，她们这些人是会……"埃里克回答。

"我当然知道。"鲍勃眨了眨眼睛说，显然是将此归结到女人天生就难弄这一古老的说法上。这种说法使男人一身轻松，根本不用考虑自己在其中是否应该承担责任。

小船加快速度，向西驶去，三个客人坐在船后部的木条凳上，望着引擎在船后卷起了一阵阵波浪。

"她是个好姑娘呀。"戴西说，她用手压住大草帽，免得被风吹走。

"对啊，真的好极了。"鲍勃附和道。

接着是一阵静默，在开始说闲话之前往往都有这么一会儿的

230.

犹豫。艾丽丝拒不参加活动,为这事她自然会受到某种责难。

"你是说,你们认识有多久啦?"戴西问。

"哦,到现在大概有一年了吧。"

"妙极了。"鲍勃接口说,并不为什么显而易见的理由。

"我想男女之间恋爱时都是会遇到问题的,"戴西像是谈哲学那样以深刻的抽象口吻说道,"这既需要时间,又需要作出努力来磨合。"

"还非得成熟些不可。"

"你是说,艾丽丝今年多大啦?"

"二十四岁。"

"你呢?"

"三十一。嗯,其实快三十二了,到二月份我就满三十二岁。"

"啊哈,鲍勃和我也都不小了,"戴西说,"我们两个年龄加起来要超过七十岁了,对吗,鲍勃?"

"可不是嘛。"

"嗯,归根到底,她是个可爱的姑娘。"戴西作结论说,话中的"归根到底"一个词儿无意中暴露出,她原本是想加上一点不那么礼貌的东西。

艾丽丝比埃里克小八岁这件事他从来没有放在心上;事实上,他一向就喜欢年纪轻一些的女人,这使他在同性朋友之中赢得了专追小姑娘的雅号。他迷恋年轻女子,除了他所谓的她们的"柔软身躯"使他心荡神移之外,也许还因为她们使他能够不把他的财产看作是个人成就，而是到了一定年龄自然而然会有的东西。一个三十二岁的人老练成熟，就由于他在世上多活了这些年，在一个看惯了毛手毛脚的年轻男人的二十四岁的女子眼里，这自然会留下更加深刻的印象。

埃里克身上自有一种令周围的人佩服的东西。他跑的地方多，接触的人也多，这使他无论在会议室还是在餐厅里，旅馆还是办公室里，都无比自在，显得很有权威。他给人以一种老成持重的印象，那自然是年龄较大造成的。

年龄或者种族的不同很可能造成虚假的优越感：从事体力劳动的德国工人乘飞机去泰国，就因为经济发达和货币兑换率高等历史上的原因，他会感到自己成了百万富翁，花起钱来也就大手大脚。一个慢条斯理的英国人来到美国一个小镇后，就因为他说话带着英国口音，很可能被人们看成老成练达、魅力非凡而大受欢迎。

"她身上有些地方很不成熟，"在沉默了一会儿之后埃里克又开口说，"是这样，她常常喜怒无常，十分内向，我真的一点办法都没有。"

"这绝对同年龄有关，"戴西说，"她处在人生当中一个困难的阶段，刚刚步入社会，进行选择，试图对各种可能性有所了解，这对每个人来说都是很难的。我还记得自己在她那种岁数时的情况，男孩子对我简直受不了！老是变来变去的，自己也不知道心里想要什么，使我那些男朋友苦不堪言。嘿，鲍勃，幸好你那时

232.

候不认识我，要不然你会像埃里克今天这样，吃足苦头的。"

在别人把艾丽丝的事一股脑儿归结为某一年龄段特有的问题时，埃里克并没有提出异议。他看到别人强调的是她的年龄，而不是问题本身，觉得很是高兴，这使得他同艾丽丝之间的争吵怄气看起来像是难以避免的事，而不是说他做错了什么。他本来就不可能做错什么事，因为无论他怎么样，处在她这个年龄段，她总会是很难伺候的。她的抱怨只是成长过程中的副产品。"我们俩之间没有互相理解。"艾丽丝可能会说，但这一表面的信息无关紧要，她真正想要说的是，"我正处在人生中这样一个阶段，自然而然地会问情人，我们之间是否互相理解……"

无论这种对青春期的指责是否有道理，但它立刻就使人类痛苦的复杂性得到了简化。要是推而广之，应用到文学巨作上，那么，就会使世上的文学批评家个个失业。是什么使得哈姆雷特、拉斯可尼可夫[1]或者少年维特坐立不安的呢？当然是青春期的忧虑。那么堂吉诃德或者汉伯特·汉伯特[2]又是怎么回事呢？自然是中年的危机。那么，又如何来解释亲爱的安娜·卡列尼娜呢？很简单，真的，不过是经期前紧张症和恶作剧的激素作怪而已。

---

1 《罪与罚》中的男主角。
2 《洛丽塔》中的男主角。

厌恶女性

要是有人说埃里克患有厌恶女性的毛病,他肯定会大吃一惊,认为这一指控简直是胡说八道。他除了认为这一立场在社会上完全无法接受之外,还采取了积极的措施来证明女子很有能力。他在办公室里极力主张男女平等,并且将几个女同事提升到主管的职位。他极口称赞她们办事效率很高,并且同他的秘书开玩笑说她干的事儿简直抵得上五个男子汉。他有好些女性朋友,他在她们中间扮演了吉祥物和知己的角色。然而,无论埃里克是多么佩服女性,他必须认识到所有这一切都是由他居高临下地施与的。正由于他根深蒂固、把握十足地相信女性低人一等,他才可以对女子采取宽容大度的态度(具有讽刺意味的是,他热情地在工作上提拔女同事,正是最有力地证明了在他的基本信念中男女是不平等的)。

前面说过,每当艾丽丝显得强有力时埃里克更喜欢她,这一点似乎与他的大男子主义观念有些矛盾。既然艾丽丝依靠自己的努力获得成功时他最高兴,那么他干吗还需要坚持自己的优越感呢?这就需要对强弱作出更为仔细的界定,因为说艾丽丝强有力很可能有两种方式,只有其中的一种能使埃里克觉得舒服。

第一种我们可以称之为"自发的力量",也就是艾丽丝在心境良好并且能够驾驭生活的主要方面时,所采取的信心十足并且相当宽容的行为。她不会板着面孔待在家里看书,而是会一起去参加潜水活动(既是真去潜水,又可比喻其他类似的活动),对所有同她接触的人都笑脸相迎。这就是埃里克喜欢向人吹嘘将会成为全英国商界最出色的女强人的艾丽丝。这个女人在晚会上脉脉含情地朝他使眼色,或者在一场拘谨的餐会上厚着脸皮朝他伸舌头,这种时候他总会想到自己是多么爱她。

还有另一种形式的力量,我们不妨称之为"奥林匹亚的力量",这是按照爱德华·马奈于1865年首次在巴黎沙龙展出的名画命名的。《奥林匹亚》的展出在艺术界引起了轩然大波,它立刻被评论家斥之为淫秽下流。他们指责马奈偷天换日,肆意丑化传统的绘画样式,让模特儿摆出很不适当的粗俗姿势来。可是,真正令评论家担心的并不是形式上的离经叛道,这里面有个不便明说的问题,那就是模特儿维克托丽娜·缪兰脸上的表情。在(男性的)艺术史上,裸体女性几乎一直以温顺的诱惑姿势出现在观众面前。在闺房或者在古典园林的背景中,裸体女子总被画成期待男子挑逗求欢的样子,脸上的表情类似一个所求不高但又充满诱惑的忸怩作态的十五岁小姑娘。弗洛伊德时代之前对观画这类活动都赋予纯洁的目的,因此观众表面上都装成在欣赏伟大画作的样子,其实暗中却对画中的美女垂涎欲滴。这便是提香在《乌尔比诺的维纳斯》中所坚持的绘画传统,马奈在年轻时曾经临过这幅画,画上的女人温柔而天真,但显然准备随时委身给任何一个喜欢她的观众。他可以用自己的眼睛把她脱得精光,随自己高兴糟蹋她,不用担心她是否乐意。

《奥林匹亚》的情况就完全不同:它显然绝不是一朵畏缩的紫罗兰,而是一个明白自己的欲望并且对其充满信心的女子。要是说有谁企图挑逗的话,那么这个人很可能是她本人,而不是男性的观众,画上她的眼睛和嘴巴显示她甚至可能对男方那玩意儿的大小和他在床上的表现开上一两句的玩笑(在她看来很好笑,但对男方来说却是很要命的)。

在埃里克的眼中,艾丽丝有时候表现的力量与维克托丽娜·缪兰表情中所包含的威胁有几分相似——但是对他来说,这种威胁主要不是在性的问题上,而是在感情上。艾丽丝身上使他害怕的是她企图拆穿他的借口,直截了当地问他一些这样的问题,例如,"你希望我们这种关系有什么样的结果?"或者"我们做爱时你干吗从来不看我?"

他感到威胁的是要面对可以说情感上远比他更加成熟的女人(这不是指泛泛的男女关系,而是指同他的相爱经历)。他不喜欢艾丽丝把这些问题摊开在他面前,她要"把事情谈明白",她问他感觉如何或者在某些情况下他干吗那样做。她老是想从他那里掏出一些什么东西来,而他呢,宁可在他自己愿意的时候再谈,她

236.

就像是奥林匹亚，主动挑起男性观众的情欲，而这一点通常都是掌握在男人手里的。而且，他又感到她喜欢刨根问底、咄咄逼人，有点儿可怕（尽管他是不可能承认这一点的）。他会缩回到自己的壳子里，巴不得什么也不回答，要是有可能就溜出房间去。不过，他通常只是改变话题，把音乐声开大，或者假装要打个电话。他心灵深处隐隐感到艾丽丝比他更加成熟更加聪明，这是很危险的，在她清醒的时刻，她可以看出他不过是个光着身子的皇帝，这一点是他自己都害怕承认的。

每一个男子在有情人之前都有母亲——从这个意义上说，每个男人在一种更为平等（或者事实上更狂暴更野蛮）的关系建立起来之前，都曾经有过这样的经历：自己当年只是个啥都不懂的小孩，一切都要仰仗无所不能的母亲。埃里克的母亲是个很能干的女人，他在小时候有点儿怕她。她以非凡的精力将四个儿子抚养成人，非常善于理家，儿子裤腿太长，她帮着折起贴边来改短些，有点儿小病小痛也是由她治，她熬果酱，做蛋糕。同时也老是愁这愁那的，有点让人透不过气来，她常担心儿子的围巾和套头衫够不够穿戴，他们有没有忘掉吃药，功课是不是做好了。

这使埃里克强烈地渴望独立的生活，虽然他如今穿的是套装，衬衫袖口用了链扣，给出租车司机小费，身上还带着名片，但他对女人的态度仍然带有当年校门口那个小男孩的痕迹，那时候他使劲把想要吻他、替他扣上大衣的母亲从身边推开。

埃里克七岁那年,二月的一天,他打算跟几个哥哥去泰晤士河支流边的雪地里玩耍。他母亲担心他的身体,便同这个"小家伙"(这是他在家里的称呼)说他感冒刚刚好,还是不要出去。由于母亲这一整天不在家,埃里克还是跟哥哥去了。大家玩得很痛快。他也没有落在同伴后面,扔起雪球来并不比任何人差,他觉得自己像是个男子汉,不是他母亲口中的小家伙,而是像他哥哥那样是个出色的选手。他们在河上玩耍——从河岸这边向那边扔雪球——想不到埃里克脚下的冰突然开裂了。他陷到了冰冷的河水里,水不深,只淹到他腰部,可是很难受,他一路哭了回去。他几个哥哥把他弄到床上,他醒来时,发觉母亲正在朝他看。她宽宽的肩膀,圆脸庞,像平常那样严肃地笑着。她擦去他眉心的汗珠,用悲伤而单调的声音说:"小家伙,你干吗不听妈咪的话呢?"

埃里克厌恶女性,其根源就混合着下面这样的印象:害怕护士,害怕无所不能的母亲。但是,仿佛要使他摆脱这种形象似的,还有另一个形象让他仿效,那便是他的父亲,他父亲总是大叫大嚷,把母亲治得服服帖帖,在父亲面前他母亲变得出奇地温顺。他老是觉得惊奇,怎么母亲在父亲面前就这样俯首帖耳,他会大发脾气说晚上的肉馅土豆泥饼不好吃,又同母亲说家里弄得这么脏,还为了一些显然无理的事情责怪她。他很纳闷,像他母亲这么强有力的女人,怎么会毫无怨言地听任丈夫胡乱漫骂。

238.

埃里克明白了，有时候只要依靠古而有之的夫权作风，你就可以不费多大力气，使得一个向来独立坚强的女人俯首帖耳，不堪一击。无论埃里克出于何种目的，无论他可能交过多少女朋友，他的经历使他在对待女性的态度上受到两个极端的影响：一方面是长着一张大圆脸庞的母亲，另一方面，是在专横霸道的父亲面前软得像一摊泥的同一个女人。

埃里克潜水回来后，感觉到在道理上自己有点说不过去，并不能将艾丽丝看成是个脾气不好的青春期少女，相反倒是他处于被动的地位，他显得像一个不成熟的男人，在那种情况下溜之大吉，孩子气十足地去戴上呼吸器潜水。

"今天有好些漂亮的鱼儿你没看到。"埃里克一面在浴室水槽边拧干游泳衣上的海水，一面以和解的口吻说。

"那是肯定的。"艾丽丝回答说，她一点儿也不后悔。

"你白天是怎么打发的？"

"旅馆里加拿大来的那对夫妇带我出去滑水去了。"

"玩得好不好？"

"好，好极了。"

"没有晒伤吧？今天外面真的热得很。"

"没有，我很好。布拉特把T恤衫借给了我。"

"哦，那很好。你出去滑水真不错，你以前说过很想去滑水的，对吗？"

"我明天还要跟布拉特和丹妮一起出去,他们打算沿海岸到布里奇敦去。"

"啊,这主意看起来真不错。"

"对啊,我想明天是可以玩个痛快的。"

离开自己去度假

"艾丽丝,天哪!嗨!进来呀,你好吗?"

"我很好,看到你真高兴。"

"天哪,瞧你这个混蛋,晒得有多黑。"

"我知道,这一整天老是有人不怀好意地盯着我看。"

艾丽丝是第一天上班回家时顺道来看苏西的(她的男朋友外出了,她在替他看门),她俩站在门道里互相拥抱,就像多年不见的好友一样,其实艾丽丝只是不到十天前才乘飞机离开希思罗机场的。

"天哪,真叫人羡慕死了,你气色这么好。"

"苏西,你也不错呀。"

"不,我不行,我一点血色都没有,苍白得在夜里都会发光,其实,我还不是白,而是发绿,我有好久没有运动了。不过把你的假期讲一讲吧。那个岛屿怎样?还有旅馆啊什么的,所有的一切。"

"哦,很好,巴巴多斯十分可爱,我们住的平房没有窗户,只有一个窟窿直通外面,大海就在眼前,旅馆里有各种各样的娱乐活动,譬如滑水啦什么的。"

"听你这话我浑身上下都激动得要命——很是性感啊。"

"对,我想也是。"

"你们吃了好多热带水果,晚上还跳雷鬼舞吧?"

"对啊,都是这类事情。"

"罗密欧的表现可好?"

"还行吧。"

"天气怎样?"

"哦,一直很热,有时候夜里下雨,早上可能有点儿阴,但总的来说是呱呱叫的。"

"我想也是。噢,艾丽丝,我真为你高兴!来,再拥抱一下。"

来看苏西使她第一次有机会详谈度假的事情。她在办公室里只是简单地谈了一谈,心想同苏西她可以好好讨论一下她各种各样的感受以及自己矛盾的心态。

她常常说对某件事第一次所作的描述是多么重要,仿佛重要的不是事情本身,而是你对它进行描述的方式。直到现在,她仿佛仍然在度假,假期的种种回忆杂乱无章地时时在她心头萦绕。

"瞧,我把你寄来的明信片夹在马特的夹子上了。"苏西指着那张明信片说,那是她一个星期之前塞到旅馆的邮筒里的。明信片上是最大的那个海滩,一大片黄沙,周围环绕着绿色的植物和高大的棕榈树。大海碧绿,天空湛蓝。

242.

"我真想能同马特一起到这样的地方去；就是眼下手头紧，凑不起钱来。瞧瞧大海和天空的颜色——想到那样的地方，你没法不快活的。"

为了认同朋友的看法，艾丽丝不禁回忆起自己当初对度假的期望来，那一来就更加无法解释她目前的矛盾心态了。由于苏西一心把这次旅行看作是人人企望的梦想，她只得放弃原先准备将其中的内情详谈一番的想法（这自然是为了不使对方失望），而是简单地把加勒比度假说成是一场天堂之旅。

如果不把旅游看作仅仅是地理上的活动，而是心灵上的活动，那还更加有趣——不妨把外出旅游比喻为内心向往的历程。去尼泊尔翻山越岭，到加勒比海戴上呼吸器潜水，去落基山滑雪，到澳大利亚冲浪——这一切很可能带有异国情调，给人以启迪，但也很可能只是为了掩盖远为深沉的意图的低劣借口，也就是说去订票的人心底里其实巴不得出去旅游的那个人不再是原来的自己。

尽管旅行社装作为客户解决诸如起飞时间、客房和保险等一些琐碎的问题，但这一个行业内在的基础却是人人都有一种巧妙的幻想，那就是出钱度假会在某种程度上奇妙地得以摆脱自我。其观念并不是让"我"去度假，而是让假期去改变"我"这个人。

艾丽丝在伦敦时对自己度假的设想十分完美，其中没有任何使自己觉得不痛快的事情——她想象中自己一身轻松，不会心存疑虑、忧心忡忡、疲倦无聊，或者念念不忘追求什么。因为气温会有二十五度，因为度假地的植物或者日常的一切与伦敦的生活截然不同，她梦想毫不费力地融入到这样的景色当中，扮演卢梭所谓的"高贵的野蛮人"的角色，摆脱西方文明中各种问题的困扰，卸下心灵中往事的负担，再也不受到神经官能症的威胁。然而，想不到的是，尽管旅馆客房充满了田园风味，尽管水果鲜美多汁，尽管沙滩温暖而柔软，但却没有什么重要的事情能够规避掉。这些东西无论多么美妙，但同她内心的活动，同她乱糟糟的心理状态相比，只是一些细枝末节。

如果艾丽丝想要知道，她度假的经历为什么会同自己的预期如此不同，尽管那个岛屿和旅馆十分出色，但自己为什么还会像从前那样心乱如麻，那也许是因为她在把防晒霜、有关自立的书籍、比基尼游泳衣和太阳镜收拾打包时，忘记了应该将一样至关重要的东西留在家里，那就是她自己。

当她坐在伦敦对度假作出种种计划时，她只是急切地盼望去那个岛屿上，却没有想到她自己也会包括在未来那个等式中，她关注的只是海滩、棕榈树和轻风……

然后她就意识到，她在通过巴巴多斯海关入境时，并没有把

244.

出游时一心想要忘掉的东西留在家里，她意识到，她在这个万里无云的天气里来到了西印度群岛，但却随身携带着她真心希望留在家里的东西（说到底就是阴天又有谁在意呢？）——这东西就是"她自己"。

现实　＝　☺艾丽丝　＋　🌴(岛屿图)

蒙田在他的随笔《谈孤独》中说，有人对苏格拉底说某个人出门旅行之后一无长进。"我想是会的，"他说，"他没有把自己留在家里呀。"或者正如赫拉斯在同一随笔中所问的：

我们干吗要出门，
去到不同的国家和气候中？
有哪个被放逐的人会把自己留在故国？

人们谈论"逃避自我"，这一事实中有个意义却被忽略了，大家只是简单地谈论逃避这逃避那的问题。自我在这里可以理解为许许多多棘手的先天性困难的集合点。你无法集中某一特定的事物——否则的话你就会谈到逃避"职业"、逃避"天气"或者逃避"我丈夫"。使用"自我"这个说法带着一种含糊不清的生存疲劳，一种挫折感，因为老是寄居在这么一个躯壳之中，心灵活动时老是跳不出那个熟悉的思想牢笼，你感到无比的沉重。

艾丽丝忘记了，景色本身有可能改变，但欣赏景色的眼睛是不会变的。她曾经客观地展望未来，似乎可以不必经受实地介入的痛苦而从中受益。如今回顾时，她不觉为自己想象力的贫乏而大为震惊——只要从她当前的焦虑中减去那些与在伦敦生活和工作直接有关的问题，就能够认识到即使是在一个天堂般的岛屿上，也会有许多事情令她在夜间无法入睡。她非但没有这样做，相反却把希望完全寄托在天气和景色可能使一切发生变化这一点上，这就像个蹩脚的演员一样，以为只要有好的服装和舞台布景，自己表演的独白也会大有改进的。

她也许意识到了幻想破灭的过程。就在离开伦敦前，她在随手翻阅一本杂志时，看到了一组题为"沙滩美女"的专页。整整五页刊载着亮闪闪的照片，上面是一个高个子金发模特儿，在黄色游泳衣上披着一件白色的亚麻长裙在海边漫步。艾丽丝尽管并不喜欢穿白色裙子和黄色游泳衣，也没有多少钱可以随意乱花，但照片上还是有使她怦然心动的东西，她在信封的后面将那个商店和设计师的名字记了下来。

不过，在她抵达巴巴多斯，来到了与照片上有几分相像的海边时，她十分惊讶地发现那套装束在这里根本派不上用场。她人不够高，一到沙滩上裙子就会拖脏，那种服装看来是最不适宜的了，在白天显得太正规，在晚上又显得太随便。"见鬼，我怎么会去买这堆废物的呢？"她暗自纳闷，并且心底里决定将它放到她衣橱里那些不穿的衣物中去（糟糕的是那些衣服还真不少），那些

246.

衣服都是她在失恋或者恼恨自己等心灰意懒的时刻购买的，在心情愉快、更切合实际的情况下看（在花钱购物——"不管是什么东西"——的冲动稍为平息下去之后），它们根本就穿不出去。

艾丽丝花钱购买亚麻长裙去加勒比度假这一行动，也陷入到了消费主义的传统陷阱之中。在不是为需要而购物时，你下意识的目的也许并不仅仅是获得某种产品，而是希望借助某种东西来改变自己。她在那条长裙和游泳衣上花去了辛苦挣得的八十英镑，想要得到的与其说是那套由某个心狠手辣但思维平庸的设计师设计出来并被时装杂志吹得天花乱坠的定价过高的讨厌的服装，还不如说是她见到的那个身穿这套服装的难以捉摸的"人"——这听起来有点可笑，但她向往的并不是那个模特儿身上的衣服，而是模特儿这个"人"。

那么，结果又怎样了呢？她从行李当中把裙子拿了出来，认识到要穿到里面去的并不是照片上那个晒得黑黑的雕塑一样美妙的胴体，而是她熟悉的自己那个胖乎乎的身躯，身上毛病不少，腿太短，臀部不够结实，腹部收得不够紧，乳房不够丰满。真是骗人！她可以把所有的钱都花掉，但是她想要的东西却没有人能够卖给她，那就是"另外一个人"。这种窘境很是残忍，因为你跑进服装店怎么说得出口，说你要的不是多大尺码的衣服，而是一个不同的自我——或者同样，不动声色地问旅行社，有没有什么地方"只要能让我离开自我就行"？

在希腊语中，"乌托邦"的意思是"根本不存在的地方"。可是在艾丽丝的身上,这一不存在的地方却相当具体。她相信乌托邦本身是存在的(鲁宾逊·克鲁索旅馆就充满了田园风味),她只是断定自己绝不会完全介入其中。这并不是出于社交或者经济上的原因,而只是基于这样一种矛盾,那就是,为了要享受某件事的乐趣,她非得全身心地投入其中不可,但那一来又会破坏了给你带来乐趣的那件事。

"世上没有天堂,有的我们都已经丢失掉了。"怀旧的普鲁斯特说。不那么孤僻的作家倾向于期待未来还会有天堂,但有关过去或未来(对度假小册子充满向往或者留恋地望着刚刚度过的假期中寄出的明信片)的问题症结在于,你可以对种种场景进行想象,并不一定要实地去玷污它们。

一个接一个星期过去,艾丽丝眼看晒黑的皮肤渐渐恢复原样了,她领悟到了那条古老的真理,说的是一个抛弃妻子与情妇结婚的男人肯定再会去找新的情妇——飞到加勒比岛屿的人仍然需要心灵上的天堂,从而来减轻阳光和大海都无法抚平的那种不可避免的失望。

248.

褊狭的观点

艾丽丝的背景并不同地球上某一特定的地方有紧密的关系。尽管她在伦敦住了多年,她母亲出生在英格兰,但有一对分别是法国人和意大利人的父母,她父亲是来自芝加哥的美国人,父亲的祖辈又来自俄罗斯。她没有祖居可回,没有哪个墓地埋葬了她五代的亲人,可以让她寄托对祖先的哀思。

由于艾丽丝的父亲早年在跨国公司工作,她从小就在世界各地居住,每隔几年就要换学校;她学会了英语、法语和西班牙语;家里来的客人各种各样,有外交官和学者、商人和画家、建筑师和会计师。她并不对某一个地点有特别的依恋,她的记忆乱糟糟的,好些地方都混到了一起。她在巴塞罗那的住房里见过春天的来临;她记得在纳伊的一个花园里嗅到过秋天的气息;她知道长岛[1]海滩上的沙丘和挪威寒冷而寂静的冰原;她读过多种语言的儿童书籍,熟悉好些童话、妖魔、邪恶的巫婆,还有巴巴和格林、波特和泽皮与扎佩[2]。

她弄不清自己究竟应该归属于哪个国家;常有人问她:"你

感到怎么样?"仿佛国籍是你出自本能的直觉。可是她没法将自己的感情局限在一份护照上,她在不同的国家里住过太多的地方,上过太多的学校,吃过太多的糖果,根本无法感到自己是哪国人。由于常搬家,她和朋友之间的友情一次又一次被无情地中断了。同她先后分手的朋友有五岁时最要好的苏菲,七岁时的玛丽亚,八岁时自己爱上的第一个男孩托马斯。

"你的根在哪里呢?"别人会问。根在哪里这句话到底是什么意思呢?是觉得自己来自某一特定的地方,认同某一种特定的气候、某些特定的文化产品、一个民族称之为自己的"民族性"的理想化心态。艾丽丝只看到了多样性,她在伦敦时,感受到了这里的建筑、街道和生活方式间相互的关系——她可以将这些东西同她所熟悉的其他城市和地方加以比较。她可以将旧金山的犹太男孩成人仪式同塞维利亚的圣餐仪式、巴黎和芝加哥面包不同的口味、纽约和伦敦天空不同的颜色等一一加以比较;她记得许多国家心胸狭窄的人的种种偏见。

与此相反的是,埃里克生长在一个二十世纪仍有可能见到的那种稳定的氛围中。他的家族在伦敦已经居住了五代,他们来自汉普郡的一个村庄,他的祖父母在那里仍然有个农场。他的父母

---

1 纳伊在法国,长岛在纽约。
2 巴巴是法国童话作家布吕诺夫系列童话中的主角,是一头小象;波特,指毕翠克丝·波特(1866—1943),英国童话作家,创造了彼得兔的著名形象;泽皮与扎佩,一对双胞胎,是西班牙广为人知的漫画形象。

250.

一直住在位于诺丁山和荷兰公园之间的一所宅子里,他就是在那里度过童年的。每当他回到那里时,附近街上开店的都认识他,他母亲叫得出送牛奶的、卖肉的人的名字。在那种地方,商家和客户之间存在着一种几乎类似封建领主时代的效忠关系。埃里克身边的朋友都是自小就相熟的,他办公室里的合伙人就是他幼儿园时的同学,他如今的朋友圈子从他少年时代起就大同小异,由于一直在同样的环境中生活,也就不会对自我身份有什么疑问。

"我不知道自己有什么感觉,"有天晚上,埃里克问艾丽丝有关国家归属的问题时,她回答说,"你自己觉得怎样呢?"

"我看自己带着英国味。我的意思是,我几乎无法感到自己还会有其他身份。"

"对啊,不过带着英国味对你意味着什么呢?"

"老天,我不知道,这只是符合常规而已。它是一系列的印象和感情。例如,上周末我们从希思罗机场回来的路上,我感到沿途所见十分亲切,觉得这是我的祖国。这与乡间景色和建筑有很大关系。而且,你在国外时,一见到英国人或者英国的东西,就会觉得亲近。在巴巴多斯时,我看到《金融时报》或者听到英国广播公司的广播时,就会有这样的心情。"

人在同别人建立某种关系时并不只是他孤零零的一个人——随之而来的有一整套文化上的东西,包括他的婴儿和青年时代、亲友关系和种种传统,这些背景也许可以称之为他的特定"领域"吧。构成领域的不仅仅是民族特性,还有其他很小的东西,可以进一步分成令人眼花缭乱的阶级、地域和家庭特征等。这是一系列在很大程度上下意识的东西，你常会将它看成是符合常规：大街或邮局柜台都是常见的样式，晚间新闻报道和填写纳税申报表都有一定的格式，向朋友问好、铺床、打扫房间、挑选家具、订餐、在汽车里安放录音带、洗碗碟、寻找度假地、结束电话交谈、计划如何度过星期六的方式，无不符合一定的规矩。

"你怎么总是想在星期六下午去看电影呢？"一月份的一个周末，艾丽丝提出去看下午二点钟的日场电影时埃里克问她，他想看晚上九点钟那场的。

"下午去看电影有什么不对呀？"艾丽丝回答，当年她同父亲关系不是很密切，父女之间的交往很大程度上便是星期六下午一起去看电影，这个时间在下意识中还同她对父亲以及当时看的电影连在一起。

"我不知道，不过这真是很有些奇怪。"埃里克回答说，他家里一向对他母亲所谓的"电影片子"抱着戒心，他们周末下午总是以传统方式度过的，不是去玩橄榄球、踢足球、打板球，就是去球场当观众。

"有什么奇怪的呢？这更方便，因为下午人不多，票价还便宜。"艾丽丝回答说，从父亲那里得来的观念同男友家里的传统观念发生了冲突。

"可是，你从电影院里出来，看见外面还是大白天，那不是很怪吗？"埃里克说，"你在看电影后，总希望走出来时天是黑的,而不是在阳光底下,你会准备上床睡觉,不是再去吃饭,做其他事情啦什么的。"

恋爱关系肯定意味着两个领域的碰撞。就连成长背景不是那么简单的艾丽丝也有个领域,尽管你很难将她简单地同某一个国家联系起来,你不能说她带着这么强的"英国味"或者"美国味"或者"中产阶级味"。

在这一关系中显而易见的是艾丽丝逐渐认识到,埃里克在处理两人分歧时成功地把造成分歧的责任完全推到她的身上。这意味着在他的领域里一切都符合常规,要是他们看电影的习惯或者对食品、颜色、礼节有什么分歧的话,那么应该说是她那边有点儿不正常。

总而言之,两个领域碰撞的必然结果是,她注意到埃里克具有变得"褊狭"的倾向——也就是说,只是固执于自己的传统,否认其他领域也具有同样的合法性。他不愿承认自己的立场决非绝对正确,而把自己的价值观看成是一个神教的宇宙的中心。

"这个周末在伊斯灵顿会议中心要举办古董交易会,"星期二早上,艾丽丝在浏览报纸时告诉埃里克说,"看起来挺不错。会有来自全国各地的古董商人,只要带着这张优待券,还可以打九折。我们同你那些朋友吃过饭后,顺路去一趟,好吗?"

"我看那没有多大意思。"

"我觉得好得很。"

"这个周末我还有许多事情要做。"

"那么我一个人去。"

问题似乎就这么定下来,早餐桌上一片寂静。

"告诉我,你干吗这样想去看古董?"过了一会儿,埃里克问。

"去古董交易会有什么不对的呀?"

"我也不知道,这真是有点……有点……"

"有点怎样?"

"有点儿老派,只有老奶奶才对古董家具感兴趣。"

"也许你奶奶是吧,我奶奶只喜欢风格派[1]的东西。"

"真的吗?你就是付钱给我奶奶,风格派这个词儿她也拼不出来。不过在那些古董交易会上都是些黑黝黝的发了霉的家具,全是外地的骗子弄来的一些蹩脚货垃圾,他们乒乒乓乓地敲着某个桌子胡吹,说那是齐彭代尔[2]的助手的作品。你会上当的;要是你想要买家具,干吗不到哪家新派的店里,买样式又新又好的东西,价钱虽然贵一点,质量是靠得住的。"

"那不合我的口味。"

"那么,你的口味就不能改进一点吗?"

"因为我喜欢这样。"

"就连喜欢的是垃圾也不在乎,是吗?"

---

[1] 风格派(De Stijl)是 1917 年起源于荷兰的以运用矩形和原色为特征的艺术运动。

[2] 齐彭代尔是 18 世纪英国著名的家具制造者。

254.

"真是见鬼,我不过要在周末做我想做的事,你干吗就要这样呢?"

尽管埃里克不愿意承认,但答案是因为艾丽丝喜欢做的事情同他没有关系,在他没有份的情况下她照样可以快乐,这不禁使他产生了一丝醋意。

最近,她对埃里克褊狭的妒忌心态有所觉察,他出于某种形式的惧外排外心理,对她领域中的某些方面公开加以谴责。她之所以有所觉察,这也由于她向来对别人的爱好及期望相当敏感——她往往很愿意按照别人的期望来塑造自己。

"我跟不同的人在一起,自己也会有所不同。"她承认说。你确实可以发现她跟不同的人交往时有一些细微的变化,她往往会注意别人爱听什么,而不是自己想要说什么。她母亲喜欢她明白人情世故,跟人交往时很老练,艾丽丝常常把自己受到邀请的事告诉她,这更使她相信女儿练达能干;艾丽丝还知道埃里克就喜欢听她说她是如何给汽车轮胎打气或者上班时如何进行陈述,她觉察出来她的朋友露西一听到她有成绩就不大高兴,因此在她面前总尽量保持低调,免得她动气。在她同自己有钱的朋友拉维尼亚说话时,她带点儿伦敦西部的腔调,而在同搞艺术的朋友戈登在一起时,她说话又有点路厄斯罕区[1]的口音。

艾丽丝说话时很注意各人的特点,对别人所爱所憎了如指

---

[1] 路厄斯罕区,位于伦敦,是个多民族文化融合、盛产艺术家的地方。

掌，尽量予以迎合。这样讲起话来很让自己紧张，因为你无法顺着自己的思路，老是被人牵着鼻子走，你为了给别人好印象，往往不惜前后矛盾。

在过去，她对是否将她同埃里克在各自领域中不相配的东西明说出来总是十分犹豫。她对他爱好极简抽象派的家具，政治上的保守倾向虽然不以为然，但总是尽量加以淡化，她总是犹豫再三，才开口跟他说他的领带买得不好，应该重买，或者叫他在城里开车时不要那样快。她不想把她自己喜欢的事情强加于他，例如到伦敦的公园里散步或者到乡间旅游参观具有历史意义的房屋啦，烤面包或者采取措施抢救亚马孙森林中面临威胁的部落啦，等等。她一再踌躇的还有，要不要煮她喜欢的素食茄子千层面给埃里克吃，或者把她的詹姆斯·泰勒的唱片放给他听，或者告诉他做爱前采用不同的挑逗方式。

度假回来以后，艾丽丝认识到自己缺乏勇气坚持个人的爱好，她开始考虑，自己在同埃里克的关系中究竟在多大程度上真正清楚表现了自己的个性。

那么个性又意味着什么呢？出席宴会时，大家称之为很有"个性"的人物往往只是说一些黄色笑话、哈哈大笑、用餐巾变一些小魔术、最后醉醺醺地去勾引女主人的人。要是某人只是同坐在右边的邻座交谈，接着又同左边的邻座交谈，然后悄悄地打个招呼离开，那么是不会有人称他有个性的。作为个人，他们的人品是没问题的，但就是够不上有"个性"的标准。

256.

个性是在差异和分歧的基础上产生的。只要一个人与旁人有不同,我们就会说他具有个性:如果你当众宣布你喜欢生吞虫子或者用耳朵唱歌,那么你立刻就会声名大振,成为一个"非同一般"的人。文学作品中有的是男男女女,但是具有"个性"的人物却是少而又少。堂吉诃德是个有"个性"的人物,约瑟夫·K就不是;前者如果出席某个鸡尾酒会的话,你一眼就可以认出他来,而后者呢,只是默默地坐在门边角落里嚼花生米,他的巴掌心有点汗津津的,脸上的表情有点紧张,极力装成只是另一个办事员的样子。

艾丽丝的母亲是个"真有个性的人物",她的朋友一提到她时都这样讲,他们欣赏她没完没了地说闲话,说一些不登大雅之堂的小学女生的笑话,大笑起来呼哧呼哧的非常滑稽。她总是身穿长长的粉红色套装,洒浓郁的香水,无论在哪里你都可以一眼就把她认出来——所有这一切都证明她的个性是多么鲜明。

而她的女儿呢,在有关显示个性的问题上就比她逊色多了。因为她并不盲目地想要标新立异,她身上也就没有什么明显的标记;需要相处一段时间之后别人才能明白她的一些古怪脾气。

在这些并不显眼的标记当中,有一个便是她对古式家具情有独钟——这一爱好显然惹得她的情人很不高兴。客观地说,尽管埃里克对她还是很关心的,但个性使然,他也不愿意对她那种爱好多加考虑,因为这同他对她的期望值相差太远了。

"他不想跟你去,见鬼,谁会在乎呀?"当艾丽丝告诉苏西说她要去古董交易会但埃里克却不同意时,苏西这样说,"你就自个儿去好了,准可以玩得痛痛快快。"

"我还没有决定去不去呢。"艾丽丝说。

"要去,当然要去,你已经说过了。"

"我说了吗?"

"对呀,要不然你干吗还发牢骚呀?"

"我想你说得不错。"

"我说得当然对。听着,马特有个好朋友菲利普,是个声学工程师,搞古典音乐唱片的,为人真是很不错。我记得他也很喜欢古董,或许你可以同他一块儿去,这样你就可以有个伴了。这事我来安排。"

你让我成为怎样的人

这星期晚些时候,菲利普打电话到艾丽丝家里,约她星期六在维多利亚车站外见面。

"我们怎么认得出对方呢?"艾丽丝问,"你长得什么样子啊?"

"哦,在我心情好的时候,我想我跟罗伯特·德尼罗有点儿像。问得真妙!我怎么认出你来呢?"

"我装在普通牛皮纸信封里。"

"真的很妙呀。"

他们把各自的外表详细描述了一番,在约定的那天,很容易就找到了对方。他们坐在菲利普的翠绿色MINI汽车中,往伦敦北部驶去。古董交易会在伊斯灵顿一个大会议中心举行,看上去里面真的放满了埃里克提到的长霉的旧家具。

"我真正想要的是厨房用的桌子。"在他们站在上层走廊里朝展览厅看了一会儿之后,菲利普告诉艾丽丝说。

"你看是不是能淘得到?"

"看来机会不大,对吗?不过也说不定。有时候没准真能碰上些叫人意想不到的好东西。有一回，在这种交易会上，我就淘到一张四根帷柱的大床，价钱便宜得简直可笑。"

"你睡四根帷柱的床？"

"我知道这说起来真有点不好意思，不过我的确睡那样的床。"

"我觉得这没有什么不好意思的，这很浪漫。喔，瞧那个柜子，要是放在我的床边准是呱呱叫。"艾丽丝说，他们经过的展台上放着一张大提琴形状的小木柜。

"只卖二十镑。"极力拉生意的卖家说道。

"价钱不算贵呀。"

"那就买下来吧。"

"买吗？"

"对啊，当然。要是你喜欢的话，干吗不买呢？"

一个半钟头之后，菲利普腋下夹着一张大提琴形状的床头柜（不过没有淘到中意的厨桌），同艾丽丝一起从人头涌动的会议中心出来，走到阳光灿烂的大街上。因为已经过了中午十二点，菲利普提议先将床头柜放在他的微型轿车里，再到附近卖炸鱼的饭店里去吃午饭。

"大海真令人惊奇，当你望着它时，它显得这样广阔无边，使得所有的一切都显得很渺小，是吗？"艾丽丝望着桌旁的海景图说。这幅图很大，把整面墙都占满了。

"使什么显得渺小呀？"菲利普问。

260.

"我也不知道,各种事情,我们所有的小问题呀,小麻烦呀。反正是那些晚上使我们失眠、白天让我们烦躁不安的事情。"

"你经常失眠吗?"

"嗯,也不算太厉害,不过我确实会有心事,你会吗?有时候我觉得自己的生活就像手老是放在刹车上似的。你明白我的意思,在开车时觉得车子发沉,然后才想起自己手还放在刹车上。我老是会这样。不过算了,我又在唠叨了。"

"一点也不。"菲利普回答说。艾丽丝淡淡地笑了笑。她拿起盐瓶,倒了点盐在手上,然后把盐滤下来,在面包盘子里堆成了一小撮。接着安静了一会儿,两个人都凝视着大海。

"嗯,我在书上读到,有一种鱼,"艾丽丝说,"生活在大洋底层,很少有机会遇见自己的同类。但是一旦遇见了,两条鱼便立刻交配,交配之后雌鱼就把雄鱼吞掉。"

"以这种形式来结束恋爱关系真是很残酷,无怪这种鱼十分稀少呢。"

"你说怪不怪?"艾丽丝问,"我老会想到这件事,在浩瀚的大洋里有两条孤零零的鱼儿,见面过后一条就把另一条给吃掉了。"

"比目鱼是哪位的?"女侍者问。

"我的。"艾丽丝回答。

在不知不觉中,菲利普和艾丽丝发现彼此可以无话不谈,根本不必像通常情况下那样,要试探好久才能竭诚相待。

更令艾丽丝惊异的是,她发现说话多的竟然是她自己。之所以令她惊异,因为在通常情况下,总是她对别人发问,别人没有机会向她提出问题——这使某些朋友给了她一个外号,称她为"面试官"。如果说表露自我与弱势有关,而强有力的人往往不露声色,那么"面试官"总是强有力的一方。不过,所谓强有力意味着艾丽丝的问题都有点像是玩弄权术,尽管她采取这种态度只是怕会暴露自己。她需要让别人明白自己内心的想法,只是不愿意强迫别人倾听其中的细节。就因为朋友感觉到她很有耐心听人诉说,大家就倾向于将她当作一个免费的心理学家,而不是个真正的伙伴。

但是,她却感受到菲利普有一种好奇心,使她想要讲话,而且他的诚实态度也使她没有了顾忌。两道菜还没有吃完,她已经把自己童年时很多事情讲了出来,她很少与别人这样坦率(当然更不可能如此迅速)地交谈。

"他这人很有才华,"艾丽丝在回忆她父亲时说,"人人都佩服他,同时又认为他很古怪。他总是忙着在世界各地奔波。他先在一家连锁百货店工作,后来又买下一个企业,专做商店橱窗的附属装置。小时候我很少看见他,每次见他,我总是有点儿害怕,拼命想给他留下好印象。我八岁的时候就已经记得他的生日,大家总会送给他一些昂贵的礼物,我也想送给他一件特别的东西。当然我没有钱,只记得找了好些大盒子,里面空空的,然后用花纸包扎起来,送给他当礼物。我特起劲,结果找了总有五十只盒

262.

子。可是最后并没有交到他手上,他去加拿大出差,旅途耽误,来不及赶回来过生日。母亲说太占地方,把这些盒子一股脑儿全给扔掉了。"

"看来她好像有点忌妒。"

"也不是没有这种可能吧。对了,她总是在父亲和我之间制造隔阂。可是她并没有将她的嫉妒心用到积极方面上去。我的意思是,她总是不让我见他,可自己又不想好好地理解我。也可以说,她起着破坏作用。她老是想把人们分开得远远的,但等到只剩下一个人时,她又不能从别人那里得到什么有用的东西。"

"她喜欢小孩吗?"

"嗯,原先父亲并不打算要小孩,只是上了母亲的当才生下我们。她一心想要孩子,也想要他满意,结果有了孩子也使父亲对她不那么高兴了。因此,我想她是把气出在我们身上。她觉得是她坚持要生下我们的,于是我们有问题她总觉得是自己的责任。我小时候不很聪明,十二岁之前很少说话,又很怕羞;母亲对此很恼火,因为她认为父亲才华横溢,如果孩子不聪明的话,那么,是她将所谓的'不良基因'遗传给了孩子。"

"她觉得她的婚姻幸福吗?"

"和我父亲?"

"怎么,还有其他的吗?"

"她如今同第三任丈夫在一起。"

"哦,那我就是指她同你父亲的婚姻。"

"不,我想并不幸福。她和阿夫纳走掉时我并不怎么伤心,因为我从来不觉得这个家庭有什么值得留恋的。我们从来不会全家人围坐在厨房的桌子边,玩快乐家庭游戏[1]。她为人很冷淡,几乎有点儿男性化。要知道,她父亲在她很小时就去世了,她是老大,我想她多多少少得担负起管家的责任来。她十二岁时就独当一面了,非得尽快像个小大人那样不可。正是这个原因,她一方面很凶很世故,另一方面又像是个满心恐惧的十二岁小姑娘,但又不肯承认自己的恐惧。"

"那么,你父亲干吗要娶她呢?"

"依我看,她也给了父亲某种形式的安全感。他们认识的时候他刚刚开始经商。他们都住在纽约,我母亲当时很是光彩照人,她在电视公司工作,干得很不错,他俩都想结婚。他们是在一次聚会上相遇的,结果不到三个礼拜就结了婚,这真是不可思议,但这也说明他们俩是多么急切地想要找到某种形式的安全保证。后来呢,又过了好些年,他们才弄明白事情也许不是很对头。"

"请原谅我说话唐突,既然是这样,你是不是感到很痛苦呢?"

"你真滑稽。我当然痛苦啦,是的,要知道,我只要听别人说自己的家庭很幸福,心里就会起疑心。那根本就不可能,至少我的家就是一团糟,人人都看得出来。你只要在我家待上五分钟,就会意识到事情很糟糕。那并不像是一个讲究礼节的地方,从个

---

[1] 快乐家庭游戏,一种以家人照片为纸牌的经典游戏。

个嘴里说出来的都是'亲爱的,多好呀'等等,在我家,人人都咬牙切齿,恨不得把对方置于死地。家使我想到了一个笑话,你听说过吧,说是有个人对心理分析医师说:'斯佩格莱大夫,前几天我说话不小心,犯了一个非常有趣的错误。我正在同母亲一起喝茶,我想说:"亲爱的妈妈,能不能请您把糖递给我?"可是使我大吃一惊的是,我说出来的竟然是:"妈,你这该死的婊子,你把我的一生都给毁了。"'"

午饭过后,他们到大街上溜达了一会儿,又到好几家书店转了转。由于天下起毛毛雨来,他们便回到汽车里,往伦敦市区驶去。

"要不要我替你把这架大提琴安放好?"在他们抵达她在伯爵街的住所时,菲利普问道。

"不用了,我自己会。"

"那也好。"

"真得谢谢你,你开车带我去,还帮了其他的忙——将来我得回报你。"

"当然。你可以帮我去淘我要的桌子呀。"

"好极了,那么我们再联系。"

艾丽丝跨出汽车,把床头柜从车后拿出来,微微挥了挥手,便进了大门。她把床头柜拿到自己房里,在上面放了一盏小台灯和闹钟,看到它放在床边很合适,不觉微笑起来——可是一想到埃里克一准会说的话,她的笑容就不见了。埃里克在晚上用餐时准会说这个床头柜再普通不过，花二十镑钱买这种东西，真是划不来。

　　这件事情使艾丽丝认识到她不是单单一个人。这并不是说，在伦敦、巴黎或者纽约的大街上走着成百上千个从她身上克隆出来的人，她们都有着同她多少有些相似的经历和生活方式，而是说她身上包含的自身的版本绝不是只有一种，那要看她跟什么样的人在一起而定。除此之外，她还意识到，在这些版本当中，有一些比其他的更加好些，更加像她自己。

　　埃里克和她度假时拍的照片终于从冲洗店里取回来了。晚饭后他们回到厅里看照片。在巴巴多斯拍的相片中，有一张是他俩站在住房外面的走廊上，从照片中的他们的肤色看，那是刚到不久拍的。

　　"瞧这一张。你这张照得呱呱叫，"埃里克说，"看起来妙极了。"

　　"看起来糟透了，根本就不像我，样子真怪。"

　　埃里克并没有认错人，照片上那个人的表情自然是她的（并没有哪个随便乱来的冲印店用气笔修过）。那张照片拍得也还不错，它只是照出了艾丽丝自己平时不常见到的侧面，因此她觉得不像是自己。

　　她的反应说明，哪样的"我"才算正确是具有一定标准的。并不是任何一张旧照片，更不是她站在巴巴多斯旅馆客房墙边的某张快照都能看成真正像她。她并不认同相机的自拍装置摄下的她的面容的某个侧面（推而广之也是她本性的某个侧面）。她从来

266.

　　不认为自己会有这样的笑容，不觉得自己的面颊会这样一片飞红，也记不得自己的头发会被风吹成那样子——照相机镜头虽然能够把人的影像忠实地记录下来，但这种形似并不一定能够传神，她不想让这些东西给专横地加到自己身上。

　　不过，这样的感情并不仅仅局限于相片，因为不仅是她的身体，就连她的性格也可以从不同的角度进行解读——从不同的方面，通过不同的镜头，在不同的情人眼中。与有些人在一起时，她觉得比在其他人身边更加"自在"。例如苏西，她觉得自己的想法特别容易得到她的理解。苏西对她的心理了如指掌，她总会说："艾丽丝，我心里有数，你是因为自己没法得到他才会喜欢他的。"或者，"你只是想另外找个人来做你自己想要做的事罢了……"还有她的朋友戈登，他对她喜欢逛商店并且忘神地阅读杂志的习惯完全理解，他总是以一种温和的嘲讽口气，开玩笑似地问："爱玛·B[1]，今天过得怎样啊？"等到她叹气时，他就会学她的样子更加大声地叹口气。

　　"别取笑我了。"她会抗议说。

　　"我没有啊，只是因为马莎百货商店里你要买的紧身裤卖光了，我伤心欲绝呀。"

　　"你是故意讽刺我。"

　　"阁下，有这么糟糕吗？"戈登总会一本正经地回答，逗得两

---

[1] 指包法利夫人。

人哈哈大笑。

也许是因为艾丽丝的朋友对她的小毛病都以开玩笑的方式作出回应,从而使她这个整天神经过敏的人变得像喜剧演员一样。大家都一致认为艾丽丝做起事来没有什么头绪,可是对此并不为忤,相反,在请她参加晚会时,总在她的请帖上把正常时间改掉,用"艾丽丝时间"代替,总要提早一个小时,以便她有时间从从容容地准备。他们以滑稽的夸张口吻来谈论她的欲望,例如要发现自我呀,要成为好莱坞崭露头角的明星呀,或者挽救巴西雨林呀什么的。这使她感到有人理解她、对她很宽容,而且因为她那些小毛病而喜爱她。

使她纳闷的是,为什么在她同埃里克的关系中就不能这样。在他俩的交往中,紧张的情绪似乎是不能提起的,或者很容易发展成为一点儿也不幽默的分歧。

由于那天同菲利普在一起很愉快,在他身边她觉得极其自在,于是当晚同埃里克在一起时,她希望也能把这种好心情保持下去。菲利普为人温柔而又不乏风趣。他很快就理解了她的特点,并且以一种机智的嘲讽态度来对待她。在饭店里他觉得她犹豫不决的样子很滑稽,便在主菜吃到一半时开玩笑地向女侍者要甜食菜单,说是这样可以让他们及时作出决定来。

她出门时兴高采烈,在走进埃里克的房间时信心十足,洋洋自得。

"怎么样,工作狂?你事情干完了吗?"她问埃里克。

268.

"嗯,你怎么回事?"

"没什么呀,怎么啦?"艾丽丝回答。

"我也不知道,你仿佛有点儿怪。"

"不,我心情好得很。"

"哦。"

"你要不要听听那个菲利普给我讲的一个笑话?"

"说吧。"

"好,是这样的,有两个犹太人站在公共澡堂外面,一个人问另一个人:'你有没有洗澡?'另一个人紧张地回答:'没有呀,怎么啦?是不是少掉一个啦?'"

"哦。"

"你听出可笑的地方来了吗?'是不是少掉一个啦?'"

"好啦好啦,谢谢,我明白了——冰箱里还有些蛋糕,你要吃的话可以拿。"

"好极了……"

按照维特根斯坦[1]的观点,他人对我们理解的范围标示着我们的世界的范围。我们免不了生活在由他人的看法所构成的框架之内——由于他人理解我们的幽默,我们才显得风趣;他人理解力强,我们才显得聪明;他人豁达大度,我们才显得慷慨大方;他

---

[1] 维特根斯坦(1889—1951),英国哲学家、数理逻辑学家。

人偏爱嘲讽，我们才显得话中带刺。性格就像既需要作者也需要读者的语言一样。对一群七岁的小学生来说，莎士比亚的作品只是一大堆令人莫名其妙的废话，阅读的内容如果超出七岁小孩的理解能力，他们根本就无法欣赏——同样，只有在情人能理解自己时，艾丽丝的潜力才有可能得到充分发挥。

她的性格中的某一方面像丑角一样，喜欢闹着玩，菲利普对此加以回应，并且给予鼓励，但是假如听她笑话的人懒洋洋地毫无反应，那么她又怎么能够说得下去呢？她别无他法，只能回到埃里克的观点强加给她的那种模式中去。

与其说人际关系的基础是他人的品质，还不如说是这些品质对我们自我形象的影响——即这些品质是否能够还给我们一个足够完整的自我形象。埃里克使艾丽丝感到自己怎样了呢？他是如何做到这一点的呢？她并不确切知道这一过程是如何运行的，这究竟是在她自己脑海中呢，还是确实来自外部。不过，长期以来，在他身边她老是觉得自己一无是处。她心中只觉得自己在物质上给宠坏了，智力上也不太行，斤斤计较于感情上的事情，对别人的依赖心理令人生厌。

埃里克从来没有对她讲过这样的话，那只是她同他在一起时对"自己"的感觉。当科学家想要知道导致某一结果的原因时，他们便进行一系列受到控制的实验。在这种实验中每次只改变一个因素，这样便可以将导致结果的原因分离出来。如果进行一次受控实验的话，艾丽丝很快就会知道埃里克是如何影响她的自我

270.

概念的——不然她又如何解释同他在一起时怎么会觉得自己这样不行呢？但她并没有注意到其中的联系。尽管她对自己变得很有些冷淡沮丧，但她对他却仍然温情脉脉（或者说带着热气腾腾的宗教激情）。埃里克影响了她的自我概念，而对她心中有关埃里克的看法却没有多大影响。

在 A 望着 B 的时候，B 肯定会受到 A 的注视中所包含的感情的影响。如果 A 觉得 B 是个皮肤柔嫩的可爱的小天使，那么 B 很可能感觉得到对方把自己想成是皮肤柔嫩的可爱的小天使。如果 A 觉得 B 是个嘻嘻哈哈的傻瓜，连二加二是多少都弄不清楚，B 很有可能觉得自己就同对方想象的那样越来越不行，最后很有可能得出结论说二加二大概是等于六。

使艾丽丝大感不解的是，这一运作过程竟然如此不易觉察。归根到底，觉得 B 是个嘻嘻哈哈的傻瓜的 A 很少会开口说"你是个嘻嘻哈哈的傻瓜"，以让对方明白自己的看法，而是以一种看不见摸不着的方式，使 B 忍不住要反省："是我的脑瓜有问题呢，还是……"

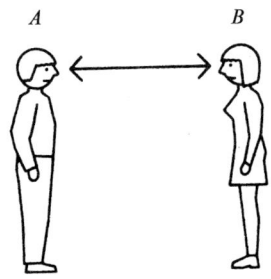

交流的方式有很多，不会仅仅限于公开表态——很少有人仅仅借助语言来表达自己对别人的感情。那么，在不明白表态的情况下，如何来传递信息呢？

艾丽丝对埃里克提到，她觉得他们的朋友克莱和迈尔斯有点像是母子一般。埃里克（他同迈尔斯从小就认识）立刻反驳说："哦，胡说，你又犯了平时的毛病，想得太多了。"

"可是你得承认，他俩之间的关系的确有点儿怪。他好像老是哼哼唧唧的，克莱呢，就会过来帮他的忙——看来他们像是喜欢扮演这样的角色。"

"胡说八道。他们为人真的很不错。"

"我不是那个意思。"

"那么你是什么意思呢？"

"只是他们互相配合得不错，这样可以……"

"你就喜欢把事情复杂化，不是吗？"

"不对，我只是想说出来而已。哦，有什么用啊？算了，不谈了。"

埃里克对这些话一再作出的反应表明（尽管并没有明白讲出来），他觉得艾丽丝这样关心朋友的感情生活，真是有点乖僻，这是她的幻觉，健康的人决不会觉得那有什么不正常的。他从来没有必要把这话讲出口来。他只要对她的想法嗤之以鼻，久而久之，他不用说一个字，意思就明明白白地传达出来，使她哑口无言。

周末，艾丽丝告诉埃里克说，她打算把一堆书搬到卧室里去。他后来问她道："你是不是现在要把你那些初版书搬进去

272.

啊？"他尽管没有明说她文化程度高或者书读得太多，但把她那些廉价的平装书称作是初版书，其实就是婉转地说她装模作样，就像那些买大本大本旧版书的人，并不是真的要阅读，而只是把书放在书架上装门面。

当然，艾丽丝没有时间细心解读这一（以及其他）攻击。她不愿相信自己的心上人会攻击她，因此也就没有作出恰如其分的回应，比如："我没有什么初版书，你是知道的，因此请不要挖苦我。我喜欢书，要是你觉得不痛快，也许我们可以好好谈一下。"相反的是，她只是闷闷不乐地回了家，心里也不清楚究竟是为了什么原因，或者是谁惹得她不高兴了。

即使没有这些尖酸刻薄的话语，艾丽丝在埃里克身边时的自我感觉也受到了他喜欢谈的话题的限制。假如他喜欢谈日元的走向或者下一代宝马车上的新引擎的性能，她立刻就领悟到她打算要谈的话题是不适当的。他并不禁止她谈她喜欢的事，他只是通过自己谈的事情表明，他对她讲的那些东西一点儿都不感兴趣。

因此，她忘记了自己在其他人跟前显得多么有趣，最终认为自己十分乏味。要是有个适当的同伴的话，她相信自己很有些事情可以谈谈，但在同埃里克一起吃饭时，她完全失去了这份自信，完全忘记了自己还有话要说——这充分证明，受到别人影响的并不是我们是不是"能够"谈什么事情，而是我们是不是"想要"说什么事情，"我们是不是还能够想到自己有话要说"。

接下来一个星期，艾丽丝同菲利普一起吃午饭。由于她的同事桑德拉方才宣布她在6月份要和男朋友结婚,谈话自然就转到了婚姻问题上。

"我想许多人结婚是因为他们害怕独自一个人过。"艾丽丝说,菲利普接过话头,谈了一番自己的看法,接着又让艾丽丝说下去。

我们可以把谈话的过程用树形图加以诠释,对话可以分成不同的分支,就看你说话的对象是谁;同一天晚上,艾丽丝和埃里克一起吃饭,由于她的同事上午宣布快要结婚了,艾丽丝又一次谈到了这个话题。

将这两个树形图作比较,我们可以辨认出左边是艾丽丝和菲利普谈话的过程,右边是艾丽丝和埃里克谈话的过程。

她:我想许多人结婚是因为他们害怕独自一个人过。

↓

他:我的朋友吉尔那天也跟我这样说,她说她受不了一个人生活,因此即使找不到理想的对象,也还是想要结婚。你怎么样?你不怕独自一个人过吗?

↓

她:我一点都不在乎。说真的,我只有单独先待上几个钟头,才觉得能够好好同人相处。我独自一个人时最做得出事情。

↓

他:我想独自一人待着和感到寂寞还是不同的。

↓

274.

　　她：对，有时候我一个人待着，但是心中却感到和许多人在一起，因为他们在我的脑海中讲话。我会想到别人对我说的话，我们在一起做的事等等——因此就不会有寂寞的感觉。

↓

　　他：我想假使你在一人独处时能够感到快乐，那么就可以在这个问题上有所选择。你总会感到，假如你想要找人谈谈心，你可以想起好多朋友。

↓

　　她：你这话真有趣，因为在大学里时我拼命想要同别人在一起，我很好交际，但内心深处又害怕同别人合不来。我老是冲到学校的酒吧里去，生怕别人把我落下。

↓

　　他：那么，是什么发生了变化呢？

↓

　　她：好多事情，真的，例如我工作了。跟别人交往时间少了，后来交了几个很要好的朋友，但不再参加到某个大的圈子里去了。我不再担心别人有什么想法，我认识到世界很大，你星期六晚上去哪里并不是了不得的事。

（伦敦迪安街饭店 W1 下午 1 时 31 分）

↓

　　他：结婚的年龄又提早了，我今天在报纸上看到的。

↓

她：你会不会觉得大家越来越害怕独自待着了？

↓

他：不，这只是经济上的原因。每当经济不景气时，结婚时间就会提早，是为了省钱。

↓

她：经济还会影响恋爱结婚，这真怪。

↓

他：在亚洲国家，青年人结婚时间大大推迟了，因为国民生产总值提高了。我不是跟你讲过吗？今天修车的打电话来，原来是变速器出了毛病。

↓

她：哦，真的，好极了。

（伦敦昂斯洛广场SW7晚上8时07分）

尽管树形图只是个小例子，但它却产生出两个各不相同的艾丽丝。菲利普对有关婚姻、同伴和寂寞的话题积极回应，这促使艾丽丝把自己的想法讲了出来，而埃里克的回应却不允许她这样做——因此，菲利普使她意识到自己与原先的自我认识稍有不同，原来她还是有一些思想的。埃里克从来不会禁止她讨论独自待着时脑海中想到许多人会有什么样的感觉，他只是把通往这条路径的交谈的大门关死，他无法了解到她心中原来要讲什么事情。

那么，她究竟喜欢午饭还是晚饭呢？

276.

灵魂

菲利普没有受到邀请去昂斯洛广场吃饭（他是在贝克街附近一家饭店里和几个乏味的德国唱片公司主管一起吃的饭），他喜欢午饭还是晚饭，这是问都不用问的。一整天，他不断想到了艾丽丝，第二天也是如此。这想法毫无邪念，只是他心目中常常出现她坐在对面同他一起用饭时的形象，她脸上的笑容有时候会变得异常严肃，几乎带着一丝悲哀的神色。

菲利普有个朋友叫彼得，晚上他们常常在酒吧里谈论构成幸福的要素——工作与爱情。接下来那周，他们见面时，他不知不觉地谈起了艾丽丝。

"我是通过马特的女朋友苏西认识她的。她们是多年的好友，她在干销售之类的工作。我们前几天一起去逛伊斯灵顿的古董交易会，她这人真的很不错。"

"在哪方面呢？"

"很难说，我也并不真的知道。"

"她长得很漂亮吗？"

"不，算不上特别漂亮。我的意思是，她身上自有动人之处，不过当然算不上是大美人。"

"她使你发笑吗？"

"对，会发笑，不过可不能把她看成是个表演单口喜剧的。"

"那么，她生气勃勃，可以说十分迷人，是吧？"

"说来也怪，对她我真的说不上来。在我想到这一点时，总觉得她仿佛真的很有深度，有点儿说不清楚。不妨说她是有灵魂的，你懂我的意思吧？"

"灵魂？"彼得重复道，他显然没有领会这是什么意思。

当法国启蒙主义哲学家拉美特利（1709—1751）于1748年发表他的著作《人是机器》时，知识界大为震怒，因为他竟然毫无人性地（那时候仍然是个重精神的时代）声称人类在根本上不过是一架复杂的机器，与把大门、水闸、齿轮、水管和原子安装在一起没有多大的不同——爬行动物、阿米巴原虫或者航海天文钟也是如此。

"人是一架机器，在整个宇宙当中，只有一种实体。"拉美特利说，这种实体自然就是不起眼的"物质"。这种观念向自柏拉图以来就一直在某种程度上无可争辩地占有统治地位的二元论发起了挑战。二元论认为所有的人都是由物质和灵魂构成的。哪方面更重要，那是一清二楚的；是灵魂给了人以生命和尊严，没有灵魂人便成了简单的机器，要是这架机器在股东会议上发作了致命的冠心病，那么他就肯定会死掉。

278.

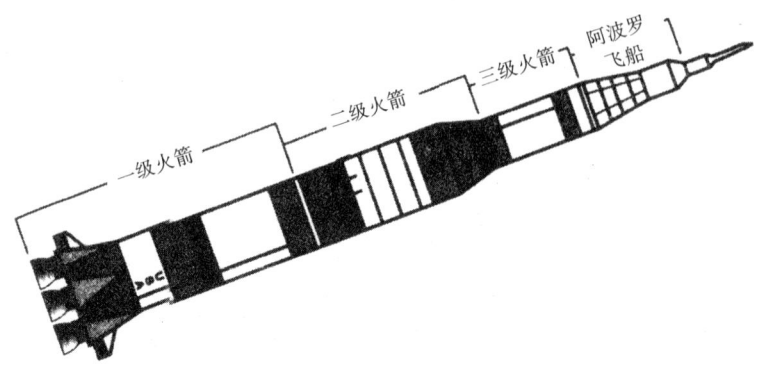

那么，这个灵魂究竟是怎么回事呢？它就像是1969年人类初次登月时乘坐的火箭头部所携带的航天器，这个航天器仅仅是巨大的阿波罗11号三个部分中的一个：宇宙飞船的总长度为一百十一米，但在宇航员飞行八天之后回到地面时，飞船只剩下了头部的那一小部分，一个高度仅为三米多的太空舱。阿波罗号的其余部分都用来将宇航员送入轨道，但是至关重要的有生命的部位便是那个小舱，因为它里面搭载着代表人类跨出一小步的宇航员。

研究灵魂的理论学家同样也把人一分为二，大的一方是在精神上无用的肉体，小的一方则是无比宝贵的灵魂。肉体与火箭相似，它载着心灵到处运动，动力来自所消耗的粗面包和双份奶酪的汉堡包。虽然肉体常常给人以深刻印象（尽管很少有哪个会有一百十一米高），说到底，它对人类在地球上的使命似乎纯属多余。在几十年的生命历程之后，能够留存于世的只是相当于太空舱的那个微小的心灵，就是用最强有力的显微镜，也无法看到它。

大多数哲学家都同意人分为永恒的灵魂和火箭一般的肉体，但坐在宝贵的飞船里究竟是谁或者什么东西，他们的意见就不那么一致了。太空舱里的东西自然会是一个人最重要的部分，但那到底是什么呢？

面对这个哲学问题，柏拉图出场了，他争辩说，理性是至关重要的，因此提出充分理由说，心灵是"理性"的航天器。对奥古斯丁来说，神是最重要的，他把相当于太空舱的心灵看成是希望升到天国的属于神的飞船——多少世纪以来，这一观点在天文学家和俗人之间都很有市场。不过，启蒙运动之后神的影响逐渐减弱，灵魂在神学意义上的作用也发生了变化。如果说人最重要的部分便是他的灵魂，而神已经不再那么重要，那么，现在心灵应该献给什么呢？

当然，并不是人人都相信心灵这个航天器应该分开来加以考虑，科学家和像拉美特利这样倔强的哲学家索性决定不谈这个问题，转而采取一种唯物主义的立场。只有那些神秘主义思想家和浪漫的诗人还在继续关心灵魂的问题，他们很快就往这个舱里塞满了"感情"这个东西。

作为人，每个人天生都有灵魂，但其大小的程度却各不相同——它取决于自己的"感受"。因此，某个看歌剧时挖鼻孔、打嗝、对诗歌不屑一顾的粗人会被认为是"没有灵魂"，在古时候，就连最低下的傻瓜也不至于会给按上这样一个罪名。"没有灵魂"

280.

渐渐意味着对艺术、文学和音乐这类事物木然无知。这就说明了戏剧家约翰·德莱顿（1631—1700）在提到莎士比亚时，为什么会认为"在所有现代，也许还有古代的诗人当中，他具有最广大的无所不包的心灵"。按照济慈的看法，心灵具有自己的营养（这里绝不是双份奶酪汉堡包），他在诗中写道（这对他自己和出版商都易如反掌）："诗歌应该是伟大而谦逊的，它渗入到人的灵魂之中……"

在两性问题上，因为看上对方的心灵而爱上某人似乎变得要比看上对方的肉体（火箭）要高尚得不知多少倍——尽管这两者的结局很可能都是卧室里的喘息。当玛丽莲·梦露（1926—1962）想揭露电影界道德沦丧的黑幕时，她对心灵的理解具有后启蒙主义色彩，她说好莱坞"那个地方，他们为了一个吻肯付给你一千美元，但是为了你的灵魂只会付给你五毛钱"。

因此，当菲利普告诉彼得说艾丽丝有灵魂时，他说的是一种迷人的感觉，就是她感受得很多很深。但他同她只是会过几次面，而且这几次会面都没有去听拉威尔[1]的音乐或者阅读华兹华斯的《序曲》，那么，他怎么会作出这样的表态呢？

尽管感情是一种主观的经验，但有人认为心灵还是可以看得见的，它积淀在物质的载体上，也就是铭刻在人的脸上。在理查

---

1 拉威尔（1875—1937），法国作曲家。

逊[1]的《克莱丽莎》(1747)中,作者描述说克莱丽莎的眼睛感情深沉。自古至今,诗人们一直把眼睛称之为心灵的窗口,那么,理查逊所谓的感情深沉的眼睛究竟是什么呢?

在某种程度上,西方绘画中感情深沉的面孔已经不见了——如今,画上典型的面孔都是带着微笑、春情荡漾,或者噘起嘴唇——可是,在现代欧洲早期的某些圣玛丽的画像中,我们可以看到一些感情深沉的面孔的出色范例。只要到伦敦国家美术馆去一趟,凡·德尔·维登[2]的《抹大拉读书》(绘于15世纪30年代)中抹大拉的马利亚的双眼中带着一种几乎捉摸不定的哀怨;奇怪的是她似乎远离正在阅读的书籍,神游在感情深沉的人的阴曹地府里。你想到了波提切利[3]的《圣母与圣婴》(绘于1475年至1510年),在那幅画中圣母带有巴赫后期咏叹调或者佩尔戈莱西[4]《圣母悼歌》开始时的色调。

"听着,菲利普,这是怎么回事?你是想要同那个该死的圣母马利亚上床,是吗?"彼得打断了他的话说。

"别说傻话了,"菲利普回答,"我并没有说她是圣母马利亚,我只是说,她脸上的表情使我想起有时候见到的那些圣母画像。"

---

[1] 理查逊(1689—1761),英国小说家。
[2] 凡·德尔·维登(1399?—1464),佛兰德斯画家。
[3] 波提切利(1445—1510),意大利画家。
[4] 佩尔戈莱西(1710—1736),意大利作曲家。

282.

"我就是不明白。"

"你不大明白?"

"好像不明白。自从你同西方世界最美丽的女人一刀两断之后,我得说一切都叫我有点摸不着头脑。"

彼得说的是菲利普以前的女友凯瑟琳,在他们关系中断前的那几个月里,他常常见到她。凯瑟琳个子高挑,金发碧眼,面貌和身材都无可挑剔。为了挣钱,她曾经为好几家刊物当过模特儿。人们一致认为,她几乎是个完美无缺的美人儿。也并不是只有一张漂亮面孔,她二十七岁就成为一个合格的大夫,以优异的成绩通过了所有的考试,并已经在资深学者参加的学术讨论会上宣读研究论文。她的为人似乎也十全十美,从来不会对人怀有恶意,同老朋友保持联系,有人请她吃了饭,她事后总要写感情真挚的信去表示感谢——那么,菲利普怎么会认为她没有灵魂而同她分手了呢?

这很可能出于拉美特利主张的毫不感情用事的"讲求实际":她所接受的医学训练使她直言不讳,一开口总多少会接触到与生死有关的大事。同凯瑟琳相比,艾丽丝说的话就显得很有"诗意"——这并不是说她一开口就是押韵的对句,而是她的话余音袅袅,带有诗歌的味道,这是散文常常没有的。

艾丽丝在谈起她童年跟家人出去捕鱼度假的经历时,会把这种其实十分平淡的事情讲得有声有色,充满了诗意——仿佛那并不仅仅是备齐钓具坐船去挪威海边,到那里一个小屋子里住下来。

爱上浪漫

The Romantic
Movement

她并没有一股脑儿将事情和盘托出，使菲利普感到厌倦，她的节制带有一丝恰好是捉摸不定的哀怨，保留着一点神秘感，这对激发别人的欲望是必不可少的。

在几天前她和菲利普一起用午饭时，他们先和一个有可能成为她的主顾的人喝了杯酒。那个人把自己的业务告诉了她（"我们从荷兰进口排气管，把管子装到净化器上，再出口到整个欧盟……"），艾丽丝不住地点头，不时插话说"是这样"或者"真是有趣"，但是从头至尾她都心不在焉，仿佛心思飞到了另一个星球上——只要有阿波罗飞船，菲利普也巴不得能够飞到那里去呢。

不过，尽管这样说听起来仿佛很是纯洁无瑕，但是菲利普那么热衷于艾丽丝的心灵，这其中也可能存在着不那么光明的一面。

如果说，在浪漫主义时期心灵的概念与"感情"密不可分，那么，重要的是，与感情直接相连的与其说是感受欢乐，还不如说是感受"痛苦"。经受强烈的激情很少会意味欢乐，在淋浴时吹口哨或者在花园里面唱歌——说你感情深沉表示你极容易受苦。

因此，由雷·查尔斯初创而在艾瑞莎·富兰克林[1]（"灵歌女王"）手中登峰造极的"灵歌"是以黑人为主体的运动，这就绝非偶然的了。自从布鲁斯音乐风行以来，人们都说黑人音乐家的心灵比白人更加丰富；仿佛是几百年的压迫、贩奴船和棉田里的劳

---

[1] 雷·查尔斯（1930—2004）和艾瑞莎·富兰克林（1942—2018），均为美国黑人音乐家。

284.

动使得他们更能理解痛苦,因此也使他们比生活优越的白人歌手更好地表达痛苦和感情。

将黑人受到的压迫与灵歌联系起来也来自广义的浪漫主义的观点,这种观点认为艺术家(感受者)是受折磨的创造者,其作品只有在经过长期磨炼和遭受痛苦之后才会诞生。美国哲学家乔治·桑塔亚那(1863—1952)认为心灵的发展只有在遭受苦难之后才会完成:"心灵也有童贞,只有在流了一些血之后才能结出果实来。"西里尔·康诺利说他很想成为波德莱尔[1]或兰波,但却不想经受痛苦,他认为痛苦是他们艺术创作的先决条件(而不是他们勇敢地扫除的障碍)。这种观点认为,艺术家创作并不是他们置苦难而不顾,而恰恰是因为"有了"苦难才进行的。

因此,菲利普对心灵的爱会不会掩盖着一种对哀怨这一最富诗意最经典的催欲剂的爱呢?

可是,哀怨又怎么会具有吸引力的呢?因为,要是一群人中间有个女人在笑的话,那么她显然并不需要别人的关注,而某个独自坐在餐馆里对着咖啡发呆的女人,很可能使某个男人去设法勾搭她,希望她能够听他倾诉自己的烦恼,并且作出回应来。他很可能坐在顾客稀少的小餐馆里的远处想象,正因为她痛苦,她也就能够理解我的痛苦。

幸福是排他的,而不幸却很可能是包容的。需要引起对方兴

---

[1] 波德莱尔(1821—1867),法国诗人,象征派诗歌的先驱。

趣的情人因此不喜欢装出快乐的面容，而喜欢现出不幸的表情来，希望以此避免表示出幸福的人所特有的那种对痛苦不闻不问的自主状态。追求不幸很可能是企图逃脱竞争，这种竞争正是包含在自给自足的表情之中的。

"我明白了，"彼得插嘴说，"这完全是英雄救美人那套古怪玩意儿。这边有个女人，她在男朋友那里过得很不痛快，你想跨上白马去搭救她。你这种人就是有点病态，一看到别人不幸就兴奋起来。我认识好几对这样的夫妻，女的闷闷不乐，男的反而觉得她更加迷人。你知道结果怎样吗？说来可怕，女的最后变得越发闷闷不乐，这是男的促使她那样的——因为他一见到妻子不快乐心里就高兴。"

"彼得，这种类型的人我知道，说老实话，这同这件事毫不相干。我并不想去搭救艾丽丝，我决计不会有这样的想法，我敢肯定，要是她听说别人想要搭救她的话，准会大吃一惊的。说起来你恐怕不相信，她非常有主见，要是有谁想要搭救她，她很可能对他大发脾气说：'喂，我自己可以应付，多谢了。'我得告诉你，说来也怪，我所以会喜欢她的惟一理由便是她的神态，也许这想法有些可笑，因为她看起来感情深沉，她要比我认识的许多女子显得更加深刻有趣。"

"我只是想你最好还是小心一点，竟然想去勾搭一个模样有点像是从凡·德尔·维登的画里走下来的女人。"

286.

"嗨,别忙。我或许确实说过她是个妙人儿,但我决计没有想到要去勾搭她。"

"你这是什么意思?这半个钟头当中,你一直在拼命夸这个女子多好多好,这会儿你却说自己完全出于友情。真叫人没法相信。"

"喂,她有男朋友,我怎样处理这种事情你是知道的。我决不会同已经有了人的女子谈情说爱,那太难办了,人生苦短,我没有时间去做那种事。她同那个家伙在一起看来还可以,我同她保持朋友关系,和她聊聊,就此而已。她为人聪明有趣,是个感情深沉的朋友。我对这事就打算这样处理,绝没有别的想法。"

真相的层面

在人生的大部分时间里，人们都很可能糊里糊涂地打发日子，并没有什么始终如一的价值体系。由于并不存在道德问题上进退两难的情况，人们也就不必承担进行选择的责任。在摆脱了由于大报文学版所引发的文化负罪感之后，我们在文学上又真正认同谁呢？不到我们被迫打起行李准备到某个荒岛上度过余生的时刻，我们能够作出评价来吗？在权力和诚实两者之间，我们更加珍视哪个呢？不到非得在这两者之间作出选择不可的地步，我们能够知道并且真正愿意知道吗（无怪浮士德使我们在座位上局促不安地扭动）？

我们避而不作出直截了当的抉择，是因为那些选择不会让我们作出最为自然的反应来，即相信十几种不同的完全不搭界但却十分讨人喜欢的事情。假如一个人自以为爱好见解深刻的文学作品，然而到了荒岛上之后却觉悟到自己最喜欢的其实是供人候机时消遣的小说，那又怎样呢？假如一个人自认为道德高尚，完美无缺，结果却发现一千万美元就可以轻而易举地使他作出令人瞠目结舌的举动，将真理抛到脑后去，那又怎样呢？

288.

艾丽丝对菲利普的感觉是怎样的呢？

哦，谢谢你，他为人真的很不错，很友好。他是搞古典音乐录音的声学工程师。最近在柏林为米多里工作，大概是录巴赫的音乐吧。你真的不想要喝茶吗？前些天我同他去了一个古董交易会，我们聊得很愉快。你问他究竟是有什么特别的原因，还是……

不过，按照弗洛伊德的理解，尽管人们在许多场合对自己一无所知，并且还有许多冲突尚未解决，但存在着一种动力，企图对自我有所了解，并且把矛盾解决掉。在这个理论框架之中，梦境和无意之中的失言被解释成表面混乱但其实却极其合乎逻辑的尝试，表达了人们内心的真实想法。一个自以为无比正直的将军夜里梦见自己跟那天晚上同他一起打台球的蓝眼睛中尉肛交——由此使他了解自己存在着同性恋的倾向。某个暗自对最要好的朋友的妻子垂涎三尺的人本打算随便问问他近来可好，但是由于他心中老是想着对方的太太，于是一开口便成了："比尔，你老婆可好？我是说，比尔，你老兄可好？"

自从艾丽丝认识菲利普之后，她的梦境并没有什么明显的异常之处。她梦见过自己坐飞机失事撞山，她梦见自己还是五岁，要去拉罗谢尔[1]海滨度假，兴奋得不得了；她还梦见自己在学校里

---

1 拉罗谢尔，位于法国西部、大西洋沿岸。

排演《特洛伊的海伦》一剧,上台演出时她开口却没有声音,嘴里吐出来的只是一连串的肥皂泡。这都是通常那些混合着焦虑和幻想的大杂烩,但第二天早上醒来后,她一点也不会向身边的埃里克隐瞒。她也并不曾忘记什么要紧的事情,或者有什么口误;她有事打电话去找竞争对手的商行那个令人不很愉快的会计,倒是忘掉了她姓什么,不过希里万加朱里那个姓也确实很容易弄错。她在提起同事露西时也曾误把她称为室友苏西,但这两个名字如此相似,弄错了并不能就说心理上有问题。不过,尽管没有什么典型的失误,艾丽丝心中的愿望还是在一种称之为"电话答录机语音条"的现象上表现了出来。

当弗洛伊德于1939年在伦敦去世时,电话还处在很少人使用的原始阶段。许多电话都无法直拨,需要由接线员来连接,要打电话还得提前几个小时预订线路,国际长途贵得叫人不敢问津。此外,假如来电话时人恰好不在家,你就没有办法知道,除非家里有管家代接。由于当时录音基本都是通过蜡刻的方式,无法将电话连接到录音机上。因此,在20世纪70年代盒式录音机广泛应用之前,要是接电话人出去吃午饭了,打电话来根本无法留下口信。然而,随着盒式录音机的出现,某些电子厂家开始制造出"电话答录机"来。这个盒子可以连接到电话上,只要有电话来,便可以作出回应,其作用就如同有声信箱。在20世纪80年代中期设计出内含答录功能的电话机之前,电话答录机一般都设计成一个长方形小盒子,里面备有两条磁带,一条录打出的电话,另

290.

一条录外面的来电,还有几个控制键(包括启用、放送和录音功能)和一个小小的发光二极管,显示你不在家时来电的顺序。

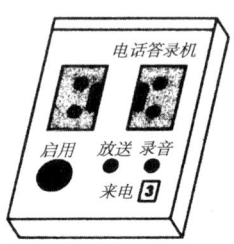

只是由于时间的差距,弗洛伊德没有能够研究这一设施所包含的巨大的心理意义,因为电话答录机在很大程度上同梦境一样,为研究人的潜意识提供了一条捷径。由于答录机的构造,主人先知道有人打电话来(因为发光二极管会显示数字),而后才会知道究竟是谁打来了电话。因此,这一设计便产生了一段至关重要的间隔,也就是你在为有人打电话来感到兴奋之后,要过一会儿才能弄清是谁来了电话——这一间隔有助并鼓励人产生幻想,你希望看到的并不是有谁打来过电话,而是你"盼望"的人终于来电话了。答录机的主人很可能常常没有觉察到自己内心深处盼望哪个人有电话来,因为他怕自己明说之后发现没有对方来电会倍感失望。不过,在他们晚上出外看朋友回家之后,看到发光二极管闪烁着,显示出一个充满希望的亮亮的 4 字,"电话答录机语音条"不可避免地将会告诉你那究竟是不是你希望来电话的人:主人心里会禁不住(在他们摸索着放送键的时候)暗暗想,那个让自己苦苦等着的他或者她终于来电话了。

我们正是根据这种情况分析艾丽丝对答录机的反应。她把发光二极管上显示的数字看成不在家时菲利普来了电话。这一传统的如愿以偿的模式正是拉普兰奇和庞塔里斯所界定的"一种心理公式,这时候,在想象中愿望似乎已经得以实现。"[1]

这一愿望并不是完全站不住脚的。说到底,菲利普毕竟在迪安街午餐后记下了她的电话号码,说是在下个星期打电话来约她一起去看电影或者去皇家美术学院参观新举办的展览。无怪她回家发现电话答录机上有个 3 字时,她本能地想象其中就有菲利普的来电,结果呢,却发现那只是母亲、管道修理工和她的银行经理打来的。无怪第二天有 5 个人来电时,她心里又出现了同样的想法,但结果却同样令她失望(不过,她其实深深爱着埃里克,朋友也够多的,工作又忙得要命,那么,她究竟会失望到什么程度呢?何况,她认识菲利普也才只有几天工夫呀)。

下个星期,埃里克准备在他的住所举办一次酒会,除了他的朋友,他让艾丽丝再邀请几个朋友来。她特地去买了件优雅的黑色连衣裙,晚会前显得特别快乐,她在埃里克浴室的镜子前面一边化妆,一边用口哨吹起了一个自然节目的主题音乐。

---

1 作者原注:见 J. 拉普兰奇和 J. 庞塔里斯《精神分析语言》,卡尔纳克出版社 1988 年出版。

292.

晚会举行到一半时,厨房里电话铃响了起来,艾丽丝去接了。电话是菲利普打来的,道歉说他来电晚了,很遗憾他没法赶回来赴会。他在剑桥国王学院录制一套节目,结果大大超过了原先估计的时间,无法及时赶回伦敦来;此外,第二天他又要去科隆出差,在那里要待三个星期,因此看电影、参观皇家美术学院的事只能往后推了,等他回来后再打电话给她。

等艾丽丝回到客人中间,继续几分钟前的交谈时,谈话的题材已经转到了英国的劳动效率上。一个留胡子的高个子记者正在说:

"我认为说英国人靠不住这种讲法已经过时了,这就像说在英国人人都上伊顿公学,说话都带着上流社会的口音一样。英国劳动生产水平居欧洲之首。与其他国家相比,罢工比较少,通讯系统极为发达,英国公司通常交货准时,价格公道,数量也不会短缺。"

别的客人对此都厌倦了,懒得表示赞成或者反对,这个话题似乎很快就会被大家遗忘掉。

"这完全是胡说,"艾丽丝突然开口了,"到处都可以见到不讲求效率的情况。无论到哪儿,都可以见到违约的事,说话不算数。我昨天在报纸上看到,一个公司的合同耽搁了二十四小时,结果把价值七十五万英镑的生意让一家美国公司抢了去。"

艾丽丝气势汹汹地对英国人效率低下大加挞伐,使得在座的客人都很吃惊,他们不是觉得这个问题不值得争论,就是因为它太枯燥乏味，根本不愿意去多想。几个聪明一些的觉得女主人在这个问题上未免太激动，出于礼貌，他们不想继续多谈，而是把话题转到了其他一些不会引起争论的事情上，最后大家谈起了在康沃尔航海度假的事来。

艾丽丝对菲利普火得要命——不，既然她心里对菲利普并不在意，那又怎么会生他的气呢？其实，如果说她恼火的话，那只是因为那个记者大说英国人如何如何讲求效率，而她每天见到的事实都说明，英国人效率低下得令人吃惊。正因为那个戴眼镜的客人说起话来咄咄逼人，她今晚才会那样激动，同他争论起来，这不是再自然不过的吗？尽管她本来并不知道自己会对这个问题如此关心呢。

在艾丽丝心中，各式各样的愿望仿佛达成了妥协。一方面，由于菲利普不来赴会所引起的气恼极力想要表达出来，另一方面，由于表达出来就会表示她对他有感情，因而这是不可能的。最后达成的妥协是，心的一半对另一半说："我可以让你生气，但你却不能意识到自己生气的真正原因；只有在你不去多想自己生气的真正原因时才能生气。"自己生气的原因是英国人效率低下，并不是她关心的某个英国人不能如约前来（尽管她深深爱着另一个人），这说起来岂不容易得多？

在她说话时埃里克走了过来，用胳膊温柔地拢住了她，问她喜不喜欢这次聚会。

"当然啦，真是好极了，来的朋友们都真的很有趣。"

294.

"刚才是谁来的电话？"

"刚才来电话？"

"对呀，是谁呀？"

"哦，不是谁，我是说，是菲利普，没什么事，只是说他不能来了。"

"真可惜，我很想见见他呢。你一定生气了吧。"

"生气，不，干吗生气？"

"我不知道，因为你请了他。"

"我才不在乎呢，这是他的事，同我无关。我恼火的是，有人说好了要怎样怎样的，但却说话不算数。"

这个话题到此为止了。伤害被轻描淡写成由于别人失约而不快（这并不有失体面），而不是感情上的打击（这是很难启齿的）。

自欺欺人这种做法的显著特点就是，一个人无法协调两种放在一起时会相互抵消的信念。按照哲学上的说法，它意味着这样一种情况，就是一个人以某种方式（x方式）行事，但其前提是内心隐藏着一种与x截然相反的信念（由于有了"非x"，x才得以存在）。其典型的例子是，胖子喜欢相信自己变瘦了，欺骗自己说自己瘦，为了做到这一点，他在照镜子之前拼命勒紧裤带。镜子里看到的并不是他的啤酒肚的真正尺寸，然而这一作假的举动有个前提，那就是他本人事先知道自己长着啤酒肚，并且明白自己腰围多大。要是一个人事先并不知道自己很胖，那么他是不会去多想自己变瘦了的（也不会屏住气掩饰这一不快的事实）。

295.

尽管艾丽丝并没有长啤酒肚,但她也采取了类似的花招,因为她对菲利普的失约在表面上显得异乎寻常地毫不在乎,但这种作假有个前提,那就是她明知内心对此蕴藏着一股无法接受的深沉的怒气。她异乎寻常地表示对菲利普是否来赴会并不关心,其原因正是她在内心某个层面上清楚她对此异乎寻常地关心,其关心程度已经远远有点过分了(这个实例说明,只有存在"非 x"的想法才有可能出现 x 的想法)。

但是,同一个人怎么会既编造假象,随即又把它照单全收下去呢?在艾丽丝这个例子中,答案只能是"在某一个层面上"这一牵强但却很有名的说法。艾丽丝爱埃里克吗?她当然是爱的——在某一层面上;她对菲利普又怎样呢?也许有点感情吧——在某一层面上;她对这一切有无知觉呢?也许有吧——在某一层面上。

我们可以将她的内心比作是一个连接许多楼层的电梯井,其中某一层的东西并不一定会否定另一层的东西。彼此完全不相容的东西可能出现在不同的层面,电梯只是在不同的层面上上下下运动,其中并没有逻辑的关系。

因此,举办晚会的那个夜晚也充满了矛盾:那天晚上,艾丽丝在某一层面上对菲利普是否出席并不在乎,因为在另一层面上,她对此又太在乎了,以致都不敢承认;那天晚上,她对埃里克的爱比平常少了几分,然而她又比平常更加热烈地同他做爱,企图以此来哄骗自己,不让自己意识到她对他的爱已经减弱了。这一

296.

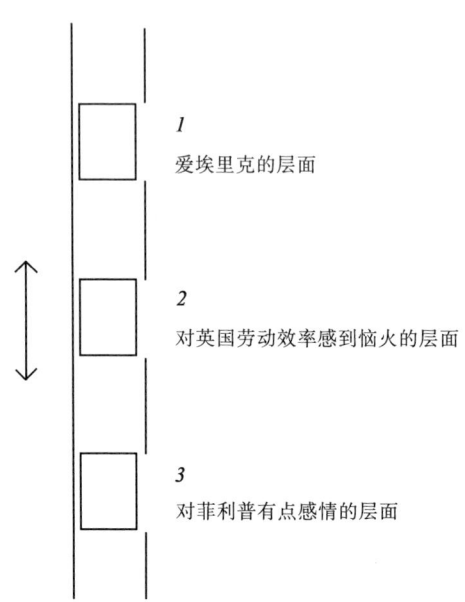

点在某个层面上她心中其实早已有数,正因如此,她才有可能怀着如此强烈的激情同他做爱。

可惜的只是,在各个层面牵涉到了不同的人……

问题

菲利普从来没有否认过他觉得艾丽丝很迷人;打从一开始,他只是暗自下决心拒绝同一个已经有固定男友的女子谈情说爱。

过了几个星期,他从德国回来以后,常和艾丽丝在一起吃午饭。他俩的办公室都在索霍区,距离很近,常常见面也就顺理成章的了。

"你周末过得怎样?"有天午饭时菲利普问。

"哦,没什么。你呢?最后是去了康沃尔,还是就待在伦敦?"

"我先问你的呀。"

"嗯,就同平常差不多,是这样……我们还没有点菜吧?我今天真的想叫一份鳄梨,这一整天我老是想吃鳄梨。"

"你是故意这样的吗?"

"什么呀?"

"岔到别的事情上去。"

"不,算不上。是这样,我不知道说什么好。上个周末不是太热。埃里克又处在那种'别跟我啰嗦,我不想讲话'的状态之

问题　　　　　　　　　　　Alain de Botton

298.

中,这真叫人遗憾,因为是他特地提出要我留在伦敦,不要同苏西一起去度周末的。他一陷入那种状态就不理我了,仿佛我做了什么大逆不道的事情一样。但假如我开口问他究竟是怎么回事,他就会发脾气,叫我不要来烦他。昨天我去了那个蛋糕店,因为我知道他非常喜欢吃芝士蛋糕,就买了一块,带回来给他。可是我把盘子放到书桌上,挨着他手边时,他连头都没抬。我后来回去时,他已经出去了,芝士蛋糕还在原处,一动未动。说来说去,我无法想象你会对这些讨厌的事情感兴趣。我饿坏了,点菜吧,好吗?"

无论是多么讨厌多么痛苦,我们的文化教导我们对单恋应该采取宽容的看法。尽管社会上对事业上的失败比较苛刻,但对感情上的挫折则往往带有几分尊重。文学作品中那些最为失意的情人(包法利夫人、少年维特)引起读者的钦佩,因为他们对自己那些态度勉强、并不般配或者心狠的心上人表现得十分大度。因此,菲利普在对艾丽丝表示同情时,也遵循了一条古已有之、人所熟知的社会准则。这是个不幸的女子,她爱的男人对她的一片深情视而不见。埃里克是个魔鬼,艾丽丝给他买来了芝士蛋糕,而且她还长着一双很美丽的眼睛(对此无可争辩),以及一张感情深沉的面孔(对此有人可能会有不同看法),可以料想得到,菲利普对这个可怜的姑娘顿生怜惜之情是顺理成章的。

"别让他不把你当回事看待,你那样做是最糟糕的。你总是逆来顺受,他就不会尊重你了。"

"那么我该怎么办呢?"

"跟他厉害点儿。听着,要是他使性子的话,你就使更大的性子。不要总是顺着他由他乱来。他所以会这样,就因为拿准了你不会跟他计较。"

像这样的劝告在后来的会面中还提过好多次,艾丽丝总是局促不安地谈起埃里克干了些什么,而菲利普总会给她出主意。

这样的会面无论是多么纯洁无瑕,其中却牵涉到一些复杂的问题。艾丽丝花时间去指责目前的情人的不是,她这是在做什么呢?如果她指责他,那么他们之间的关系显然并不融洽;如果他们之间的关系不融洽,那么她也许想要找个更加谈得来的人。如果真是这样,菲利普在其中扮演什么角色呢?为什么会选中他作为朋友/心理学家来倾听她发牢骚呢?是由于他很有耐心呢,还是病人希望能把他们的关系推进一步,超出友谊的范围呢?艾丽丝指责埃里克的不是,是表示她不会讨厌菲利普的追求,还是说午饭时的那些话动机纯洁,仅仅使艾丽丝有机会对本质上很美满的恋爱关系中出现的一些不快发泄一下呢?

由于面前布满地雷,菲利普得小心谨慎才是。

"埃里克对我喜欢的东西总是反对,比如说,我想去看一部电影,问他要不要去,他给我的感觉总是不痛快,仿佛就因为是我挑的电影,他就不乐意。"

"嗯。"

"你觉得怎样?"

300.

"也许他只是不喜欢伯格曼[1]的片子吧。"

"不，不，我觉得不止是这样，仿佛是他用伯格曼来对我们的关系表明看法。"

"什么看法呢？"

"例如他看不起我。"

"你们难道不能把事情摊开来谈一谈吗？"

"你这话是什么意思？"

"我的意思是，所有这些紧张的情况难道就连提都不能提吗？"

"也不是不能提，怎么啦？"

"我也不知道，你的口气仿佛就是不能提似的。"

"真的吗？"

"真的。"

静下来一会儿，侍者端来了番茄和马苏里拉奶酪生菜。

"是这样，同埃里克在一起也许不会一天到晚都充满阳光，"艾丽丝往后捋了捋头发，说道，"不过，从根本上说，我们俩都知道我们是相爱的，我们俩对此都很认真。他给我买了一些别的男人从来没买过的东西，为了这，我尊重他。"

那么，艾丽丝干吗花那么多时间来说一些意思与此截然相反的话，只有在菲利普对他们的关系攻击得太露骨时才起来辩护呢？为什么在说了一系列坏话之后又突然说明自己很是爱他呢？

---

[1] 伯格曼（1918—2007），瑞典著名电影导演。

无论对这些复杂的问题会有什么样的回答，问题的出现至少有一个显著的副作用，那就是使菲利普不与任何有男朋友的女子交往的说法成了笑柄。尽管他从理性上分析这样下去会惹下很大的麻烦，因而竭力不让自己屈服在艾丽丝的魅力之下，但在不知不觉之中，一个因为犹豫不决、顾虑禁忌而形成的紧张局面变得一触即发了。

转移过失

埃里克去雅典出差几天,因此艾丽丝打电话给菲利普,问他愿不愿意同她一起去看电影,这部电影她另外几个朋友已经看过了。

"我不知道他干吗老跟我打电话。"她在出门时跟苏西说。

"这有什么不可以的呢?"

"是没有。我只是希望他不要有什么不恰当的想法。"

"什么想法?"

"是这样,我们只是朋友关系。"

"'是这样,朋友关系',这算什么不恰当的想法呀?"

"哦,别说傻话了。"

电影院距离菲利普的家近在咫尺,因此看完电影后,艾丽丝声称她终于有机会看一看他的住处了。

他们并排坐在厅里的一张绿色的大沙发上,谈话内容自古至今,无所不包,这在不是周末的晚上是很异乎寻常的。他们谈政治、谈烹饪、谈父母、谈疾病,两人甚至讨论起世界上最长的河流是哪一条来,并且摊开一本大地图册,伏在上面认真地一一查看（两人的膝盖微微碰在了一起）。

"我想是密西西比河。"艾丽丝说。

"肯定不是，是亚马孙河，人人都知道的。"

"亚马孙河可能最宽，但并不是最长的。"

"翻到后面去看，都写在上面呢。"

"啊，就是这一页，人口、湖区、山脉高度、海洋，还有这里，河流。真想不到，我们都没说对。"

"是长江吗？"

"不是，是尼罗河。"

"天哪，尼罗河，我怎么把它给忘了？这是显而易见的呀。"

"可以说是太明显了。"

"那么，它到底有多长？"

"六千六百九十公里，比亚马孙河长一百二十公里。"

"嗯，我差点就说对了。"

"在这件事上没有差点对不对的问题，你差了一百二十公里呢，朋友。"

对河流的研究结束了，艾丽丝清了清嗓子，以引人注目的动作对手表看了一眼，叹了口气，说出了由以下三个字组成的句子来：

"我累了。"

这样一个句子的语义内容通常都不会使听的人产生多少问题。在大多数语言之中，"我累了"只是表示一种生理上的需要，就是希望能够裹在柔软的毯子里，美美地睡上几个小时。

转移过失　　　　　　　　　　　　　　Alain de Botton

304.

但是，根据不同的背景和表达方式，"我累了"的外延意义却异常丰富，足以与语言中最富有表现力的结构相媲美。

艾丽丝很可能以此来暗示下列的任何一种情况：

1）它很可能表示不耐烦，"听着，菲利普，你难道看不出我对这一切是心中有数的吗？你难道真的以为我就喜欢整夜坐在这里同你讨论河流的长度吗？采取行动吧。我们当中有人明天早上九点钟还得去上班呢。"

2）或者，她也可能以此来提醒菲利普，尽管她同他并排坐在沙发上，而且方才两人的膝盖还碰在一起，但是她并不想让事情有进一步的发展。

3）或者，她很可能以这种方式来提起要走的事，这倒不是她想要离开，只是以此来促使菲利普拦住她，不放她走。

4）或者，最后一点（在目前这种情况下是最难以置信的），这仅仅意味艾丽丝确实是累了。

菲利普费了好些力气来破解这个复杂的词语，他最后作出了一个乐观的解释，其答案看起来不是（1）大概就是（3）。正因如此，他的右手才突然伸出去握住了艾丽丝张开的巴掌，温柔地抚摸它（对方毫无异议）。正因如此，他的上身随后很快就倾斜过来，嘴唇温柔地落到了她的嘴上，在擦着她的嘴唇时，得到了对方明白无误、意气相投的甚至是热情的回应。

"听着,菲利普,这是绝对不行的,简直是疯了。"几分钟过后艾丽丝提出异议说,尽管时间这么长,足以说明并不是那么回事。

仿佛他俩原先都不知道似的,她接着又说:"你知道我是不能这样子的,我有男朋友了。"

有一种传统的室内游戏名叫"转移过失"——这种游戏由两个人参加,其中有陷阱或者说危险,玩的人互设圈套诱人上当。游戏的玩法是,一方以巧妙的手法构造一种局面,诱使对方在完成某个动作时犯错误。

我们设想一下,某个特定的动作需要走四步才能完成,但是在走出第四步之前是无法看出这个动作的后果的。尽管对方可能已经走了三步,但是要对这个动作承担最终责任的(即最后错误的结果的)还是走第四步的人。因此,一个熟练的棋手会把前三步都走好,然后退到一旁等对方走最后一步,这样在完成这一动作后所犯的错误就不能怪到他的头上。

设想一下,艾丽丝其实并不那么累,但是由于她同埃里克的关系,菲利普的吻使她心里有点内疚。那么,最好的办法岂不是既同人接吻了,随后又声称采取主动的并不是她?归根到底,超越决定性界限的并不是她的嘴唇;她除了坐在沙发上叹气说自己累了之外,其他什么也没做。

菲利普天性并不甘愿替别人背黑锅,因此便对艾丽丝说:

306.

"哦,对不起。请不要装出纯洁无瑕的样子把事情搞坏了。几个星期以来,我们不都在希望有这种事吗?你说这是件大事,我同意,可这是我们两个人的事呀。"

他边说边轻轻地把艾丽丝拉到他身边去。

"菲利普,事情并不是这样。我很抱歉。真的不该有今天晚上的事,我不知道自己怎么会让它发生。我对埃里克有责任,这是我不能忘记的。"

"你这话的口气仿佛他从来没有让你失望似的。"

"我也说不清他究竟有没有过。"

"你就是为了这一点才花这么多时间在我面前说他不好的,对吗?"

"你这是存心对我不公平。"

"你有没有想过,你在存心做什么吗?"

"你不懂。我爱埃里克。"

"嗯,对不起,我竟然会得出一些稍稍不同的印象来,当然,这不能怪你。艾丽丝,听着我的话;将来,要是你另找别人来倾诉你的迷茫和虚伪的话,那我就感激不尽了。"

"那样的话,我很抱歉给你添了麻烦。"

说了这些话后,两个刚刚接吻的人冷冷地分了手,艾丽丝拒不承认自己的矛盾心境,把责任一股脑儿推到了一个人人皆知的说法上,那就是由于一方短视,把友情误认为爱情,从而破坏了彼此的友谊。

私语

与菲利普那次糟糕的会面给了艾丽丝勇气,促使她去回想对他的感情,正是这个男人使得这场会面必须以糟糕的结果告终。

埃里克从雅典回来了,她热情洋溢地拥抱了他。她的拥抱热情得有些过分,这本来很可能引得他起疑心的,但幸好他这个人生来就天真(也许是有点虚荣)得可爱,总认为自己极其出色,别人如此热情地拥抱他是理所当然的事。

她的这种努力表现在她在心中对埃里克说的一系列话中(在淋浴时,在上班的路上,或者在入睡之前)。这些话简明扼要地列出了他们之间存在的问题,这几乎近似于一个大胆的计划,将他俩的关系塑造成为当代人开诚布公地进行交流的完美典型。这些话是这样开头的:"我希望能对你说说真心话……"她会以成熟的态度把他俩之间紧张的问题一一说明,在批评的同时也不忘表明自己对他的爱,这其中会借助一些熟悉的说法,例如:"你心里明白,我这样说只是为了……"

有天晚上下班后,她打算把这些话说出来。埃里克会回家,

308.

把他的公文包一放就走进厨房去喝水；他会坐到沙发上，靠在她身边，那时她就可以满怀信心地轻声说："埃里克，有些事情我们得好好谈一谈……"她想象他对她这样滔滔不绝一定大为诧异，她胸中郁积已久的感情需要得到回应。她会像律师出庭分析案情一样把事情一一交代清楚，在她说完之后，法庭里所有人的眼睛都会转到她的身上。

维特根斯坦认为，私语是不可能存在的，因为语言的定义本身就是一种互相交流的系统，因此无法想象可以游离在社会之外。

但不管维特根斯坦是怎么想的，艾丽丝渐渐不得不承认，她的那些话只能以一种不妨称之为私语的方式进行表述。那么这种语言是由什么组成的呢？那并不是一个由嘀咕声或者点击声所构成的令人莫名其妙的系统，而是纠结在一起的一些词语，这些词语所包含的信息无法表达，更不用说加以理解了。

客观现实是，埃里克正如预期的那样回来了，他走进厨房取了一杯水，接着便打开电视机，屏幕上出现了南非动乱和北爱尔兰发生枪击的场面。艾丽丝心中寻思，像她那么重要的事情，也许还是拖到明天晚上再说更好些。

等她最后开口时，她的声音却完全不像她原先想象的那样流畅，她本来对此是有十足把握的。她的声音几乎发不出来，既紧张又充满了失望之情，一点也没有她所希望表现的律师风采。埃里克呢，也不是如她想象的那样能认真听人说话。她原以为他能够耐心倾听，对她的话能够理解，并且在考虑后作出回应来；如今她认识到，她原先一直不肯开口，其根源就来自一种下意识的但却是令人痛苦的正确的预感，那就是这番话一点儿效果都不会有。

> 他：我得去看看车子轮胎出了什么问题。
> 她：埃里克，我有事得同你谈一谈。
> 他：有什么事呀？
> 她：我想你是知道的。
> 他：汽车轮胎吗？

他们的交谈具有哈罗德·品特和汤姆·斯托帕德[1]戏剧中的对白的荒诞色彩。在那些戏剧中，角色交谈时似乎都是各说各的——一个角色问问题，另一个回答的却完全是另一回事，或者茫然不知地继续谈着另一个角色早在十分钟之前就已经不谈的内容（剧中表现的这种脱节情况甚至无关紧要，在一个唯我论的世界上每个人都不相往来，大家都宽容地认为人人自说自话，连问也懒得问一声）。

人在表达不满时，前提是存在着一种乐观的信念，就是认为别人有可能改正错误。抱怨也意味着对交流怀有信心，认为自己

---

[1] 哈罗德·品特（1930—2008）和汤姆·斯托帕德（1937— ）均为英国荒诞派剧作家。

310.

虽然受到了伤害,但对方(回想起来)是能够认识到自己的错误的。

艾丽丝老在抱怨,她在充满信心的期盼和专注自我的孤僻这两种阶段中摇摆着。

(1)充满信心的期盼阶段

在这个阶段中,她认为无论分歧会多严重,总可以通过对话加以解决。导致不和的原因只是因为一方没有明白对方的想法,但是如果双方能够坐下来,平心静气、不慌不忙地把话说清楚,那么问题自然就会迎刃而解。

在艾丽丝开始同苏西合住时,发现苏西有个讨厌的习惯,就是在给烤面包片涂奶油和舀蜂蜜时总喜欢用同一把刀子,结果在蜂蜜瓶里留下了好些面包屑。艾丽丝感到不快,原因无疑很复杂,但如何向对方挑明此事就更加麻烦了。怎么才能让苏西明白同屋的伙伴看到那些面包屑很不痛快呢,怎么能让她知道自己每天早晨都为这事生闷气呢?

不过,艾丽丝最后终于面对了这个问题,她一开始只是犹犹豫豫地说:"我知道这样说也许会很可笑……"慢慢地她越说越有信心,她建议说:"我们能不能规定一下,专门用一把刀子舀蜂蜜,用另一把刀子来抹奶油?"

"当然可以呀,这主意真不错。"苏西回答说,对艾丽丝决定提出这个问题时内心的纷乱惶恐一无所知。

她同她母亲的关系也可以比作是一个用奶油刀舀蜂蜜的问

题，但这一关系却基本没能从热切地进行劝说的努力中得到改善。可是，如今艾丽丝同母亲难得见面，她过去的形象已经有点忘却了，因此当她得知母亲最近要来伦敦时，她很高兴，决定借此机会破除成年人之间常见的那种虚伪客套的做法，同她坦率地谈论一下她童年时她们之间存在的问题。

（2）专注自我的孤僻阶段

艾丽丝是在旺兹沃思一家饭店里同母亲见面的。在随便闲聊了一会儿之后，艾丽丝便把话题引到了过去的事情上。

"你父亲和我一直都忙得不得了。并不是说我们不关心你，只是我们没有空来表示自己有多关心。"母亲解释说。

"难道真的只是时间问题吗？"

"你说得对，我没法对我们的举动找理由辩解。回顾这些事，我们确实很自私。但我们当时很年轻，生活中哪一件事不需要我们去忙着应付？养育孩子啦，事业啦，还有金钱啦。回想起来这些似乎都不值一提，如今我只是个皮肤干瘪的老太婆了。"

"哦，妈，你不老。"

"亲爱的，当然老了，我只是个皮肤干瘪的老太婆，大夫啦，面霜啦，如今都帮不了忙啦。"

"可是在我看到的人中间，你也是很美丽的呀。"

"亲爱的，谢谢你说这话，但是到了我这把年纪，好话也起不了什么作用了。我一照镜子，就明白一切都完了。噢，我们方

312.

才谈什么来着？对了，是你小时候的事。我想要说的是，我如今认识到生活中最重要的就是我的孩子，别的事情都无关紧要。我们叫的不是充气饮料吧？"

"是，我喜欢充气的。"

"我的胃受不了。"

"那么再另外叫一份。"

"不，不必了，亲爱的。我一小口一小口啜就行了。"

艾丽丝回家后，深信母亲以其自有的方式逐渐意识到她们母女之间存在多年的芥蒂了。这表现出她的价值观有了进步；她以前没有想到子女对自己这样重要——这同她以前的态度大相径庭，那时候，在她心目中，一局高尔夫球也比子女更加要紧。

那么，结果怎么会这样呢？有人事后告诉她说，她母亲认为她有点"精神上要崩溃"的样子。"那个可怜的孩子显然心绪十分烦乱，二十几岁的人，一提到一二十年前的事就掉眼泪，这样的人真应该找个合格的大夫去咨询咨询。我尽力对她进行排解，但是她仍然很脆弱，她太多心了。"

正是这样的经历使艾丽丝一下子回到了孤僻的状态之中。她深信人和人之间根本不可能真正做到互相理解，无论话说得多么滔滔不绝，无论花多少时间进行分析、恳求或者劝说，全都没用。她可以同母亲说上几天几夜，那个女人会显得很理解很同情，使人觉得很受鼓舞，但最后呢，还是会和原来一样听而不闻，她老年时会和年轻时一样，只是以自我为中心。有些东西她就是没法理解，最好还是接受现状，对此表示遗憾，不必去冒险让自己再次失望了。

那么，艾丽丝对埃里克采取什么态度呢？打从一开始，她就更倾向于充满信心地期待，而不是孤僻地不予理睬，这对一个很少肯主动同人交流的人来说，也许带有一种过分强烈的感化意味，最后只会以失败而告终，因为你根本没有希望获得埃里克的理解（有人也许会说那种希望简直不可思议）。

他们最近一起去看了一部电影，那是一部带有道德说教色彩的影片，说的是有个人对自己的女伴和朋友漠不关心，后来认识到他这是在逃避责任，从而改弦更张。尽管片子的表现手法比较粗糙，艾丽丝还是在黑暗中观察埃里克的面孔，希望他能像她一样将艺术和人生进行比较。但是当他们从电影院出来时，她发现他显然并没有像她希望的那样从影片中来认识自己。电影根本没有使埃里克产生任何震动，他反而觉得心情十分坦然，因为影片中的那个有毛病的人同他简直相差十万八千里。

艾丽丝或许对埃里克的毛病不是不清楚，但如果她的理解同他的自我感觉完全对不上号，那就一点作用都没有。这也和那个传统的窘境如出一辙——你可以把一匹马带到水边（或者电影院里），但却没有办法强迫它饮水。

例如，她注意到，凡是别人有问题，埃里克总是责怪他们无能，而不肯承认这其中很可能有一些其他因素在起作用。她对这一现象的原因也有十几种解释。

314.

"就因为你对自己太严格,你对别人也就太苛刻。"在他解雇了手下一个职员后她同他说。

"这根本不是苛刻不苛刻的问题,艾丽丝。事情是这样,我不允许手下的人把本职工作视同儿戏。我知道你会把这当作一件大事来谈,在我的性格、你的性格或许还有民族特性等方面同我争论,不过这个问题恐怕要简单得多,而且远不那样有趣。"

对埃里克的心理状态,艾丽丝也许会有精确的认识,但是,假如她指望他会按照别人的意见加以改进,那么她这种认知上的优势可以说是全然无用。说来可怜,她的洞察力根本无法促使别人加深对自我的认识,就像你指给某人看他的 DNA 结构一样。智力高超的科学家可以告诉某人说他的基因是这样的,可是因为他自己主观上对此无法感受,他很可能回答说(这完全是意料之中的):"这个双螺旋形的劳什子同我根本没有一点儿关系。"

艾丽丝在分析埃里克的性格时,有点像某个人从直升机上观察迷宫,他能够看到错综复杂的树篱中的问题的核心所在,地面上的人对此是看不见的。

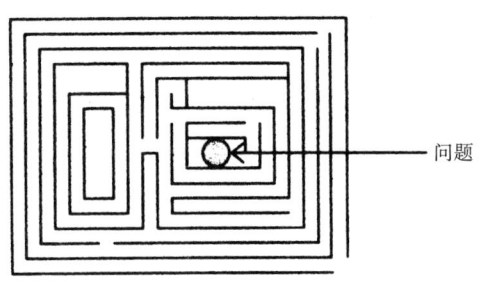

不过，遗憾的是，她对如何破解这一谜团（无论这个方法好不好）却完全无能为力。十年二十年后，埃里克躺在澡盆里时，很可能回想起他从前有一位女友对他的性格具有深刻的了解，但是艾丽丝却完全没有办法将他弄到直升机上，载着他到他的心理迷宫中间，对他指出问题的核心所在，指望他告诉她说她完全正确。他自己没有进行这样的探索，因此无法看出将这一信息和他性格中其余方面联系起来的种种步骤，他很可能宽宏大量地说："要是你不用你那套通俗心理学来烦我，那我就谢天谢地了。"

316.

误读

在某个人爱上一个带有某种问题的人（他们对爱不作回报，他们妒忌、冷淡、对同性更感兴趣，或者同另一人结了婚……）时，最常见的反应就是，宣称这类问题其实并不在他们所爱的人身上。他们自然有问题，但是这并不是他们性格中的核心成分，这就像脚趾甲长到肉里去一样可以剪掉，随着时间的推移，这些小毛病是会消失的。

假如某人爱上一个感情十分淡漠的人，他或她很少回电话，从来不肯暴露自己的弱点，从来不肯同人共享任何有价值的东西，那又有什么关系？这只是些小毛病，同你认为构成他或她的性格的核心成分相比不值一提——例如，他们的眼光是那么感情丰富，他们在繁忙的商业区见到我们时又是那么热切地走过来同我们握手，我们还看见他们在看电影时流泪，他们童年又受到那么大的创伤，使我们觉得无限同情……

艾丽丝向来对埃里克的性格采取了一种独到的或许是躲躲闪闪的解读方式，因此，尽管他天性中的某些侧面在比例上不及其他方面,她还是把这看成是构成他的性格的核心成分。她这种只及一点不顾其余的观察方式意味着,假如他只偶尔一两次表现得比较幽默,她就相信他为人本质上其实很风趣,只是隐藏在内心不容易看出来罢了。

但现在的问题是,使他在大多数场合显得不够风趣、不够敏感、不够宽厚的所谓障碍,说到底究竟算不算得上真是障碍。这些东西会不会根本无法像美味的肉块一样代表埃里克的真正为人?她一向都把他的为人想象得跟肉块一样好呢。

心中的意识和愿望总会补充(有人甚至认为代替)眼中看到的景象。我们很少依靠眼前所见,而是按照心头早已存在的意象行事,匆匆一瞥所见到的那些形象只是作为补充而已。以艾丽丝上班时为例,她对要走的路线烂熟于心,很少去注意一路上是怎么回事,有时候到了办公室坐在写字台旁,几乎记不得自己已经横穿了半个伦敦。她所需要的只是模模糊糊地对地铁站台匆匆一瞥,其余就全明白了。她知道自己得坐多少站,自动扶梯朝哪个方向,人群会避开哪一条隧道。她根本不会想到要去记住车厢的颜色、飘过伦敦天空的白云的形状或者她周围的人穿着什么质地的衣服。尽管这些东西很迷人,无疑很有点诗意,但同她上班这一件事本身自始至终没有多大关系。

艾丽丝只是懒洋洋地坐地铁上下班,她的观察力所以会这么差,其根源在于对习惯的依赖。她对见到的一切早已习以为常,

318.

不像个初来乍到的人那样会有一种新鲜感。

视觉游戏证明,要是熟悉的或者权威性的句子当中缺少或者重复了一个字,读者常常会对之不加注意,而是自动读出正确的文句来。以报纸上近来一篇有关中东问题的文章为例:

外交大臣宣称,只有双方对会谈做好准备,才有可能达成协议;他又说仅仅借助外来压力是无法使该地的流血冲突得以以停止的。

读者很可能对包含有"得以停止"这种格式的句子早已习惯,尤其是印刷在报纸之上的,大家很可能注意不到这里多了个"以"字。读者心中对希望读到的早已有数(那是个正确的句子),因此对面前与他们的先入之见不同的信息视而不见。

形成观察的基础不是由于输入的两种信息相冲突,就是由于它们混合在一起:

1)某件物体的外形。
2)我们意识或者希望该物体看起来像什么。

自然,理想的是我们明智地将两者加以平衡,也就是将先入之见和眼前所见混合起来。要是一心只顾内心的愿望,那便会产生幻觉(也就是只注重先入之见而罔顾客观现实)。那个没有看到两个"以"字的读者(就像另一种情况中的艾丽丝一样)可以说是沉浸在一个小小的、心不在焉的幻想之中。

五月份,艾丽丝和埃里克应邀出席宴会,他们是分头到达的;埃里克直接从办公室来,而艾丽丝是从家里来。他们面对面坐在桌子的两端,艾丽丝坐在主人身旁,埃里克呢,坐在一个冷淡的律师和一个活泼的搞公关的女士之间。她在谈话间歇,眼光朝桌子那头望了过去,无意中听到埃里克正在讲自己的一段经历:

"我们去香港时是雨季,那天恰好大雨滂沱,整架飞机剧烈地震荡。地面指挥台警告说着陆时会发生颠簸,轮子触地时,溅起了一大片水花。从机窗里望出去什么都看不见。接着,飞机减速,大家还以为一切顺利呢,谁知飞机并没有停住,而是冲出跑道,一直到海边才停,前轮完全陷在烂泥里了。"

"你一定吓坏了吧。"

"千钧一发,真是幸运。"

尽管你不断地看着别人,但却很少能对他们形成什么新的印象。印象意味着记录新的发现,而不是进一步加强自己的先入之见。我们只有在下列情况下才会对某个人认真进行观察——首次见面时,长期分离后,在勃然大怒吵嘴时,在病愈之后,这时才会将照相似的懒惰习惯改掉。

结果却令人困惑,因为就在听了埃里克一两个句子之后,艾丽丝突然觉得他这个人也"平常"得难以置信。他的风度不再仿

320.

佛有什么过人的潇洒之处,他说的话也不见得有什么了不得,值得让人洗耳恭听。就在主人倒酒,埃里克伸手接过送上来的青豆时,她不知不觉中想道(仿佛是异乎寻常地洞察到什么似的):"他也不过是另外一个人而已。"——这也是萧伯纳那句著名的格言的翻版,他说爱情只不过是对一个人和另一个人的差别加以夸大的奇怪的过程。

谁来作出努力？

埃里克不会注意不到艾丽丝对他的感情冷淡了下来。他发现她常同菲利普一起用午餐，甚至在这种情况突然停止后，她的所作所为仍然带有卖弄风情的味道。她本来对聚会是不大感兴趣的，但如今却经常去参加，而且不要埃里克陪伴；随后又接到几个男子的电话，这些人以前从没听说过是她的朋友。

她再也不像从前那样一心一意地对待他。他原可以吃醋，并且把这同她挑明的（有些男人就会那样），"你今晚干吗对那个低音吉他手大献殷勤啊？"或者，"那个老是打电话来的鲁克到底是谁呀？"

可是埃里克向来认为嫉妒是一种最庸俗的感情，只有缺乏教养和不知羞耻的人才会那样做。小孩子和十几岁的少年人会妒忌，而在社会上有一定地位的成年人是不会的。

也许有人会认为不嫉妒是值得钦佩的，这至少使艾丽丝不至于看到多疑的男女争风吃醋时那种丑恶的场面。不过，它也同样可以解读为公然的侮辱，是埃里克这一边拒绝捍卫自己的爱情，

322.

因为要产生嫉妒的感情必须要承认两件事:

首先,他对另一个人爱得死去活来,

其次,(这正是产生自尊心的根源)这个人不再那么关心他了。

如果说艾丽丝对他不吃醋并不怎么高兴的话,那是因为她觉得此事反映的是他无法承认第一件事,而具有讽刺意味的是,这也导致了第二种情况的产生。

但是,埃里克的行为也发生了一定的变化。艾丽丝一向在他的住所过夜,这对他很方便,但对她就不了。他俩就像是在玩一场神秘的(当然是心照不宣的)游戏,大搞边缘政策,两人都在试探看谁能把局势推到紧张的极限,使对方让步,实在不行的话再动身到对方那里去;结果呢,往往是她有责任收拾行装离开伯爵街。在这个问题上他们在电话中大致是这样交谈的:

她:你今天晚上干什么?

他:就在家里。你呢?

她:我不知道。你想要做点什么吗?

他:好啊。

她:你到我这儿来呢还是我到你那儿去?

他:我今晚累坏了。

她:真的吗?

他：是啊，今天事情多得要命。
她：我也一样。
他：嗯。
她：那么你看呢？
他：什么？
她：嗯，那么还是我过来好吗？
他：好，那棒极了。

在交谈的过程中，艾丽丝看得出来，假使她不勉强自己到埃里克那里去的话，他是不大像会到她这里来的。他尽管也希望能同她一起过夜，但他的愿望肯定没有她强烈。他独自一人是可以打发这个夜晚的，而她就没有那么容易——因此作出努力的该是她。要是她坚持不让步，要是她说："真是见鬼，你干吗一次也不肯过来呀？"埃里克或许立刻就会驾车来到她大门口了。但是她不能这样把事情推到极端，她对此太重视了，不愿意冒遭到拒绝的危险。

但是，随着她的感情日趋平淡，她有资本来试探一下埃里克的反应了。当这个问题再出现时，她不再忙着答应过去，因此埃里克这会儿尝到了自己该动身前来的滋味。现在他们的交谈大致如下：

他：你今晚干什么呀？

324.

她：我打算跟戈登，或者苏西一起出去。什么事呀？

他：你要不要来我这里？

她：对不起，埃里克，我真是累坏了。

他：可我们还是星期二见的面呀。

她：不错。

他：时间够长的了。

她：真的吗？

他：当然是真的。

停顿

他：我等一下过来，你看怎样？

她：什么呀？

他：嗯，你看行不行？

她：哦，可以呀，不过在十一点以后来，我要去酒吧，十一点才回来。

这样玩边缘政策的游戏可以比作某些美国电影中的情节，在那类影片中，两辆汽车在一条狭窄的道路上劈面相遇了，双方都不肯先拐到铺草皮的边坡上去。驾车的人都在估算，看对方肯不肯先让步，要是两辆车都不肯拐弯的话，两个司机只好坐在那里等到老死。

尽管在艾丽丝和埃里克的关系中并不存在危及生命的情况，但他们玩的究竟由谁穿过伦敦的游戏取决于对另一方作出的估价，看谁更加受不了独自过夜。拐到草坡上意味着作出努力避免撞车,简而言之,捺下自尊心赶到对方住所意味着为双方的缘故放弃自私的愿望。经常从自私的道路上拐开的那个人自然是艾丽丝,因为她的恐惧更加强烈。埃里克是不可战胜的,因为他看来并不在乎爱情会寿终正寝。

但现在的情况是,在放下电话、坐到电影院里最糟糕的座位上、买东西或者应声开门这些事情上,埃里克发现艾丽丝变得比自己更漫不经心。合乎逻辑的是,在他把握十足地相信只有自己对爱情的消亡并不在乎时,他才会把车冒险往前开。如果艾丽丝也来学他的样,那么对一个只是懒于采取主动而不是想要甩掉女友的人来说,迎头撞上去就是一种承受不起的危险。

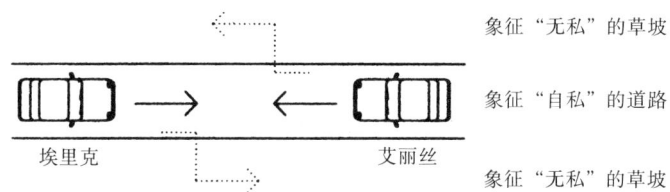

象征"无私"的草坡
象征"自私"的道路
象征"无私"的草坡

可以认为爱情关系先天就具有一种企图达到自我平衡的痛苦愿望。如果以等式来看待的话,要使两人在一起,可能需要双方付出 40 个单位(以 x 代替)的努力。

艾丽丝 20x + 埃里克 20x = 40x 的爱情关系

326.

40x 意味着爱情关系兴旺发达；残酷的现实是，它并不一定由双方平均分摊。只有在最理想的爱情中双方才会都付出 20 个单位的努力；通常一方的付出总要比另一方来得多。这是怎么回事，其中原因又何在呢？怎么决定哪个人付出少呢？那是通过一种与温情毫无关系的感觉来决定的，就是看对方究竟热切到何种程度。男女各方都本能地在评估对方："我起码要付出多少努力才行？我有什么办法在爱情不致破裂的情况下，让对方同意付出得比我多？"

在埃里克和艾丽丝的关系中，他总是能够做到少付出，因为他看出来了，如果他不肯付，艾丽丝是愿意多付的；如果他仅仅付出 10 个单位，剩下的那 30 个单位她都会付；如果他不想驱车到她那里去，那么她是会到他这里来的，如果在一场争吵之后他不想先作出让步打破僵局，他有把握她会主动讲和的。

可是，他对究竟能把艾丽丝逼到何种地步作出了错误的估计。她在 40x 中的份额慢慢变得越来越少，这使他非得作出努力来加以弥补。起初只是少一点点，但是渐渐地却不停地越变越大，最后爱情的全部重担都落到了他柔弱的肩膀上。

艾丽丝以各种各样的方式表现出她不在乎了。埃里克认识到，如果他不肯将 39x 的努力加入到两人关系之中的话，他和艾丽丝就无可避免地会撞车，两人就会一刀两断。

爱情的七巧板

有一种想法很是奇怪，也很令人感到悲哀，那就是说人"会长得不再像原先的自己了"，仿佛人会长得穿不下原先的裤子或者大衣一样。这也使我们想到，恋爱的男女，要是一方情感发展较快，那就很有可能超过较慢的一方。随着艾丽丝的变化，她要求爱情提供的答案也发生了变化；随着时间的推移，需要将当初建立爱情关系时的合同重新改写的可能性也随之一一出现了。就因为她自己已是今非昔比，某个一度崇拜的对象很可能成为明日黄花。

艾丽丝谈情说爱的目的是为了弥补自身的不足，她企图在别人身上追寻她敬重向往但自身却缺乏的品质。她情感上的需要就仿佛是七巧板缺了一块，缺少的一块就要由别人来补充。随着自身的发展，缺少的内容也会不断变化，十五岁时恰好可以补上的一块到了三十岁时就不再适了。缺失的一块外形不同了，除非那个起补充作用的人能够跟上这种变化，否则她便只好与之分手或者尴尬地强迫对方摊牌。

各种各样不同的解决方法可列表如下：

328.

不断变化的爱情七巧板		
年龄	需要填补的空缺	男性的解决方法
8	想要找个人一起爬树、划火柴,并能够介绍她加入到学校里最出风头的那一帮子人当中去。	一个名叫托马斯的老练的九岁男孩,他穿着皮夹克,骑着一辆赛车。他们计划要结婚,生十二个孩子。他有一次在花园里让她看他撒尿。
13—16	想要弄清性和接吻是怎么回事;同时又对真正的接吻和性交很害怕。	一系列脸上长粉刺的十几岁少年鬼鬼祟祟地伏在她身上乱摸,然后给她写热情洋溢的情书,信里满是拼写错误(她予以改正了)。
16	阴道。	第一个看起来像是能够使她破身的人:那是她父母一个朋友的儿子——二十四岁,耶鲁大学毕业,根本谈不上温柔体贴,五分钟就完事了,可以预见她爱上了他,但这种爱情毫无希望,他连她的信都不回。
18	想要服用致幻药,到黑洞洞的地下室里听难懂的音乐。	一个二十一岁的学生,喜欢读赫尔曼·黑塞[1]的作品,因为他柜子里全是药丸和草药,朋友给他起了个"好大夫"的外号。他按照印度教司生殖的女神给艾丽丝起了个名字,尽管他自己没有性能力。
19	希望自己的性生活能得到改善,这使得她的父母(马克思曾经预言过的注定要没落的资产阶级的残余)大为震惊。	一个名叫特雷弗的牙买加萨克斯号手,声称曾同二百个女人睡过觉,在诺丁山一带做"生意",让她如痴如醉——使得马克思曾经预言过注定要没落的资产阶级大为震惊,他们威胁要去找警察来抓他。

---

[1] 赫尔曼·黑塞(1877—1962),瑞士籍德国作家,试图从东西方宗教、哲学思想中寻找理想世界,获1946年诺贝尔文学奖。

（续表）

年龄	需要填补的空缺	男性的解决方法
20—23	寻找智力上超过自己的具有父亲形象的人。	大学里一位蓄胡子的生物教授：宣讲达尔文进化论，在性高潮时高叫化石的名字。
24	在伦敦生活得不开心，希望找个知心、事业有成、英俊的情人来减轻自己的不安全感。	埃里克。
25	她需要的人心地善良但却不软弱，幽默但在该严肃时也不会退缩，工作出色受人尊重，但不仅仅追求外表的成功。这个人很有才华，但不会居高临下地对待别人。他像个圣人，无论她要试多少次才能把汽车停好，他都不会大喊大叫。	

　　艾丽丝爱上埃里克的原因代表了某段历史时期的解决办法，补上了她内心缺失的七巧板的一块。他们的恋爱关系注定会像两条走向不同的道路交会在一起，它们在短时间内（而且在许多方面也很令人愉快地）在一个交会口相遇了。

　　痛苦的起因就在于差异变得越来越大，两个在彼此相容的阶段相遇的人随着时间的推移，发现彼此其实并不向着同一方向前进——某一阶段的相容性仅仅是在一条宽阔的岔路上偶然重叠到了一起。

330.

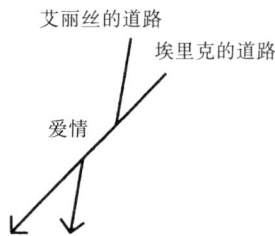

埃里克能够提供的东西已经不再具有吸引力。熟悉伦敦的饭店、住考究的套房、拥有一定的社会地位，这些已经变得不是那么遥不可及，而且也不是那么必要了。工作上的成功意味着她男友的事业已经不是她心目中首先考虑的因素，重要的是他能不能使她开怀大笑，或者由于心地善良而使她大为惊奇。尽管那位蓄胡子的生物学家使她有一段时候对智力不再非常重视，但埃里克心理上的轻浮同样令人极感厌倦，虽然其性质有所不同。她渴望自己的伴侣既不会对一切采取事不关己的冷漠态度，也不会凭借自己的聪明才智来贬低那些不那么精明的人。她的自尊心大为增加了，再也无法忍受宗教之爱所固有的那种礼仪上的谦卑举动。

表白

埃里克感到很快就会失去心上人了,他终于首次把这件事谈了出来。

他们俩坐在他的起居室里,这是星期六午餐时分,她是赶来把"事情谈开来"的,房间里既充满着咖啡的香味,也可以闻到死亡的气息。

"我很快就要走,"艾丽丝说,"我和朋友约好了两点钟见面。"

"要不要吃点午饭?"

"哎,再没有必要拖下去了。埃里克,我们之间的事到此为止了。"

由于她对他如何回答再也不放在心上,由于她只是来把自己的决定告诉对方,而不是来争论的,她的口气中充满了自信,她从来没有想过自己能够这样。

"在我们的关系中,作出更大的努力的一向是我,而不是你。我这样说并不是想让你觉得内疚。我只是希望你认识到,目前发生的事原来并不是避免不了的,是你造成了这一切。我花费了多

332.

少时间想要猜透你的心,想要弄懂你的动机,弄清你对我有什么想法,你对我们的关系有什么想法。我气愤得不得了,我一直想大哭一场。这样浪费时间和精力,真是活见鬼。不过我不会再哭了。我想把这一切统统忘掉。我希望我们将来还是朋友——这又使我想起你说过,你从来不跟以前的女友保持联系,你觉得那是浪费时间。听了这话我很伤心,我也不知道是什么缘故,但我心里总觉得,显得那样绝情未免没有必要。无论如何,我说得够了,我最好就走。钥匙放在桌子上,门厅里有个盒子,里面有你的一些东西。"

就在这时他开口了,这就像是个肥皂泡,轻轻地飘到房间中央,有那么一会儿折射出午后太阳的光线,仿佛带来了希望,但很快就爆炸开来,变成了一些细小的液滴向地面落去。

"不过,艾丽丝,我是爱你的。"

"埃里克,请别说这话了。别让我们俩更加难受了。"

"我不是,我说的是真心话,真的。为什么你不能再给它一次机会呢?"

"埃里克,打从一开始我一直是怎样做的?活见鬼,给你一次机会,你知道每一次你都是怎样做的吗?每一次都啐回到我的脸上。"

"我们干吗不能更冷静些,把事情谈上一谈呢?我们可以坐下来吃点儿东西,平心静气地聊一聊。"

"平心静气,见鬼去吧。我冷静得很,一切都说出来了。"

"我不明白。"

"你向来就有这样的问题。"

"不过干吗非得这样呢？假使我们像两个成年人那样，我们是可以把一切理清楚的，因为我希望我们的关系能够保持下去——因为我爱你，艾丽丝。"

围绕这个单词存在着这么多的希望，你几乎可以在任何危难的情形下信心十足地把"爱"掏出来，指望它发挥神奇的作用，你完全失去了批判的能力，只是口水涟涟、乐不可支地傻笑着。

我能问一下吗，你干吗使我的生活痛苦得无法忍受，干吗乱用我的信用卡，干吗弄脏我的浴室，干吗弄得我的厨房一塌糊涂，干吗把我的心当成弹子打？啊，我明白了。原来是因为你爱我。噢，我现在明白了，既然是那样，很好，请吧，别忘记把房子烧掉，在你打了一边的耳光之后，别忘记还有另一边。

艾丽丝的母亲向来就是个把"爱"挂在嘴上的热情的人。"可是，亲爱的，要知道我是多么爱你呀。"在她做了什么伤人的事情之后，她总是用这句话来搪塞。她爱女儿，见到谁就把这点告诉谁，上至总统，下至厕所管理员，人人都知道她这种令人崇敬的、无私的独特感情。如果她因为找了新丈夫要把女儿转到另一所学校去，如果她不遗余力地逼她断绝她难得碰到的带有真情的恋爱关系，如果她挫伤了她的信心和自尊，那又有什么呢？那不过是出于她内心说不清道不明但却是真心的爱而已。

334.

这会儿埃里克说他爱她。如果在一个月之前,她听到这话准会高兴得跳起来,但如今这句话除了使她发出嘲讽的微笑之外,别无其他作用了。这种冷嘲热讽的态度是因为她期望值太高,等候得太久了。他作出这样的表白来,难道不是一种反射性的举动吗?因为他意识到自己晚上只能一人独处,再也没有哪个来充当出气筒,让他尽情地发泄自己的坏脾气了。

尽管艾丽丝在作出这个决定之后不会反悔,但她仍然感到迷惘和痛苦。当她冲下楼梯时,眼泪簌簌流了下来,等她跑到停在路尽头的汽车旁边时,她再也忍不住哭出声来;她驱车回了家(并没有同朋友相约见面的事),一回去就精疲力竭地倒在床上;她感到一种痛彻心扉的失落感,与埃里克共度的时光一幕幕出现在她的心中——每件事都引发起联想,伴随着心头一阵阵的疼痛。

然而,她再也不相信她丢舍不下的真会是埃里克。她意识到自己寄托一腔深情的人并不值得她爱,因此才会觉得失落。这种爱情的产生,是由于她把埃里克想象得太好,其实他根本不是那样的人。她对往事的留恋,使她处在一种自相矛盾的状态中,因为很多事情其实只存在于她一厢情愿的幻想里。她怀念某个人(她的泪水足以证明这一点),但是在她梳理往事时,她觉得自己所以会感到失落,并不真是因为埃里克的缘故。

激发起这种爱情的人竟然有可能不值得你去爱,这一点想来也很奇怪。难道埃里克不是一直激发了她以前有过而且将来还会有的爱的欲望吗？她同他之间产生了爱，但就爱情而言，她爱的难道不是他在她心目中的形象吗？她对他的感情难道不是永远不会结出果实的期望吗？埃里克为人太冷淡，无法回应他激起的感情，无法满足他激起的要求，无法平息她的欲望。他就像是一个说出了一些十分机智的话语的傻瓜，自己对话中的意思都不很明白，因此无法对别人强加在他身上的光环承担责任。

这种情况很像是视幻觉，由于边上围绕的图形，一个三角形出现了，外部物体决定了幻象的出现——正是由于情人在埃里克浑身上下种满了种种期望，他便以一种幻象的形式出现在她的面前。

这也使人想起，在一个人留给别人的印象与他的真实为人之间存在着微妙但却是根本的差异——就是说，人们为满足某种需要所表现的一切与他们的真实为人并不相同。

"我心中仍然有些怀念他，"那天下午晚些时候艾丽丝告诉苏西说，"但是我明白我放不下来的并不真是他那个人。这真荒唐。"

"这就是爱情呀。"她的同屋叹气说。

邀请

艾丽丝又过起以前的那种独居生活来,就像一个人到蛮荒之地旅行一圈回家后那样,在最简单的日常生活琐事中享受到很大的乐趣。她如今夜里可以摊开四肢躺在床上,可以去看好久没有联系的朋友,可以向一大叠尚未阅读的书开刀,还可以到夜校报名学意大利语。她觉得平静极了,简直无法理解人怎么会舍得放弃这样的生活,卷入到乱七八糟的爱情游戏里面去。

在同埃里克分手几个礼拜之后,她准备请几个大学时的朋友来小聚一下,于是在下班后到超市去买点食品。她推着购物车在果蔬柜台那里时,突然撞见了一张熟悉的面孔。

"噢,天哪,菲利普,你好吗?"

"很好,你呢?"

"你到这里来干什么?"

"我想,是买个甜瓜吧。"

"干吗只是想啊?"

"我弄不清这些瓜究竟熟不熟,颜色看起来有点儿怪。"

"不，不怪，这些瓜很好。"

"真的吗？颜色是不是淡了一点？"

"不，这些瓜恰到好处，你只要闻一闻气味就知道了。"

"我相信你的话，买一个，"菲利普笑了，"见到你很高兴，好久没有见面了，你那边一切都好吗？"

"哦，很好，很好，你呢？"

"好极了，你是知道的，有时候干点这个，有时候干点那个。"

他们俩漫无目的地闲聊着（尽管漫无目的，但艾丽丝并没有忘记把她同埃里克分手的事告诉了他），接着在面包奶酪柜台的那个通道口分手了。

菲利普显得对上次会面的那种令人尴尬的结局并不记恨，这不由使艾丽丝对自己的所作所为感到内疚。事情已经弄到这种地步，没有办法补救了。几个月后在超市的这次相遇也不见得就会像有人希望的那样，促使他们俩言归于好。在她提着购好的东西回家的路上，她又一次想到自己永远失去了这么一个善良而知心的朋友，心中感到无限惆怅。

不过，使她万万没有想到的是，几天后，她接到了菲利普的一张明信片，一面是甜瓜的照片，另一面是约她吃饭的邀请——同样令她没有想到的是，这一邀请竟然使得她既高兴，又害怕。

牺牲

菲利普比约定时间提前一会儿来到饭店。那是高厄街一家意大利小餐馆,他坐在店堂中央一张引人注目的桌子旁,饭店里很快就坐满了星期五晚上出来吃饭的一对对男女。

侍者(见多识广,知道这又是一对儿出来吃饭)立刻就问,在等女士的当儿要不要喝点儿什么,尽管他倒是有点口渴,但他还是谢绝了,只是请他把酒水单拿来让他看一看。

约定时间过去十分钟后,他第一次看了一眼手表,心想路上一定会塞车,又想起地铁的某些线路信号有问题。

又过了十分钟,这两种想法又回到他心里,几个侍者在一旁像兀鹰觅食似地转来转去,提议说在女士光临之前是不是要把菜单好好看一看。

又过了十分钟,很难作出什么解释了:就算交通情况再糟糕,地铁再有毛病,她这会儿也该到了。因此,他想象出来的理由就更富有创意了:也许是把日期弄错了吧,她会不会以为不是这个星期五,而是下一个呢?这个饭店是不是还另有分店呢?他信上写的究竟是晚餐呢，还是午餐？是伦敦呢，还是罗马？

但这类问题都属于哲学上无法回答的范畴之列。菲利普在暗自寻思了几分钟之后，终于得出结论说（以必需的勇敢态度），在恋爱和战争中无论使用什么手段都是可以的，他并没有损失什么，最多就是站起来走人罢了。

那些侍者原以为会有饥肠辘辘的一对儿来吃饭的，这时候也看出来事情有点不对头，显得很有些吃惊（这是可以理解的）。虽然菲利普的心上人儿拒绝赴宴，但他的肚皮却坦然地显示出饥饿的迹象来。因此，尽管他可怜巴巴地独自占着一张大桌子，上面只放了两个脆皮面包，小小的黄油块上这会儿也结起了水珠，尽管坐在其他桌上的男女时不时地朝他瞟一瞟，心想"我们至少不像他"，从而使自己心头大感宽慰，菲利普还是决定不从洗手间里跳窗户溜走，而是给自己叫一份饭菜来。

他这种大无畏的举止无疑使餐馆工作人员大为佩服，在头一道菜送上来后不久，领班就走到他桌子前同他闲聊起来。谈话断断续续的一直到结账为止，谈的内容集中在令人伤心的恋爱史上——领班近来在主管顾客衣帽间的那位年轻女子手上吃了苦头，那女子似乎就是为了让他不得安生。

菲利普只是在到家时才觉得怒火升了起来，他有理由发火。

"臭娘们儿。"回想起自己在餐馆里出的洋相，他低声自言自语道，但是他并没有来得及发火，因为就在这时他意识到有个人

340.

在他家门口等他。

"听着,菲利普,我很抱歉,我真的很抱歉。你等了我的吧?"

"不,不,我总是这样,穿戴好了独自到饭店去吃饭。"

"对不起,我是想要来的,可是……"

"地铁不通了?"

"不是。"

"你以为维尔德餐馆是在米兰吧?"

"不,不是。我想要给你留个口信的。"

"我明白,留口信是很不容易的呀,对吗?"

"我只是真的忙得要命。"

"当然啦。"

"今天又开了个销售会议,这样……"

"你是不是还有废话要说呀?"

"什么废话?噢,对不起,我是想来的,但同时……"

菲利普没有忙着接过她的话头。

"开口说话呀,菲利普,你在生我的气。别只是站着不讲话,骂我吧,朝我吼吧,任怎么都行……"

"我可不想朝你吼。我只是想要问你什么时候才能开诚布公地对待我。"

"在哪方面?"

"在所有的问题上,告诉我你干吗要这样。艾丽丝,这是玩的什么把戏呀?"

"根本不是,我最讨厌玩把戏了。"

"对不起,我倒忘记了。就某个讨厌玩把戏的人来说,我得承认你干得很不错呀。"

"对不起,我自己也弄不清是怎么回事,你完全有理由对我发火。"

菲利普从口袋里掏出钥匙打开大门。

"我得去睡一会儿了。"

"哎,我想把事情说说清楚。我也进去,好吗?就只五分钟。"

"干吗?"

"让我进去吧。"

"干吗呀?"

"请你让我进去,菲利普。"

"好吧,不过记住啦,就五分钟。"

他们不出一声地爬上狭窄的楼梯,来到起居室里。

"我要去冲茶,你要不要来一杯?"他板着面孔问。

"谢谢你,不要。"

她走到厨房门口站住了,水在烧,他们俩默默地望着水汽从壶上升起来。

艾丽丝向来都认为自己突出的特点是,在感情上十分慷慨大方,为了所爱的男人,她随时甘愿冒任何风险。别人可以借口说,性格成熟的人都学会了保护自己,拒绝全心全意投入其中,而她却把爱情看作是一种牺牲。

342.

因此，引人注目的是，她迟迟不愿意与完全不适合或者不愿意进行真正交流的男友断绝关系。她也许渴望听凭别人把自己任意处置，但是她在选择男友时又极力不想让这种事情发生。她对他们拒绝理解别人的感情大为恼火，她也在朋友面前掉泪，暗地里对自己一再遭遇的冷淡回应感到绝望，但是却一直顽固地不肯去寻找志趣相投的爱人。朋友有点怀疑她内心深处其实对自己抱怨的对象有一种情结，这使她迷恋其中，无以自拔，不愿去寻找更为合适的男友。

尽管这些反应冷淡的人令人恼火，但他们仿佛成为必不可少的障碍，使她无法实现她常常挂在口头上但却很有些问题的欲望。他们体现了传统的妥协形式，使她能够表达爱情，却不必冒接受的危险；他们巧妙地既使她享受不到欢乐，又使她不必担心被别人理解，这后一点更为重要。

尽管艾丽丝在感情上的牺牲会引起某些圈子里的人的同情，但她的困境也可能使别人产生令人远为怀疑的不同看法。归根到底，爱别人，却从来得不到回报，这难道真有那么无私吗？如果你明明知道别人不愿意接受礼物，但却硬要塞给他，这难道算得上是慷慨大方吗？

艾丽丝不是随时准备把一切都给予埃里克吗？她不是每天都在抱怨她没法做到这一点，无论她要给他什么，他都嗤之以鼻吗？可是，她之所以会选上了他，难道不正是他能给她一种满足感，使她能够把自己想象成一个愿意给予的人，但其实却不必真正这样做吗？

所有这一切都使菲利普成了问题，因为他在感情上显然愿意开诚布公，这早就使艾丽丝感到同他交往一定会与别人完全不同。这其中可能不会有什么严格的条理，这个人既愿意接受，也愿意给予，这种可能性也许很令人愉快，但这个人必须在实际上（而不是在观念上）很容易接受与权力无关的感情交流。

"我真的错过了这一切。"艾丽丝低声咕哝说。

"你在说什么？"

"没什么。"

"你刚才说了。"

"我没说。"

"不，你说了。"

"这无关紧要。"

"说的什么呀？"

"是这样，嗯，你是知道的，我错过了机会。"

静了一会儿，然后菲利普开口说（水开了，他的声音被水壶的响声淹没了）："我们俩都是傻瓜。"

"什么？"

"我是说我们俩都是傻瓜。"

"傻的只是我。"

这两个自封的傻瓜相对一笑。

344.

"我本来下决心再也不和你讲话的,但是看来已经破戒了。"菲利普说。

"为什么呢?"

"你要不要我说下去?"

"当然,当然要啦。这只是因为我一开始就对你太不像话,那天在你家里,还有现在,这一切的一切。最糟糕的是连我自己都不明白这是怎么回事。"

"那么你完全肯定我是没有什么理由会喜欢你的了。"

"也许是吧。"

"奇怪的是,你干得并不成功。我甚至都没法对你生气。我原先作出了完全不同的决定,但现在却同你谈着,就像什么事情都没有发生似的。"

艾丽丝脸上纯洁的表情使菲利普无法老是板着面孔,尽管他明白要是乘人之危的话,是很可能占到便宜的,但他还是宁可同她开诚相见。他想要艾丽丝,是因为可以达到感情上的交流——这使他不愿意装出他并不在乎她的样子。

"你听说过一个人患有施虐狂和另一个人患有受虐狂的故事吗?"

"你再给我讲一遍。"

"患有受虐狂的人对患施虐狂的人说:'打我吧。'可是患施虐狂的说:'不行。'嗯,我也要说不行。"

"啊哟。"

两人都笑了。

"我不知道你看上了我什么地方。"她说。

"就因为你会问这样的问题。"

"别胡扯了。"

艾丽丝把手缩到套衫袖子里,准备要掩住嘴巴。菲利普望了她一会儿,接着伸手抓住她的胳膊,把她的手拉出来,扳开她的手指。他把自己的手指伸到她的袖子里,抚摸她的手腕,摸着她的血管。

她抬起面孔,望着他,做了个鬼脸,既羞怯又满怀柔情。

"我只是个多心的傻瓜,你一定会觉得我这个人真怪。"

菲利普把她的一绺头发从她脸上往后捋了捋。

"我可没有。"他回答说。

"得了,你当然会。"

"好吧,也许我会,不过怪也是很正常的呀,而且还更加有趣呢。"

"我能吻你吗?"她问。

"可以,不过在这之后你也得让我吻你。"

Alain de Botton
The Romantic Movement
Copyright © 1994 by Alain de Botton
All Rights Reserved

图字：09-2002-320 号

图书在版编目（CIP）数据

爱上浪漫 /（英）阿兰·德波顿（Alain de Botton）
著；刘凯芳译. — 上海：上海译文出版社，2021.7
（阿兰·德波顿作品集）
书名原文：The Romantic Movement
ISBN 978-7-5327-8776-0

Ⅰ.①爱… Ⅱ.①阿… ②刘… Ⅲ.①长篇小说—英国—现代 Ⅳ.①I561.45

中国版本图书馆CIP数据核字（2021）第104363号

爱上浪漫
［英］阿兰·德波顿 著 刘凯芳 译
责任编辑 / 吴洁静 封面设计 / 观止堂_未氓 内文版式 / 高 熹

上海译文出版社有限公司出版、发行
网址：www.yiwen.com.cn
200001 上海福建中路193号
浙江新华数码印务有限公司印刷

开本 890×1240 1/32 印张 11.5 插页 5 字数 172,000
2021年7月第1版 2021年7月第1次印刷
印数：0,001—6,000册

ISBN 978-7-5327-8776-0/I·5416
定价：89.00元

本书中文简体字专有出版权归本社独家所有，非经本社同意不得转载、摘编或复制
如有质量问题，请与承印厂质量科联系：T：0571-85155604